古典詩歌研究彙刊

第十七輯

龔鵬程 主編

第 5 冊

南唐詩史（下）

孫 華 娟 著

國家圖書館出版品預行編目資料

南唐詩史（下）／孫華娟 著—初版—新北市：花木蘭文化
出版社，2015〔民 104〕
目 2+170 面：17x24 公分
（古典詩歌研究彙刊 第十七輯：第 5 冊）
ISBN 978-986-404-073-5（精裝）
1.詩歌 2.詩評
820.91   103027249

ISBN-978-986-404-073-5

9 789864 040735

古典詩歌研究彙刊
第十七輯 第 五 冊   ISBN：978-986-404-073-5

南唐詩史（下）

作　　者　孫華娟
主　　編　龔鵬程
總 編 輯　杜潔祥
副總編輯　楊嘉樂
編　　輯　許郁翎
出　　版　花木蘭文化出版社
社　　長　高小娟
聯絡地址　235 新北市中和區中安街七二號十三樓
　　　　　電話：02-2923-1455／傳眞：02-2923-1452
網　　址　http://www.huamulan.tw 信箱 hml 810518@gmail.com
印　　刷　普羅文化出版廣告事業
初　　版　2015 年 3 月
定　　價　第十七輯 14 冊（精裝）台幣 22,000 元

南唐詩史（下）

孫華娟　著

第三章　後主時代的文化與詩歌

　　後主李煜〔註1〕在位時期（961～975），南唐在政治上走向最終敗亡，但同時南唐文化也在這一階段呈現出格外繁榮的局面。這首先與當時南唐國內的短暫和平有關：中主末年，南唐在淮南全線失敗，遂與後周畫江爲界，向後周進貢稱臣，至此，南唐國自保大初年便開始、前後持續了十多年的戰事終於停頓下來，進入了一個暫時的安定時期。李璟又先後誅殺陳覺、李徵古、宋齊丘、鍾謨等人，大致消除了國內的黨爭。進入後主時代，客觀上只有偃武修文，加之後主天性好文，南唐的文化在此時便發展得格外迅速。另外，江南三十多年大體上的昇平氛圍與文化養成，也使得這一時期在文化上結出了碩果。此時儒學和佛學都很興盛；著述的風氣大興，出現了很多大型著作以及個人專著，這種好著述的風氣逐漸導向一種重博通的傳統，也影響到南唐的士風和詩風；另外，各門藝術中漸漸發展出一種精緻腴麗而不奢靡俗豔的共同趣味，它體現在文學中，也體現在日常生活的情味中，並且集中以詞和宮廷文化的形式爲後人追憶。就南唐詩而言，這一時期卻相對地乏善可陳，廬山詩壇和金陵詩壇皆漸趨沉寂，在中主時期曾經活躍過的韓熙載、徐鉉、湯悅等那一批金陵詩人，此時的詩作題材上大多平庸瑣屑，詩藝上也沒有突破；廬山詩壇則因爲一些隱

〔註1〕李煜本名從嘉，於建隆二年（961）繼位後始更名煜。本文一律以煜稱之。

逸詩人的離世，加之一批詩名較著的士子又紛紛離開，此時重歸於寂寥無聞。但是，舒雅、吳淑、鄭文寶等年輕的詩人在這一階段開始踏入詩壇，雖然還沒有充分展現出他們的詩才，但他們在此時所受的影響對其日後成為宋初詩壇的重要成員卻具有不可低估的意義。

第一節　李煜時代南唐文化特質

　　後主李煜時代的偃武修文，使得南唐以往在文化方面若干年的積澱結出了果實。對李煜而言，苟安求和似乎使得他的形象帶上一種頹墮無能的色彩，但是他的許多行為和舉措不乏在無可為中力求有所為、消極中有積極的意味，尤其是他在位的前半期，這些舉措曾對整個南唐文化產生過顯著影響。

一、奉佛與習儒

　　李煜在史書中常常是一個溺於佛學、醉心藝術的亡國之君形象，但李煜同時也曾經是關心儒學、留意治道的。一種說法是李煜很早就熱衷佛學，以至於當原本的皇太弟景遂和太子弘冀先後去世、李煜以弘冀同母弟依序當立為嗣時，曾被當時的禮部侍郎鍾謨所阻撓。鍾謨反對中主立李煜為嗣的理由，馬令《南唐書·嗣主書》僅記載鍾謨稱李煜「輕肆」，陸游《南唐書·鍾謨傳》也僅記載鍾謨稱李煜「器輕志放，無人君之度」，《資治通鑒》則對鍾謨的話記載得更為詳細：「從嘉德輕志懦，又酷信釋氏，非人主才。」所謂「輕肆」、「德輕志懦」等空洞之辭，並不具有說服力，恐怕「酷信釋氏」才是鍾謨用以打擊李煜的真正利器，但它若只是無根遊談，也不會具有多大殺傷力。鍾謨以之攻擊李煜，是因為這一說法並非空穴來風，李煜的確從早年就奉佛甚篤。不過，我們回顧一下就知道，南唐的奉佛傳統並非始自後主，而是在先主時代已經現出端倪：

　　　　初，烈祖輔吳，吳都廣陵，而烈祖居建業，大築其居，窮極土木之工，既成，用浮屠說，作無遮大齋七會，為工

匠役夫死者薦福。俄有胡僧自身毒中印土來，以貝葉旁行
及所謂舍利者爲贄，烈祖召豫章龍興寺僧智玄譯其旁行之
書，又命文房書《華嚴論》四十部，盦帙副焉，並圖寫製
論李長者像，班之境內，此事佛之權輿也，然烈祖未甚惑，
後胡僧爲奸利，逐出之，國人則寖已成俗矣。〔註2〕

陸游認爲先主李昪時期開始的薦福、譯經、頒經等舉動是南唐事佛之
始固然不錯，但李昪還有一椿行爲對南唐的奉佛影響很大，這就是他
在昇元年間迎請文益禪師居金陵報恩院，賜號淨慧禪師，文益後又移
居清涼院。〔註3〕這位文益禪師就是禪宗五派之一的法眼宗的開創
者，中主李璟受其影響頗大。

　　中主李璟在位時期，奉佛風氣漸盛。保大九年（951），李璟將自
己早年在盧山瀑布前的讀書堂舊基舍爲開先禪院，又向馮延巳表示，
希圖以佛教思想作爲儒家的補充，「始乎正法，終乎象教」，「菩提之
教，與政通焉」。〔註4〕李璟又喜《楞嚴經》，保大十年（952）命馮延
巳爲之作序、僧應之書鏤板。〔註5〕後周顯德五年（958），文益禪師
卒，中主命公卿以下素服奉全身於江寧縣丹陽鄉起塔，李煜爲碑頌
德，韓熙載爲撰塔銘。李煜的「酷信釋氏」是直接受到了李璟的影響，
無怪乎李璟對於鍾謨的以此相攻擊反應激烈，

　　　（謨）言於唐主曰，從嘉德輕志懦，又酷信釋氏，非
人主才。從善果敢凝重，宜爲嗣。唐主由是怒，尋徙從嘉
爲吳王、尚書令、知政事，居東宮。冬十月，謨請令張巒
以所部兵巡徼都城，唐主乃下詔暴謨侵官之罪，貶國子司
業，流饒州。貶張巒爲宣州副使。未幾皆殺之。〔註6〕

〔註2〕　陸游《南唐書》卷18浮屠傳。
〔註3〕　（宋）贊寧《宋高僧傳》卷13文益禪師傳，北京：中華書局，1987
　　　　年版。第313、314頁；（宋）道原《景德傳燈錄》卷24，《四部叢刊》
　　　　本。《十國春秋》卷33文益傳以迎其居金陵者爲中主，誤。
〔註4〕　馮延巳《開先禪院碑記》，《全唐文》卷876，第9164頁。
〔註5〕　馬令《南唐書》卷26僧應之傳。參《唐五代文學編年》（五代卷）
　　　　此年馮延巳條下，第449頁。
〔註6〕　《資治通鑑》卷294，第9605頁。

佞佛並未如鍾謨所預料的那樣成爲李煜冊立的阻礙，中主對鍾謨早有戒心，加之自己早年東宮地位不穩的心理陰影以及景遂、弘冀先後因立嗣而死，他立嫡以長的心意已決，所以李煜依舊順利入主東宮，鍾謨反而因數罪齊發而被流放、賜死。不過，這一立嗣的風波恐怕不會對李煜毫無影響，我們看到，儘管他本來信佛，但在立爲太子以後，李煜首先表現出來的就是要以儒家思想治國的熱忱。

其實，鍾謨的攻擊並不準確，至少在此時李煜的奉佛還沒有超過他父親曾有的熱情，他佞佛而至於妄誕迷狂的程度是從開寶初年才開始的。〔註7〕我們從文獻記載中可以看到，即位之初的李煜顯示出對儒家經典極爲熟悉和熱愛，且這種熟悉與熱愛已經其來有日，並非只爲一時的政治表演需要。眾多記載表明李煜的愛好學問、典籍，一來出於天性：「幼而好古，爲文有漢魏風」〔註8〕，「天性喜學問」〔註9〕；另一方面是爲避免猜忌不得不然：早在後周顯德五年，弘冀被立爲太子後就酖殺了曾被立爲太弟的景遂；形勢使得李煜不得不選擇退避，《資治通鑑》這樣記載：

> （三月）立弘冀爲皇太子，參決庶政。弘冀爲人猜忌嚴刻，景遂左右有未出東宮者，立斥逐之。其弟安定公從嘉畏之，不敢預事，專以經籍自娛。〔註10〕

〔註7〕陸游《南唐書》卷18浮屠傳：「開寶初，有北僧號小長老，自言募化而至，多持珍寶怪物，略貴要爲奧助，朝夕入論天宮地獄果報之說，後主大悅，謂之一佛出世。服飾皆縷金絳羅，後主疑其非法，答曰：陛下不讀《華嚴經》，安知佛富貴。因說後主多造塔像，以耗其帑庾，又請於牛頭山造寺千餘間，聚徒千人，日給盛饌，有食不能盡者，明旦再具，謂之折倒。蓋故造不祥語以搖人心。及王師渡江，即其寺爲營。又有北僧立石塔於采石磯，草衣蔬食，後主及國人施遺之，皆拒不取。及王師下池州，繫浮橋於石塔，然後知其爲間也。」《十國春秋》卷17開寶二年：「是歲，普度諸郡僧。」開寶三年「春，命境內崇修佛寺。改寶公院爲開善道場，國主與后頂僧伽帽、衣袈裟，誦佛經，拜跪頓顙，至爲瘤贅。」

〔註8〕《全宋筆記》第一編（四），第206頁。

〔註9〕《釣磯立談》，《全宋筆記》第一編（四），第234頁。

〔註10〕《資治通鑑》卷294，第9580頁。

陸游的記載與之類似：

> 從嘉廣穎、豐頰、駢齒，一目重瞳子，文獻太子惡其
> 有奇表，從嘉避禍，惟覃思經籍。〔註11〕

李煜爲避禍退避到自己原本就喜歡的經籍中，埋首覃思。熟讀經典的
李煜對儒家格外推崇，徐鉉曾記載李煜的相關言論：

> 嘗從容謂近臣曰：卿輩從公之暇，莫若爲學爲文。爲
> 學爲文莫若討論六籍，遊先王之道義，不成，不失爲古儒
> 也。今之爲學所宗者小說，所尚者刀筆，故發言奮藻則在
> 古人之下風，以是故也。〔註12〕

如果說這裡還是從寫作文章的取法角度來推尊六經，以下徐鉉對他的
評價表明李煜在治國思想上也是以儒家爲宗的：

> 精究六經，旁綜百氏，常以爲周孔之道不可暫離。經
> 國化民，發號施令，造次於是，始終不渝。〔註13〕

能夠一遵儒家經訓治理國家，這對國君來說可以稱得上是美德。李
煜當然也崇釋教，但在他被立爲太子、肩負國家責任的時候，其所
受儒家薰陶就顯露出巨大影響。另外，李煜繼位後更深切感受到南
唐在與中朝對立格局中越來越不易保持從前的地位，不但南唐對宋
的貢奉更多，且宋太祖對待南唐的態度也大不如周世宗寬和。〔註14〕
外表上李煜雖然對宋太祖不得不卑順至極，但在內心他委實有發憤
圖強的願望。所以我們看到，李煜從被立爲嗣到繼位之初，都是有
心求治、竭力要成爲一位儒家向來標榜的明君。早在後周顯德六年
（959），李煜尚在東宮之時，就開崇文館以招賢士。〔註15〕這不但
是對當年唐太宗貞觀年間設崇賢館的摹仿，也的確網羅了一批人

〔註11〕陸游《南唐書》卷 3 後主本紀。

〔註12〕徐鉉《御製離說序》，《徐公文集》卷 18。

〔註13〕徐鉉《大宋左千牛衛上將軍追封吳王隴西公墓誌銘》，《徐公文集》
　　　　卷 29。

〔註14〕參看劉維崇《李後主評傳》，臺北：黎明文化公司事業公司，1978 年
　　　　版，第 12、13 頁。

〔註15〕陸游《南唐書》卷 13 潘祐傳：「後主在東宮，開崇文館以招賢士，
　　　　祐預其間。」

才，包括後來長期爲後主倚重的潘祐就是這時進入崇文館的。繼位後，李煜也仍舊堅持選拔賢能、廣開言路。另外，從此時科舉考試的辭賦策論題目也可以看出李煜以儒學選拔人材的標準，譬如開寶中南唐某年的進士試題是《銷刑鼎賦》、《儒術之本論》。〔註16〕不過，李煜對現實政治的無力感也日漸顯露。乾德五年（967），又命兩省侍郎、諫議、給事中、中書舍人、集賢勤政殿學士，分夕更直光政殿，召對咨訪，談論學問和國事，常至夜分。〔註17〕但是李煜感到許多臣下不過備位而已、論議平庸，因此慨歎：「周公、仲尼，忽去人遠。吾道蕪塞，其誰與明！」於是親自著《雜說》百篇，自稱：「特垂此空文，庶幾百世之下，有以知吾心耳！」〔註18〕《雜說》中有論樂記、論享國延促、論古今淳薄者、論儒術等內容，共三卷，一百篇，應爲數年間陸續寫成，最後在宋開寶三年（970）左右編輯成書。這部以儒術爲主的立言之作，是李煜在意識到南唐國運已經無力挽回以後，試圖從思想上代己剖白之作。借用弗洛伊德的精神結構理論，不妨這樣認爲：儒家思想是李煜「超我」的化身，是文化規範的投影和他本人理想的道德人格，習儒代表了他在顯意識層面的努力；李煜的佞佛並無太多義理上的創獲，實則體現了他對本我的儒弱、畏懼、猶疑等心理的承認，以及因爲無法從顯意識層面獲得解決、於是沈向潛意識的信仰，這也是他內在人格的最終勝出。對李煜來說，無論奉佛還是習儒，二者的意圖皆不在於思想的創造，而在於尋求一個文化上的解決。二者共處於一身，又從李煜一人折射出當時整個南唐社會的不同思想和現實。

二、著述之風與好尚博學

如果說李煜在位的前中期有奮發圖強的願望與行爲，是一個比較符合儒家理想的君主，顯然當時人也是認同的，譬如鄭文寶稱後主「孜

〔註16〕《十國春秋》卷31羅穎傳，第450頁。
〔註17〕陸游《南唐書》卷3後主本紀。
〔註18〕《釣磯立談》，《全宋筆記》第一編（四），第234頁。

孜儒學」〔註19〕；陳彭年也稱其「幼而好古，爲文有漢魏風」、「後主尤好儒以爲學」、「後主酷好著述，有《雜說》百篇行於代，時人以爲可繼典論」。〔註20〕李煜這種雅重儒學、留心治道的姿態並未爲南唐命運帶來太大的實際改變，但對南唐文士卻產生了很大的鼓勵作用，他們紛紛上書進言，發表政見。三朝老臣韓熙載此時也上書極陳時政，論古今得失，名曰《皇極要覽》，又獻上自己所撰《格言》五卷。〔註21〕《格言》已佚，但推測當是一部介於儒家和雜家之間的著作，《宋史·藝文志》既以之入儒家類，又以之入雜家類。〔註22〕此書論述的中心在於治國方略，與儒家很相近。

此外廬陵人劉鶚著有《法語》二十卷，八十一篇，「摭天下之務，論古今變」，「大抵宗尚周禮，以質百氏之惑」〔註23〕。劉鶚本甲戌年（974）在南唐中進士，次年南唐亡，劉鶚遂閉門著述，撰成《法語》，備論治國立身之道。雖然成書已在南唐滅國以後，但其思想主要是在南唐後主時代形成。

此類立言之作的儒學價值幾何，在原書已佚的情況下很難憑空估價，值得重視的倒是其中透露出來的著述觀念。無論《雜說》、《皇極要覽》還是《格言》，都不是空談義理，而是針對現實政治問題所發。有的著作就是出於想要救治現實的期望，如韓熙載《皇極要覽》便是如此；但也有一部分著作是對現實的失望以後而聊寄情於立言，李煜的《雜說》很典型地屬於後者。徐鉉在序言中稱李煜作《雜說》的緣由是：「屬者國步中艱，兵鋒始戢。惜民力而屈己，畏天命而側身。靜處凝神，和光戢耀。而或深惟邃古，遐考萬殊。懼時運之難並，鑒謨猷之可久。於是屬思天人之際，遊心今古之間。」在國步維艱之時，

〔註19〕鄭文寶《江表志》卷下，《全宋筆記》第一編（二），第271頁。
〔註20〕陳彭年《江南別錄》，《全宋筆記》第一編（四），第206、207、209頁。
〔註21〕《徐公文集》卷16《唐故中書侍郎光政殿學士承旨昌黎韓公墓銘》、馬令《南唐書》卷13韓熙載傳。
〔註22〕《宋史》卷205藝文志四，第5172、5209頁。
〔註23〕徐鉉《故鄉貢進士劉君（鶚）墓誌銘》，《徐公文集》卷30。

李煜不能輕舉妄動，徐鉉也歎惋於李煜是「有道無時」、「有君無臣」。李煜自己感歎的「周公、仲尼，忽去人遠。吾道蕪塞，其誰與明」、「特垂此空文，庶幾百世之下，有以知吾心耳」，也正是自知國事難以有為，南唐遲早吉凶難卜，更不用談個人的功業德行了。對李煜而言，只有「空文」明道尚有可能，能在百世以後向後人剖白自己的心迹。這樣看來，李煜是將立言視為第一位的要緊之事來對待的。李煜的著述本有三類，除了我們熟悉的詩詞這一類以外，關乎儒學、治道的《雜說》為一類，還有一類是徐鍇為之作序的雅頌文賦三十卷。〔註24〕這三類中，本來只有《雜說》是嚴格的立言之作，具有明道的意義。與此同時，著述的風氣也被立言的理想帶動起來，並可以視為立言觀念的延伸。如果說立言表達的是個人側重於國家、社會、歷史方面的價值期待，其他的詩詞歌賦等文學著作則主要是個人情感和心理的抒發與表現，以原始儒家的觀點看，文是「游於藝」的一種，也是「學有餘力」以後的必然拓展。因此，李煜繼位之初的留心儒學在當時環境中漸漸走向偏重立言，立言又推動了整個著述之風的發展，從而對南唐的文學和學術發展都造成了有益的影響。

明道、立言之作以外，後主時代南唐文士對其他類著述的熱情也頗高，如朱遵度、徐鍇等人編纂或自撰的著作，其規模都相當可觀。

朱遵度，本青州人，家多藏書，博學。避耶律德光之召奔楚，不為文昭王馬希範所禮，約在楚滅後遷南唐。鄭文寶《江表志》卷中稱其「閒居金陵，著《鴻漸學記》一千卷，《群書麗藻》一千卷，《漆書》數卷，皆行於世」〔註25〕。這些書籍的編纂最早可能從中主後期就開始，但因規模巨大，到後主時代才完成。此三書今並不傳，《鴻漸學記》的具體內容也不能知，《群書麗藻》則是一部大型類書，宋王應麟《玉海》引《中興書目》稱其以六籍瓊華、信史瑤英、玉海九流、集苑金鑾、絳闕蕊珠、鳳首龍編六例總括古今之文，總雜文一萬三千

〔註24〕見於徐鉉《御製雜說序》，但李煜此文集及徐鍇序皆佚。
〔註25〕《全宋筆記》第一編（二），第 266 頁。

八百首，共一千卷，別撰目錄五十卷。〔註26〕根據這六類分目之名，該書當是按照經史子集外加道釋各一類編錄的類書。如此大規模的類書編纂，不僅要有個人的愛好和博學、豐富的圖書資源，應該也有現實的需要和時代風氣的影響。在詩文創作盛行之時，往往需要這種能提供參考、藉以取資模仿的類書；另外，當時南唐上下盛行著述的風氣對此也有不可低估的影響。

　　徐鍇是南唐另一位著名的學者，他與其兄徐鉉齊名，並稱「二徐」。徐鍇對南唐宮廷藏書的豐富與校對精審多有功勞：

> 既久處集賢，朱黃不去手，非暮不出。少精小學，故所讎書尤審諦，每指其家語人曰：吾惟寓宿於此耳。江南藏書之盛爲天下冠，鍇力居多。後主嘗歎曰：群臣勤其官，皆如徐鍇在集賢，吾何憂哉！〔註27〕

有宮廷藏書以爲便利，又勤力校讎，徐鍇編著了大量書籍，史稱其「著《說文通釋》、《方輿記》、《古今國典》、《賦苑》、《歲時廣記》及他文章凡數百卷。鍇卒逾年，江南見討，比國破，其遺文多散逸者」〔註28〕。其中，《方輿記》一百三十卷、《古今國典》一百卷、《歲時廣記》一百二十卷、《賦苑》二百卷，此外還有《說文繫傳》、《說文韻譜》等小學著作若干卷。〔註29〕著述內容除文學以外，還涉及小學、輿地、刑典、歲時諸多方面，若非當時整個文化環境和氛圍達到相當的繁盛，這樣的著述規模和範圍是難以想像的。

　　南唐的僧人也很重視以文字立說，如著名的法眼文益禪師，《宋高僧傳》稱其「好爲文筆，特慕支、湯之體，時作偈頌眞贊，別行纂錄。」另一名僧應之不但妙善書法，且「多著述，尤喜音律，嘗以贊

〔註26〕（宋）王應麟《玉海》卷52，江蘇古籍出版社、上海書店1987年影印清光緒九年浙江書局本，第992頁。
〔註27〕陸游《南唐書》卷5徐鍇傳。
〔註28〕陸游《南唐書》卷5徐鍇傳。
〔註29〕唐圭璋《南唐藝文志》，《中華文史論叢》1979年第三輯，第337～356頁。

禮之文寓諸樂譜，其聲少下，而終歸於梵音，贊念協律，自應之始」〔註30〕。

　　南唐文士中這種著述之風的盛行直到宋代仍然十分突出。撫州南豐人曾致堯（947～1012），太宗太平興國八年（983）進士。「致堯頗好纂錄，所著有《仙鳧羽翼》三十卷、《廣中臺志》八十卷、《清邊前要》三十卷、《西陲要紀》十卷、《爲臣要紀》一十五篇。」〔註31〕另一位由南唐入宋的文士樂史（930～1007），其著作包括：《貢舉事》二十卷，《登科記》三十卷，《題解》二十卷，《唐登科文選》五十卷，《孝悌錄》二十卷，《續卓異記》三卷，《廣孝傳》五十卷，《總仙記》一百四十一卷，《廣孝新書》五十卷，《上清文苑》四十卷，《太平寰宇記》二百卷，《總記傳》百三十卷，《坐知天下記》四十卷，《商顏雜錄》、《廣卓異記》各二十卷，《諸仙傳》二十五卷，《宋齊丘文傳》十三卷，《杏園集》、《李白別集》、《神仙宮殿窟宅記》各十卷，《掌上華夷圖》一卷，又編己所著爲《仙洞集》百卷。〔註32〕以近千卷的作品總數，樂史成爲北宋著述最富的作者。〔註33〕這固然也招致了「博而不精」之譏，但勤於著述、務求博雅淹通的風氣已經浸入南唐文士的血脈，成爲南唐士風的一部分，這一點也常爲宋人所樂道和歆羨，並爲他們所繼承。

　　好尚博雅當然也會對詩風造成影響。徐鉉在《故兵部侍郎王公集序》中稱讚王祐的詩文「學深而不僻」〔註34〕，此文雖作於入宋後，但這一主張並非突然形成、而是具有前後一貫性的，也代表了徐鉉等南唐文士對於學識與詩歌關係的認識。此處所言「學深」就是指學識的淹貫博通，當然也包括對以往文學經典的熟悉，從而使其創作能夠

〔註30〕馬令《南唐書》卷26浮屠傳。
〔註31〕《宋史》卷441曾致堯傳，第13051頁。
〔註32〕《宋史》卷306樂黃目傳附樂史傳，第10111、10112頁。
〔註33〕陳樂素《宋史藝文志考證》，廣州：廣東人民出版社，2002年版，第703頁。
〔註34〕《徐公文集》卷23。

取資於過往的典範，在語辭、典故以及詩文體式等可經習得的方面積累學養，以便一朝能夠在自己的作品中自然流露和使用。當然，這種淹博的學養不能以食古不化、堆壘夾生的形式反映到作品中。所謂「深而不僻」便是要求深入淺出、將博通的學識化到自己的作品中，可以在風格上感到學識薰陶之力，卻往往無迹可求，如同自出胸臆。這頗有些類似南朝沈約曾經提出過的文章貴在三易：易見事、易識字、易讀誦，〔註35〕也反映了五代時期較爲普遍的平淺詩風對徐鉉等人仍有影響。南唐詩風以包融秀冶見稱，既不失流利平易，又不墮入淺俗，在五代舉目多是貧薄荒寒的詩壇上，難得地留存了一線文雅典麗的詩風，這與南唐崇尚學識博通的風氣是不可分的。

　　總之，李煜作爲南唐國主，他的傾向與好尚當然會自上而下造成一種風氣的浸潤，從他留意儒學到立言明道、撰《雜說》作爲起點，到南唐文士普遍的好著述、尚博洽，李煜已經對南唐整個士風和詩風都有不可忽視的影響。

三、清貴藝術趣味的形成

　　較之李璟，李煜更以多才藝見稱，詩詞書畫俱佳，又通音律、工筆箚。〔註36〕可以說，李煜時代南唐修文最顯著和最直接的成就不是在儒學方面，而是更多地體現在文學藝術上。李煜將大量的精力投注在這方面，除了他個人的藝術才能各造精絕以外，同時也推動了當時整個南唐藝術的發展，南唐尚清貴的藝術趣味的塑造與他的好尚很有關係，這種趣味形成以後又影響了宋代文人。

　　清貴作爲一種藝術趣味，簡言之，可以認爲包括了「貴」和「清」即富貴雍容和清雅脫俗兩方面的含意。從富貴雍容一面說，清貴是與寒儉局促的山林蔬筍之氣相對的；從清雅脫俗一方來說，又與驕奢淫

〔註35〕　（北齊）顏之推撰、王利器集解《顏氏家訓集解》（增補本）卷4，
　　　　　北京：中華書局，1993年版，第272頁。
〔註36〕　《徐公文集》卷29《大宋左千牛衛上將軍追封吳王隴西公墓誌銘（並
　　　　　序）》；馬令《南唐書》卷5後主書；陸游《南唐書》卷3後主本紀。

靡的庸俗誇富截然不同。寒儉局促之態，我們在唐末五代以來的詩歌中時常見到，這與當時僧道處士的生活方式是有關係的。但是，這種隱居山林的生活方式並非必然導致枯槁的文學風格，像盛唐王維、孟浩然等人作於隱居中的詩歌就別開清新高逸的山水田園一派，只有當生活於這種環境中的創作主體的心態也同時趨向於狹隘封閉，缺乏寬闊的胸襟和關懷，才會使自我局限於狹小封閉的環境，造成寒儉枯槁的風格，唐末五代詩常見的山林蔬筍之氣往往就是從創作主體自身的限制而來。南唐尚清貴的藝術趣味，首先便是反對寒儉局促之態，而欣賞和追求雍容流麗的風格。這種雍容流麗的風格與南唐宮廷文化的發展有很大關聯，與後周畫江而治以後，南唐取得了十餘年時間的苟安局面，李煜因此才能將南唐宮廷文化推向精緻的頂峰，南唐對「貴」的好尚才發展到更為突出。

從清雅脫俗一面而言，南唐好尚的「清」的文學風格在中主時代已然形成，包括金陵詩壇推崇的詩風、包括李璟和馮延巳的詞，都體現出「清」的美學特質。到了後主時代，這種「清」的好尚更全面地體現在各種藝術門類以及生活情趣上，成為南唐君臣更自覺的追求，並和富貴雍容之風結合，成為更典型的既清且貴的審美趣味。正是這種「清」為富貴繁華的喜好增加了約束，使其不致流為驕縱淫靡、誇富鬥奢，而是在物質和感觀享受的同時表現出一種含蓄、冷雋和超越的態度。

以文學論，李煜當國時的詞最明顯體現了這種清貴趣味。生於深宮之中、長於婦人之手，從王儲到國君，宮廷的富貴享樂是其生活的常態；詞作為產生於酒筵歌席之間的文體，很難不反映這種生活環境，但要將富貴享樂表現出普遍的美並不容易，《北夢瑣言》曾記載了一首前蜀王衍的《醉妝詞》：

> 者邊走。那邊走。只是尋花柳。那邊走。者邊走。莫
厭金杯酒。〔註37〕

〔註37〕曾昭岷等編著《全唐五代詞》，北京：中華書局，1999年版。第491頁。該書原按：「萬曆本《花草粹編》卷一引《北夢瑣言》。」今本《北夢瑣言》無此條。

這裡表現的是一種對於眼前富貴繁華的佔有心態，因此完全沉浸於享樂中，背後固然可能有著對富貴繁華不終朝的恐懼、轉而企圖牢牢抓緊眼前每一刻能夠作樂的時機，然而這種佔有心態卻使得享樂失卻了美感。在這種恐懼和緊張中，眼前的一切還來不及展現它們的美好就已經被拋在一邊，詞中的主人公又已轉身開始了下一輪的追尋和佔有，從一株花柳到下一株花柳，一杯酒再一杯酒，難以饜足的佔有欲最終只帶來佔有物數量的累積，佔有者本身卻因執著於這種充滿焦慮的佔有過程，無法體味眼前良辰美景、富貴繁華本應帶來的快樂。王衍這首詞也就不能不失之於庸俗，在美感的傳達上可以說是失敗的。

　　比照之下，李煜詞能夠傳達美感，他的詞作清貴之氣顯得尤為特出，他在國時的詞不少表現宮廷生活，雖然描寫享樂但並不耽溺於享樂，富貴卻不低俗。富貴享樂而以清雅超脫之筆來寫，更見得雍容與脫俗，「清」與「貴」二者近乎完美地融合在一起。

　　　　紅日已高三丈透，金爐次第添香獸。紅錦地衣隨步皺。
　　佳人舞點金釵溜，酒惡時拈花蕊嗅。別殿遙聞簫鼓奏。（《浣溪沙》）

　　　　晚妝初了明肌雪，春殿嬪娥魚貫列。笙簫吹斷水雲間，
　　重按霓裳歌遍徹。　　臨春誰更飄香屑，醉拍闌干情味切。
　　歸時休照燭花紅，待放馬蹄清夜月。（《玉樓春》）〔註38〕

兩詞皆寫宮中歌舞宴飲，為前期在國時所作。《浣溪沙》描寫的是一次通宵達旦的歌舞宴樂情形：開篇直接從次日早晨著筆，已經日高三丈，但宴會還沒有要散的意思，爐中還在繼續添加香炭，紅地毯上的歌舞仍未休止，宮人舞到金釵也滑脫。一切都是香的、暖的、帶著長夜宴飲後零亂與疲倦的氣息。前一夜的狂歡雖略過未寫，此時的情景卻已將其點染而出，勝似正面著墨。末二句則描寫了一個終於走出這宴樂之地的身影，可能是參加宴會的某位佳人，也可能是作者自己，

〔註38〕王仲聞校注《南唐二主詞校訂》，北京：人民文學出版社，1957年版，
　　　　第29、41頁。

她或他拈花輕嗅，強抑酒惡，卻又聽見別處宮殿依然簫鼓齊奏，宴飲還在繼續。李煜擷取了宴會意興闌珊之時落筆，儘管喜愛眼前繁華聲色，但這走出宮殿的身影也分明表現出一種清醒的意願，一種對現實若即若離的距離感，而這個距離正是審美的距離。只有站在這個距離，對眼前享樂的描寫才不是佔有心態的簡單記錄，而是也同時具有了對眼前享樂的超越性，並在此成其爲對美的普遍表達。

《玉樓春》同樣描寫宮中的歌舞宴飲，不過是從正面直接著筆。上片寫嬪娥的妝扮、列隊，一直到吹奏、歌舞的場景，「吹斷」、「歌徹」同樣見出宴飲的酣暢與長久。若一味這樣往下寫，不可謂不耽溺，但下片已經轉出宮殿之外，轉換爲寫宴會結束以後的情形了。「飄香屑」者，當是落花。過片頭兩句描寫初出歌舞宮殿之時，作者頗有些驚訝於這春夜落花迎面來的清香，藉著聽歌觀舞的餘興，不由得倚闌親自拍起歌隊剛反覆演奏過的樂曲來。末兩句是告誡語，作者叮囑侍從，回去的路上不必燃燈照明了，自己要騎馬踏月而歸，欣賞這月夜清景。此詞下片直接體現了李煜對清貴趣味的偏好，借助於對自然的欣賞，沖淡了描寫享樂場景容易導致的庸俗之氣。

這兩首詞都沒有採用五代詞常見的代言體，而是直接描寫自己的生活、自我抒懷。對一個有卓越審美能力的創作主體來說，在這種自我抒懷的方式下，清拔之氣更易脫穎而出。從這兩首詞中不約而同暫時脫開眼前享樂的身影，我們看到了李煜本人的審美趣味。所謂「清貴」，其實最重要的是審美主體的超越精神以及與之相伴隨的審美能力，我們姑且以「清」命名它，「貴」只以是給它提供了一個難題、一個比較不容易體現「清」的情境，而當「清」的超越在一片組繡堆疊、歌舞宴樂的綺麗繁華中最終達成時，它的因難見巧也就獲得了更高的價值。李煜亡國入宋以後的詞作已不能簡單地以「清貴」來形容，但離開了對外在享樂的描繪與渲染，直接抒發自己的情感似乎更爲容易，對李煜來說這種情感就是亡國與失去自由的深切悔恨與痛苦，他的詞作自我抒懷的性質因此顯得更加直接、明顯。從「問君能有幾多

愁」這樣的句子中，我們分明能夠更直接地感受到李煜的情感，而不必像閱讀他早期詞作中那樣要撩起重重帷幔和面紗、細細品味之下才能接近他的內心。李煜後期詞作的直抒其情已經屬於更加個別化的抒情方式，反而是其在國時的詞作更多顯示出南唐文人較普遍的清貴趣味。

　　我們注意到，這種清貴的趣味和風格主要表現在李煜的詞中，他的詩中則較少體現同樣的風格，這可能與以下的原因有關：對李煜而言，詩仍然是被最廣泛認同的用以言志的文學手段。詩詞相較，詩因為長期以來有著儒家詩教的莊嚴傳統，它比新興的詞帶有更多的精神性與形上意味，李煜又是提倡儒術的，因此常常以詩表現自己較為合乎正統倫理的情感，包括他的喪子喪妻之悲。但是，由於難以超出傳統習氣的束縛，他的詩並不能開出新的局面。詞在當時則純為應歌之具，新鮮活潑，尚未被儒家思想所規範，不妨將自己形下層面的日常生活寫入其中，包括那些正統儒家看來在應批判之列的富貴繁華、感官享樂一併寫入，而真正高貴的情感與藝術趣味滲透於這些為儒家詩教所不屑的題材，反而別開生面，表現出一個更真實完全的自我形象。入宋以後，李煜基本只有詞作留存，這一方面固然可能是由於詩有亡佚，但另一方面，亡國之痛太過強烈、以致難以用傳統詩教所要求的溫柔敦厚的形式來表現，何況詩在當時未脫出僵化的模式，因此李煜採用了當時尚未被倫理規範所束縛的詞體，亡國的哀慟正可以在其中得到無顧藉的宣洩。即便當時李煜還有同類題材的詩作，但同一題材的詞與詩一存一亡的結果已經可以說明其表現的成功與否，存亡正是時間的淘洗和後人選擇的結果。

　　清貴不只表現於詞作中，而是已經成為李煜時代南唐君臣一種較普遍的審美趣味，文學以外，也體現在日常生活以及其他藝術門類中，譬如南唐士大夫常常追求一種清雅精緻的生活趣味，時見於器物玩賞、居所陳設之類生活細節上，譬如韓熙載有「五宜」說：「對花焚香有風味相和，其妙不可言者。木犀宜龍腦，酴醾宜沈水，

蘭宜四絕，含笑宜麝，薔薇宜檀。」〔註39〕徐鉉有「伴月香」：「徐鉉或遇月夜，露坐中庭，但爇佳香一炷，其所親私別號伴月香。」〔註40〕後主李煜的宮廷生活可以說是這種南唐士大夫生活趣味的延伸和奢侈化，譬如李煜「嘗於宮中以銷金羅幕其壁，以白銀釘瑇瑁而押之，又以綠鈿刷隔眼，糊以紅羅，種梅花於其外，又以花間設彩畫小木亭子，才容二座，煜與愛姬周氏對酌於其中。如是數處。每七夕延巧，必命紅白羅百匹，以爲月宮天河之狀，一夕而罷，乃散之」〔註41〕。又如「李後主每春盛時，梁棟、窗壁、柱拱、階砌，並作隔筒，密插雜花，榜曰錦洞天」〔註42〕之類。奢侈之譏固然難免，但以絹羅製造人工的月宮銀河，在裝飾華麗的宮廷外種植梅花，正可見出其在富貴中追求清雅的趣味。這些宮廷生活就是李煜在《浣溪沙》、《玉樓春》中表現的內容，它們體現著同一種趣味，即既重物質層面、感官層面的享樂，同時又有對這種享樂的超越，其超越或者體現爲一些疏離於現實享樂的時刻，或者表現爲對自然清景的愛賞之心。

南唐其他藝術門類如書畫中也流露出同樣的藝術趣味。李煜善書法，自創金錯刀書，「作顫筆摎曲之狀，遒勁如寒松霜竹，謂之金錯刀。畫亦清爽不凡，別爲一格。」〔註43〕這種金錯刀書體如寒松霜竹，瘦硬而有風神；書畫相通，此種趣味滲透到畫中，使得李煜的畫也是「清爽不凡」。南唐當時最爲李煜愛重的名畫家之一徐熙所作花鳥尙野逸、貴輕秀，與後蜀花鳥畫大家黃筌齊名，二人後皆入宋，諺語稱

〔註39〕《清異錄》卷上百花門「五宜」條，《全宋筆記》第一編（二），第40頁。

〔註40〕《清異錄》卷下薰燎門「伴月香」條，《全宋筆記》第一編（二），第110頁。

〔註41〕《五國故事》卷上，《全宋筆記》第一編（三），第241頁。

〔註42〕《清異錄》卷上百花門「錦洞天」條，《全宋筆記》第一編（二），第38頁。

〔註43〕《宣和畫譜》卷17，《畫史叢書》第2冊，上海：上海人民美術出版社，1963，第195頁。

「黃筌富貴，徐熙野逸」〔註44〕，因為黃筌常常表現御苑中的珍禽瑞鳥、奇花異草，筆法尚豐滿，徐熙雖然也是世代仕宦江南，卻偏愛四處寫生，寫江湖的汀花野竹、水鳥淵魚，筆法尚輕秀。徐熙曾為李煜宮廷作掛設的「鋪殿花」，「於雙縑幅素上畫叢艷疊石，傍出藥苗，雜以禽鳥蜂蟬之妙」〔註45〕，富有生意自然之態。「野逸」為原本精細雕琢、與尚富麗的傳統宮廷趣味有莫大關係的花鳥畫增添了自然的生氣和清新，正顯現了南唐在繪畫方面同樣也崇尚清貴的風格。

此外，南唐的文房用具多精良考究，也可以見出一國文士之審美趣味。澄心堂紙、李廷圭墨、龍尾硯、宣州諸葛筆為南唐文用四絕，為後世所樂道，其中最著名的澄心堂紙和李廷圭墨，宋人屢屢形之吟詠。劉敞、歐陽修、梅堯臣、韓維等人有詩專詠澄心堂紙；〔註46〕蔡襄《文房四說》論紙稱「澄心堂有存者，殊絕品也」，「李主澄心堂為第一」；〔註47〕邵博《邵氏聞見後錄》載李廷圭父子墨至宣和年間極為貴重，有「黃金可得，李氏之墨不可得也」的說法；而宋代製墨名手潘谷一見李廷圭墨即下拜，稱為天下之寶。〔註48〕南唐文用之具得到宋人如此推崇，除開其文物價值及宋人本來對南唐文化的傾慕之外，更由於其製作精心：「南唐於饒置墨務，歙置硯務，揚置紙務，各有官，歲貢有數。求墨工於海，求紙工於蜀。中主好蜀紙，既得蜀工，使行境內，而六合之水與蜀同，遂於揚州置務。」〔註49〕南唐二主刻意追求文具的精良，特地從蜀地求得紙工，終於造出精良的澄心

〔註44〕《圖畫見聞志》卷1「徐黃二體」條。

〔註45〕《圖畫見聞志》卷6「鋪殿花」條。

〔註46〕劉敞《公是集》卷17《去年得澄心堂紙甚惜之輒為一軸邀永叔諸君各賦一篇仍各自書藏以為玩故先以七言題其首》、歐陽修《文忠集》卷5《和劉原父澄心紙（一作奉賦澄心堂紙）》、梅堯臣《宛陵集》卷35《依韻和永叔澄心堂紙答劉原甫》、韓維《南陽集》卷4《奉同原甫賦澄心堂紙》。澄心堂紙見於宋人吟詠者尚多有，此不備舉。

〔註47〕（宋）蔡襄《文房四說》，《端明集》卷34，影印文淵閣《四庫全書》本。

〔註48〕邵博《邵氏聞見後錄》卷28，《宋元筆記小說大觀》（二），第2009頁。

〔註49〕陳師道《後山談叢》卷1，《叢書集成初編》本，第9頁。

堂紙，超過蜀紙。不僅南唐國君、南唐文士之貴顯者也流行崇飾書具，並對這些製作精良的文房用具寶愛有加，《清異錄》「文用門」記載有這樣幾則軼事：

> 月團：徐鉉兄弟工翰染，崇飾書具，嘗出一月團墨曰：此價值三萬。

> 麝香月：韓熙載留心翰墨，四方膠煤多不合意，延歙匠朱逢於書館傍燒墨供用。命其所曰化松堂。墨又曰玄中子，又自名麝香月，匣而寶之。熙載死，妓妾攜去，了無存者。〔註50〕

「文用門」下還記載了宜春王李從謙、陳省躬、周彬、舒雅等南唐文士的軼事，他們也都對硯精筆良有著近乎苛刻的要求。無論是李璟李煜購求名手、專門置辦紙務硯務等機構，還是徐鉉兄弟崇飾書具、韓熙載留心翰墨，對文用的考究都不完全出於實用的動機，而是半出書畫之需，半出文人的審美把玩。文具要達到如此的精良考究，當然代價不菲，但這種花費又終究是關乎藝術的、並非爲純粹的感官享樂，故雖然昂貴卻不失清高脫俗，甚至成爲南唐文士清貴趣味的極好注腳。

文人氣質與貴族審美結合起來，形成爲一種清貴的藝術趣味，並顯現在南唐日常生活及各門藝術中。後來宋代文人文化高度發展，在他們所追求的種種趣味中，清貴的好尚仍然佔據著重要地位，譬如屢見記載的有關何爲詩詞中眞正「富貴語」的爭論，〔註51〕就透露出這一消息。南唐無疑正是這種清貴趣味的起點和發端，而後主時代又是對它培植最力的時期。清貴趣味和著述之風、博學的好尚共同成爲當時南唐文化的重要特徵，並影響到南唐的文學。

〔註50〕陶穀《清異錄》卷下，《全宋筆記》第一編（二），第88、90頁。

〔註51〕如《歸田錄》卷下「晏元獻公善評詩」條、《後山詩話》也有評白樂天詩非富貴語，《夢溪筆談》卷14有「唐人作富貴詩」條、《桐江詩話》有「富貴語」條（郭紹虞《宋詩話輯佚》上冊，第340頁）、《漫叟詩話》有「詩詠富貴」條（《宋詩話輯佚》上冊，第360頁）、《仕學規範》有「晏元獻論富貴詩」條（《宋詩話輯佚》下冊，第614頁），周必大《文忠集》卷177「白樂天」條也論到詩歌富貴氣。

第二節　「可憐清味屬儂家」——南唐王室李氏家族文藝傳統的回顧及評價

南唐最顯赫的文學藝術世家非李氏王室莫屬，從李昪到李璟再到李煜，每一代都有特出的文藝才能代表，而越是到南唐的末世，其藝術之花似乎就開得越發茂盛。俗語說貴族的養成至少需要三世，又說只有心靈的餘裕才能產生藝術，顯然到了李氏的第三代才最符合這些條件。下面就讓我們追溯一下李氏家族成員是如何發展出先天與後天的文藝才能的。

一、南唐宗室的文藝傳統

先主李昪這一代還無可多談，儘管他重視文化，本人也有零章斷句的詩作流傳至今：

> 一點分明值萬金，開時惟怕冷風侵。主人若也勤挑撥，敢向尊前不盡心。（《詠燈》）〔註 52〕

此詩爲李昪九歲時在徐溫家所作，《詩話總龜》「自薦門」「詠物門」兩收之，據說詩的效果很好，「（徐）溫歡賞，遂不以常兒遇之」〔註 53〕。作爲從小被徐溫收養的孤兒，在詩歌中借物言志是一個再好不過的表現才華與表現自身的機會。這也說明李昪自小在徐溫家是受到了良好的傳統教育的，加之徐溫六子中至少有兩子是能詩的，〔註 54〕李昪自少小就與之周旋進退，能夠粗通詩歌是不奇怪的。不過李昪原爲豪傑，又一向爲武將，自己有意發展的主要是政治與軍事才幹，即便有向文之心也只是一度萌芽，時世與情形也不可能容許他在文藝方面多用心力，所以我們在他身上並未看到更多文藝的成績。只有到了李昪的後代身上，文藝才開始眞正結出果實，當然這也是李昪多年重視文化和恢復教育的效果之一。

〔註 52〕《詩話總龜》前集卷 5 引《古今詩話》，第 46 頁。《全唐詩》據以收錄。
〔註 53〕《詩話總龜》前集卷 20 引《詩史》，第 321 頁。
〔註 54〕徐知證，徐溫第五子，參與過盧山東林寺聯句，見宋人陳舜俞《盧山記》卷 4。徐知諤，徐溫幼子，「所著文賦歌詩十卷，號《閬中集》」。（陸游《南唐書》卷 8）

　　李璟弟兄五人，李景遷早卒，除李璟本人外，李景遂也有能詩之名，據說一度賦詩纖麗，爲贊善張易所規諫。〔註55〕不過景遂現存詩歌只有一聯：「路指丹陽分虎節，心存雙闕戀龍顏。」（《赴潤州鎭賜餞》）〔註56〕從中看不出纖麗的痕迹。

　　李璟同輩中又有景道、景遊善畫：

　　　　李景道，僞主昇之親屬，景道其一焉。……喜丹青而無貴公子氣，蓋亦餘膏剩馥所沾丐而然。作會友圖，頗極其思，故一時人物見於燕集之際，不減山陰蘭亭之勝。今御府所藏一。《會友圖》。

　　　　李景遊亦僞主昇之親屬，與景道其季孟行也、一時雅尚頗與景道同好，畫人物極勝，作談道圖，風度不凡，飄然有仙舉之狀。璟嗣昇，而諸昆弟皆王，獨景遊不見顯封。其畫世亦罕得其本。今御府所藏一。《談道圖》。〔註57〕

按照徐鉉《春雪詩序》，保大七年元日參與春雪詩會的除了李璟外，李氏和徐氏家族還有八人：太弟景遂、齊王景達、景運、景遜、景遼、景遊、景道、弘茂，除弘茂以外，皆李璟昆弟輩，他們「或虞元首之歌，或和陽春之曲」，也說明這些人都有一定的詩歌才能。

　　作爲李氏家族文藝成就更燦爛的結果，是李煜這一輩人，他們把李氏家族「可憐清味屬儂家」的自詡體現得最淋漓盡致。李煜弟兄十人中，長兄弘冀（也作宏冀）愛好詩文，儘管去世較早，但身後存留詩歌若干篇，編爲詩集，徐鉉爲之作序，稱其「賞物華而頌王澤，覽穡事而勸農功。樂清夜而宴嘉賓，感邊塵而憫行役」〔註58〕，題材廣

〔註55〕陸游《南唐書》卷 16 李景遂傳。

〔註56〕《全唐詩》卷 795，第 8950 頁。

〔註57〕《宣和畫譜》卷 7，《畫史叢書》第 2 冊，上海：上海人民美術出版社，1963，第 72 頁。按：《宣和畫譜》誤將景道、景遊歸入李氏家族，實際二人皆應爲徐溫孫輩，但因李昇爲徐溫養子，儘管後來稱帝後復姓李，但與徐家的這層關係並未脫離。景遊爲徐知誨子，封文安郡公，後改名遊，及事後主。

〔註58〕徐鉉《文獻太子詩集序》，《徐公文集》卷 18。

泛，詠物、紀事、娛賓、抒懷皆備，風格屬於自然感發、簡練調暢一類。但弘冀的詩歌今皆不存，只保存了一篇《崇聖院銅鐘銘》：

　　　蓋聞聲叶洪鈞，功垂浩劫。集善之利，惟茲可嘉。因發乃誠，是為良願。上所以祝君親富壽，將日月以齊休。下所以期官庶興居，與山河而共泰。由衷之念，永永何窮。〔註59〕

李煜二兄弘茂「善詩，格調清古」，「不喜戎事，每與賓客朝士燕遊，惟以賦詩為樂」。〔註60〕他參與了保大七年元日春雪詩會，當時年僅十七歲，這也顯示他在李璟諸子中較早地以詩歌著聲。李弘茂詩今存二聯：「甜於泉水茶須信，狂似楊花蝶未知」（《詠雪》），「半窗月在猶煎藥，幾夜燈閒不照書」（《病中》）。〔註61〕這兩聯殘句體現了較為典型的文人趣味，尤其從後一聯可以窺見其詩「清古」的格調。可惜的是弘茂未冠而卒，沒有留下更多的作品。

　　李煜的七弟從善，「始在膠庠，已有名望。姿儀秀出，文學生知」〔註62〕，也有詩作存世，但完整的僅《薔薇詩一首十八韻呈東海侍郎》：

　　　綠影覆幽池，芳菲四月時。管絃朝夕興，組繡百千枝。盛引牆看遍，高煩架屢移。露輕濡彩筆，蜂誤拂吟髭。日照玲瓏幔，風搖翡翠帷。早紅飄蘚地，狂蔓掛蛛絲。嫩刺牽衣細，新條窄草垂。晚香難暫捨，嬌態自相窺。深淺分前後，榮華互盛衰。尊前留客久，月下欲歸遲。何處繁臨砌，誰家密映籬。絳羅房燦爛，碧玉葉參差。分得殷勤種，開來遠近知。晶熒歌袖袂，柔弱舞腰支。膏麝誰將比，庭萱自合嗤。勻妝低水鑒，泣淚滴煙霏。畫擬憑梁廣，名宜亞楚姬。寄君十八韻，思拙愧新奇。〔註63〕

〔註59〕《全唐文》卷870，第9104頁。
〔註60〕陸游《南唐書》卷16本傳。
〔註61〕《全唐詩》卷795，第8950頁。
〔註62〕徐鉉《大宋右千牛衛上將軍隴西郡公李公墓誌銘》，《徐公文集》卷29。
〔註63〕《徐公文集》卷4。

這首詩約作於開寶二年（969）至四年（971）十一月從善使宋之前，
〔註64〕因與徐鉉相酬和得以在《徐公文集》中保存下來。可以看出，
此詩一味直接刻畫薔薇的形態，缺乏其它層面的技法以及遺形取神的
生動，加之採用排律形式，顯得繁複堆疊，結構的安排上也並不完全
恰當，整體上較爲稚拙，比徐鉉的和作要遜色不少。另外，從善還有
《簷前垂冰詩》七律一首，原作不存，今僅存徐鉉的和作《陪鄭王相
公賦簷前垂冰應教依韻》。徐鉉集中《奉和七夕應令》、《又和八日》
也應該是酬和從善所作。薔薇詩與簷冰詩皆爲詠物題材，七夕詩爲節
候題材，與詠物接近，從善可能是在鍛鍊自己的觀察和刻畫物態的能
力，並每次都讓徐鉉賡和己作，似乎是在有意地學習和揣摩詩藝。這
也說明，李氏家族的第三輩，在詩歌方面作出的後天努力也是很突出
的。

　　儘管從善曾經覦覬過王位，李煜仍與之相親睦。開寶四年（971）
冬，從善奉使宋廷，宋太祖扣留了從善，不教返國，意在召李煜來降。
李煜貶損儀制，但並未入朝，從善也就一直被羈留於汴京。開寶七年
（974）夏秋間，李煜再次上表求從善歸國，宋太祖不許。大約就在
這年九月，李煜寫下了《卻登高文》：

　　　　玉罍澄醪，金盤繡糕，茱房氣烈，菊芷香豪。左右進
而言曰：「維芳時之令月，可藉野以登高，矧上林之伺幸，
而秋光之待襃乎？」余告之曰：「昔予之壯也，情槃樂恣，
歡賞忘勞。悁心志於金石，泥花月於詩騷。輕五陵之得侶，
陋三秦之選曹。量珠聘伎，紉彩維艘。被牆宇以耗帛，論
邱山而委糟。年年不負登臨節，歲歲何曾捨逸遨？小作花
枝金剪菊，長裁羅被翠爲袍。豈知萑葦乎性，忘長夜之靡
靡；宴安其毒，累大德於滔滔。愴家艱之如毀，縈離緒之
鬱陶。陟彼岡兮企予足，望復關兮睇予目。原有鴒兮相從
飛，嗟予季兮不來歸！空蒼蒼兮風淒淒，心躑躅兮淚漣洏。

〔註64〕參《唐五代文學編年史》（五代卷）開寶四年（971）徐鉉條考證，
　　　　第603頁。

　　無一歡之可作，有萬緒以纏悲。於戲噫嘻！爾之告我，曾
非所宜。」〔註65〕

文中回顧了從前槃遊歡娛的生活，彼此不但爲手足，也是「惆心志於
金石，泥花月於詩騷」的情志相投的摯友；隨即又悽愴於對目下危急
情勢的無能爲力，最後歸結爲「原有鴒兮相從飛，嗟予季兮不來歸」
兩句，表達對三年不相見的從善的思念，家國之感此時打並爲一體，
極爲動人。

　　當年冬，宋興師伐南唐，次年南唐國滅。從善入宋後生活了十數
年，雍熙四年（987）四十八歲時卒，但他自開寶四年使宋被留以後
就沒有作品傳世了，這當然可能是文獻失傳，但他的作品只出現在開
寶二年至四年這短短兩年內，說明可能存在著某種外在機緣，讓一向
不以能詩著稱的從善開始研習詩藝。我們看到，開寶二年二月，後主
李煜率群臣遊北苑，群臣有北苑詩及序數篇；開寶三年八月，李煜又
率群臣餞送鄧王從鎰出鎮宣州，也是一次較大規模的詩文雅集，這兩
次集會從善都參與了，很可能因此開始努力鑽研詩歌，並特地與朝中
最著名的詩人徐鉉唱和，以獲得詩歌寫作的經驗。通過其現存詩作及
詩題也可以看到，李從善選擇薔薇、簷冰、七夕等題材，更多著眼於
外在事物的描繪而非內心情志的抒發，從中可以看到對詩藝有意錘鍊
的意圖。開寶四年使宋以後，這樣的外在環境和促發因素不存在了，
他的寫作動因也隨之消失。可以認爲，詩歌對於從善，更多地是一種
技藝，還不是內在表達的需要。

　　李煜八弟鄧王從鎰（一作益），「警敏有文」〔註66〕。儘管從鎰
本人沒有作品留存，但開寶三年（970）南唐有一次著名的詩文集會
是因他而起的，這年八月從鎰出鎮宣州，後主率近臣在綺霞閣餞行，
君臣留下了數篇詩作及序文。李煜的序及詩如下：

〔註65〕陸游《南唐書》卷16從善傳。《全唐文》卷128所收此文「論邱山而委
　　　　槽」以下遺「年年不負登臨節，歲歲何曾捨逸遨？小作花枝金剪菊，長
　　　　裁羅被翠爲袍」二十八字，「豈知」以下又遺「崔葦乎性」四字。
〔註66〕馬令《南唐書》卷7鄧王從益傳。

秋山的翠，秋江澄空，揚帆迅征，不遠千里。之子於邁，我勞如何？夫樹德無窮，太上之宏規也；立言不朽，君子之常道也。今子藉父兄之資，享鐘鼎之貴，吳姬趙璧，豈吉人之攸寶？矧子皆有之矣。哀淚甘言，實婦女之常調，又我所不取也。臨歧贈別，其唯言乎，在原之心，於是而見。噫，俗無獷順，愛之則歸懷；吏無貞污，化之可彼此。刑唯政本，不可以不窮不親；政乃民中，不可以不清不正。執至公而御下，則憸佞自除；察薰蕕之稟心，則妍媸何惑？武惟時習，知五材之覲忘；學以潤身，雖三餘而忍捨。無酣觴而敗度，無荒樂以蕩神。此言勉從，庶幾寡悔。苟行之而願益，則有先王之明謨，具在於緗帙也。嗚呼，老兄盛年壯思，猶言不成文，況歲晚心衰，則詞豈迨意？方今涼秋八月，鳴榔長川，愛君此行，高興可盡。況彼敬亭溪山，暢乎遐覽，正此時也。〔註67〕

徐鉉有《和送鄧王二十六弟牧宣城詩序》：

夫政成調鼎，寄重於藩。蓋欲聖主之恩，均於遠邇。賢人之業，決於中外。故所以命丞相鄧王從鎰，佩相印，被公袞，擁雙旌，統千騎，揚帆江寧之浦，弭節敬亭之區。若乃割友悌之懷，輟股肱之侍，所以示天下之至公也。鳳駕已嚴，前驪將引，既辭復召，重賜餞筵，所以極大君之恩也。敦睦之義，於斯有光。申詔侍臣，述敘賦詩云爾。〔註68〕

徐鍇序：

敦牂御歲，蓐收宰時，鄧王受詔，鎮於宣城之地。離宴既畢，推轂將行。時也宵露未晞，涼月幾望，苑柳殘暑，宮槐半晴。滄波起乎掖池，零雨被於秋草。皇上以敦睦之至，聽政之餘，逍遙大庭，顧望川陸。理化風物，詠謝安高興之詩；登山臨水，嗟騷人送歸之景。暫軔徵軸，宴於西清，蓋所以申棣萼之至恩，徵文章之盛會也。絲簧輟奏，

〔註67〕李煜《送鄧王二十六弟牧宣城序》，《全唐文》卷128，第1285頁。
〔註68〕徐鉉《和送鄧王二十六弟牧宣城詩序》，《全唐文》卷882，第9218頁。

　　惟擲地之鏘然；組繡不陳，見麗天之煥若。將使宗英臨務，
知理俗之以文。朝宰承恩，識太平之多暇。然則明明作則，
敦敘之德無疆。濟濟維藩，夾輔之功何已。有詔在席，進
敘及詩。下臣不敏，職當奉詔。謹賦詩如左。〔註69〕

這三篇序文主要是就從鎰此去出鎮宣州所肩負的政治責任立言，褒揚
勉勵有加。

　　序文以外，送行的詩作也有三首存留：

　　　且維輕舸更遲遲，別酒重傾惜解攜。浩浪侵愁光蕩漾，
亂山凝恨色高低。君馳檜楫情何極，我憑闌干日向西。咫
尺煙江幾多地，不須懷抱重淒淒。(李煜《送鄧王二十弟從益牧
宣城》)〔註70〕

　　　禁裏秋光似水清，林煙池影共離情。暫移黃合只三
載，卻望紫垣都數程。滿座清風天子送，隨車甘雨郡人
迎。綺霞閣上詩題在，從此還應有頌聲。(徐鉉《御筵送鄧
王》)〔註71〕

　　　千里陵陽同陝服，鑿門胙土寄親賢。曙煙已別黃金殿，
晚照重登白玉筵。江上浮光宜雨後，郡中遠岫列窗前。天
心待報期年政，留與工師播管絃。(湯悅《奉和聖製送鄧王牧宣
城》)〔註72〕

這是後主時期一次規模和影響都較大的詩文集會。按常情推測，從鎰
既然號稱「警敏有文」，也應該是會寫詩的，不過，即便從鎰能詩，
其詩作也早已連殘句也無留存。

　　李煜的九弟從謙（946～995），〔註73〕是南唐宗室中文學天分最

─────────────

〔註69〕徐鍇《奉和送鄧王二十六弟牧宣城詩序》，《全唐文》卷888，第9278頁。
〔註70〕李煜《送鄧王二十弟從益牧宣城》，《全唐詩》卷8，第72頁。按：
　　　　詩題脫一「六」字，應為「送鄧王二十六弟從益牧宣城」。
〔註71〕徐鉉《御筵送鄧王》，《徐公文集》卷5。
〔註72〕湯悅《奉和聖製送鄧王牧宣城》，《全唐詩》卷757，第8616頁。
〔註73〕馬令、陸游兩《南唐書》皆不載從謙生卒年，據宋胡宿《文恭集》
　　　　卷36《宋故左龍武衛大將軍李公墓誌銘》所載從謙卒於至道元年
　　　　（995）、時年五十上推，從謙當生於保大四年（946）。

高的諸王之一，從幼年就享有詩名：

> 吉王從謙，風采峭整，喜爲律詩，動有規誨。後主（按：
> 《江南野史》作嗣主）宴間嘗與侍臣奕，從謙甫數歲，侍
> 側，後主命賦觀棋詩，曰：「竹林二君子，盡日竟沉吟。相
> 對終無語，爭先各有心。恃強斯有失，守分固無侵。若算
> 機籌處，滄滄海未深。」〔註74〕

這首《觀棋》詩從弈棋人的機心著眼，的確是一篇有規誨的寓言之作，
當時年甫數歲的從謙從這首詩中顯露出不可小覷的詩歌才華。從謙還
有一篇頗有幽默色彩的文章流傳至今，這就是《夏清侯傳》：

> 侯姓幹氏，諱秀，字聳之，渭人也。曾大父仲森，碧
> 盧郎。大父挺，凌雲處士。父太清，方隱於幽閒，輒以卓
> 立卿自名，衣綠綬，佩玉玦，奏聞之，就拜銀綠大夫。秀
> 始在胚胞，已有祖父相。生而操持，面目凌然。僉曰鳳雛
> 而文，虎韉而斑斑，秀之謂也。不日間，昂霄聳壑，姿態
> 猗猗，遠勝其父。久之，材堅可用。時秦王病暑，席溫爲
> 下常侍，不稱旨。有言秀甚忠，能碎身爲王，得之必如意。
> 王亟召使者，駕追鋒車，旁午於道。既至引對，王大悅，
> 詔柄臣金開剖喻秀以革故鼎新之義。然後剖析其材，刮削
> 其粗，編度令合，又教其方直縝密，於是風采德能一變。
> 有司奏上殿，王宣旨云：「恨識卿之晚。」賜姓名爲平瑩，
> 封夏清侯，實食嶰谷三百戶。瑩以賜姓名，改字少簟。自
> 此槐殿虛敞，玉窗邃深，瑩專奉起居，往往屏疏妃嬪，以
> 身藉瑩。嚮之喘雷汗雨，隱不復見。如超熱海，登廣寒宮。
> 王病良愈，謂左右：「瑩每近吾，則四體生風，神志增爽。
> 雖古清卿清郎，何以尚茲。」寵遇益隆，偃曹侍郎羽果、
> 支頭使沈水、養足功臣添憑，皆出其下。瑩暇日沐浴萬珠
> 水，醺酣百穗香，辟穀安居，詠籜兮之詩以自娛。感子猷
> 此君之稱，嫌牧之大夫之謗。回視作甲者勞於魏武，爲冠
> 者小於漢高，白虎殿之虛名，童子寺之寡援，未嘗不傷其

〔註74〕馬令《南唐書》卷7吉王從謙傳。

類而長太息也。不懈於位，前後五年。秋歸田園，夏直軒
閣，功日大。無何，秦王有寒疾，不可以風。席溫再幸，
兼拜羅大周爲門圍監，蒙厚中爲邊幅將軍，同司臥起。瑩
絕不占蹤迹，卷而不舒，潦倒塵埃中。每火雲排空，日色
如焰，則憶昔悲今，淚數行下。乃上表乞骸骨，得請以便
就第，終王世不用。子嗣節襲國，有罪，除其封，人以凝
秋叟呼之。既不契風雲，但以時見於士庶家，亦得人之歡
心。後世尚循瑩業，流落遍於四方。惟西北地寒，故轍迹
所不至云。〔註75〕

不難看出，這是一篇諧謔文字，它的源頭，可以追溯到韓愈《毛穎傳》
及託名韓愈的《下邳侯革華傳》等同類文章。當然此文與《下邳侯革
華傳》立意簡單，可以說是全出戲謔，不涉及更大的主題，都不像《毛
穎傳》看似無所用心、實則隱喻秦國對文化的前後態度，不過在情節
撰構、文字技巧上，《夏清侯傳》都要勝過《下邳侯革華傳》。這篇文
字顯示，當年聰慧的少年詩人從謙仍在文學上繼續發展著自己的才
華。

　　作爲李煜的同胞幼弟、王室貴胄，從謙在南唐的生活基本是遂心
如意的，譬如這則軼事顯示了他青年時期的豪奢生活及洋洋意氣：
　　　　江南後主同氣宜春王從謙，常春日與妃侍遊宮中後
　　圃。妃侍睹桃花爛開，意欲折而條高，小黃門取彩梯獻。
　　時從謙正乘駿馬擊毬，乃引轡至花底，痛採芳菲，顧謂嬪
　　妾曰：「吾之綠耳梯何如？」〔註76〕
青春、美人、駿馬、嬉遊，聯成了這一幅南唐宮廷行樂圖。如果說我
們從中讀出了某種並非不建康的享樂氣息，那正是青年時期的這種生
活帶給從謙的，它使得從謙並不總是「風采峭整」，也讓他的詩文有
時出於娛樂和遊戲，不至於「動有規誨」。

　　文學之外，從謙也發展出了其他藝能：

〔註75〕《全唐文》卷870，第9105～9106頁。
〔註76〕《清異錄》卷上綠耳梯條，《全宋筆記》第一編（二），第59頁。

> 僞唐宜春王從謙喜書箚，學晉二王楷法，用宣城諸葛
> 筆，一枝酬以十金，勁妙甲當時，號爲「翹軒寶帚」，士人
> 往往呼爲寶帚。〔註77〕

聯繫後主李煜同樣以書法著稱的事實，可知南唐後期宮廷中藝術氛圍的
濃厚。不僅是李煜影響了從謙，從謙也影響了李煜：正因爲左右圍繞著
不少像從謙這樣的文學與藝術的愛好者和參與者，砥礪切磋，時時濡
染，李煜才可能在文學、音樂、書畫方面成就爲一個罕有其匹的天才。

隨著南唐國勢的危急，從謙這樣向來不知愁爲何物的貴介公子也
不免感受到風雨欲來的沉沉陰霾。開寶二年（969）六月，從謙奉李
煜之命朝貢於宋，儘管也不免受到宋廷朝臣言語侵淩，〔註78〕但宋朝
此時畢竟忙於北方的戰事，無暇南顧，南唐暫時還是安全的。不過到
了開寶四年（971）四月從謙再次朝貢於宋時，形勢已經大大改變了，
宋師基本平定南漢，開始考慮經營江南，所以從謙這次朝貢之豐厚也
就很不一般：

> 唐主遣其弟吉王從謙來朝貢，且買宴，珍寶器幣，其
> 數皆倍於前。〔註79〕

應該就是這一次出使，從謙遲遲沒有返回南唐，後主頗爲焦慮。

> ……後主友愛異於他弟。開寶中受言奉幣入貢誕節，
> 太祖皇帝嘉其占對，厚膺蕃錫，迎勞甚渥，休舍未遣。後
> 主嘗因置酒，惻然有勤望之勞。賦《青青河畔草》一篇，
> 章末有「王孫歸不歸，翠色和春老」之句，當時士人莫不
> 傳諷。〔註80〕

〔註77〕《清異錄》卷下，《全宋筆記》第一編（二），第 90 頁。
〔註78〕《續資治通鑑長編》卷 10 開寶二年（969）六月：「唐主遣其弟吉王
從謙來貢。辛卯見於胙城縣。唐水部員外郎查元方掌從謙牋奏，上
命知制誥盧多遜燕從謙於館。多遜奕棋次謂元方曰，江南竟如何？
元方斂衽對曰：江南事大朝十餘年，極盡君臣之禮，不知其他。多
遜愧謝，曰：孰謂江南無人。元方，文徽子。」第 227 頁。
〔註79〕《續資治通鑑長編》卷 12 開寶四年（971）四月，第 263 頁。
〔註80〕（宋）胡宿《宋故左龍武衛大將軍李公墓誌銘》，胡宿《文恭集》卷
36，《叢書集成初編》本。第 431 頁。

這裡有一些含混之處，《青青河畔草》究竟是後主因思念從謙而賦，還是從謙被留汴京時自賦，缺少清晰的主語。陳尚君《全唐詩續拾》將其歸入從謙名下，但此詩可能是後主李煜所作，以居人而思遠人的口吻，更切合此詩情境。從謙時年不過二十六歲，雖然最後還是被放歸國，但此次經歷很可能讓他對南唐國勢的危急留下了深刻印象。此後李煜再也沒有讓他出使宋廷，同年十一月，當南唐再次向宋太祖朝貢並瞭解局勢時，李煜改派了鄭王從善，而這一次從善果然被留，終身沒能再返江南；〔註81〕從謙則在幾年後南唐國滅時隨後主一起入宋。入宋後的從謙，成為一名不乏政績的地方循吏。〔註82〕他的後半生雖然潦倒，卻相對順遂，推測起來，個性中小心謹慎的一面在他的後半生中很可能起到了主導作用，而他早年「風采峭整」、善於規誨，正是這一面的顯露。從謙的謹慎使他能夠保全善終，儘管只是五十歲的中壽。但是，從謙入宋後卻再沒有更多作品留存下來，除了文獻失傳以外，可能也與他的這種謹慎不無關係。

二、後主李煜的詩文

　　後主李煜在南唐王室中無疑最富天才，又是南唐後期宮廷文藝活動無可置疑的中心。李煜不僅是詞人，更是當時金陵詩壇的中心之一，不少的唱和由他親自發起，他本人也留存有若干詩作。儘管作為詞人的李煜更為著名，但他詞人的聲名更多地來自後人的追認和賦予，其實在當時，不論是南唐國內，還是入宋之後不短的時間裏，他作為詩人的聲名都更為重要。〔註83〕以成就而言，李煜的詩作當然遠

〔註81〕《續資治通鑒長編》卷 12 開寶四年十一月、卷 13 開寶五年二月，第 272、280～281 頁。

〔註82〕馬令《南唐書》從謙本傳僅載其在南唐時事，陸游《南唐書》從謙傳載其入宋後事迹也僅至淳化五年為安遠行軍司馬，宋胡宿《文恭集》卷 36 有《宋故左龍武衛大將軍李公墓誌銘》，載其入宋後事迹較詳。

〔註83〕《石林燕語》、《後山詩話》等皆記載宋太祖曾問起李煜在江南時所作詩，但並不曾問起他的詞作。詳下文。

不及他的詞作，總的看來，他的詩並未脫出唐末五代詩歌普遍的面貌：近體爲主，語言較爲流易直白，直接的、泛化的抒情和議論較多，而具體的、個性化的刻畫描摹少。但是，詩也是李煜文學成就的重要組成，全面研究他的詩對於從整體上理解李煜的文學成就、以及當時詩與詞的消長與互動這一問題是不可少的，譬如我們看到李煜在國時的詩作多表現哀傷的情感，而世俗生活歡樂的一面更多地是用詞來表現，他似乎認爲詩是較爲形上層面的體現、詞則更形而下和日常化。這些區別可能是出於對詩詞體性不同的觀念，所以從種種方面考慮，我們都應對其一直較受忽視的詩作予以關注。

總體來看，李煜的文學創作約有幾個階段，每階段的體裁、主題皆有差異。

第一個階段可截至乾德二年（964）十月以前，這一時期最值得注意的是，後主因大周后善製新聲、喜愛歌舞的緣故，也對音樂頗有留意，他的詞有不少是製於這一時期。從藝術這方面來講，李煜受大周后的影響不小。大周后小名娥皇，是司徒周宗之女，成長貴家，聰慧敏捷，藝術天分頗高：

> 通書史，善音律，尤工琵琶，元宗賞其藝，取所御琵琶時謂之燒槽者賜焉……唐之盛時，《霓裳羽衣》最爲大曲，罹亂，瞽師曠職，其音遂絕。後主獨得其譜，樂工曹生亦善琵琶，按譜粗得其聲，而未盡善也。後輒變易訛謬，頗去窪淫，繁手新音，清越可聽。後主嘗演《念家山》舊曲，後復作《邀醉舞》、《恨來遲》新破，皆行於時。〔註84〕

> 後主昭惠國后周氏，小名娥皇，司徒宗之女，十九歲來歸。通書史，善歌舞，尤工琵琶。嘗爲壽元宗前，元宗歎其工，以燒槽琵琶賜之。至於彩戲、奕棋，靡不妙絕。後主嗣位，立爲后，寵嬖專房。創爲高髻纖裳，及首翹鬢朵之妝，人皆傚之。嘗雪夜酣燕，舉杯請後主起舞。後主曰：汝能創

〔註84〕馬令《南唐書》卷6女憲傳昭惠周后。

為新聲則可矣。后即命箋綴譜，喉無滯音，筆無停思，俄頃
譜成，所謂《邀醉舞破》也。又有《恨來遲破》，亦后所製。
故唐盛時《霓裳羽衣》最為大曲，亂離之後絕不復傳，后得
殘譜，以琵琶奏之，於是開元天寶之遺音復傳於世。……後
主以后好音律，因亦耽嗜，廢政事，監察御史張憲切諫，賜
帛三十匹，以旌敢言，然不為輟也。〔註85〕

　　昭惠后好音律，時出新聲。或得唐盛時遺曲，遊輒從
旁稱美……〔註86〕

後主既受到昭惠后愛好音律的影響，也頗沉迷於新聲。因此發生了張
憲的上疏切諫一事。關於此事，《續資治通鑑長編》記載得更為詳細：

　　唐主既納周后，頗留情樂府，監察御史張憲上疏，
其略曰：「大展教坊，廣開第宅，下條制則教人廉隅，處
宮苑則多方奇巧。道路皆言以戶部侍郎孟拱辰宅與教坊
使袁承進，昔高祖欲拜舞胡安叱奴為散騎侍郎，舉朝皆
笑。今雖不拜承進為侍郎，而賜以侍郎居宅，事亦相類
矣。」唐主批諭再三，賜帛三十段，旌其敢言，然終不
能改也。〔註87〕

但《續資治通鑑長編》將其繫於開寶元年、以為指小周后是不正確的，
這應該是大周后時的事，夏承燾已有辯說。〔註88〕值得注意的是，後
主的留情「樂府」，不單指聲樂歌舞，也應當包含了歌詞的製作在內。
史載昭惠后不但精通音律，也能作詞：

　　昭惠后善音律，能為小詞。其所用筆曰點青螺，宣城
諸葛氏所造。〔註89〕

〔註85〕陸游《南唐書》卷16後主昭惠國后周氏傳。
〔註86〕陸游《南唐書》卷8徐遊傳。
〔註87〕《續資治通鑑長編》卷9開寶元年，第2冊，第213頁。「留情樂府」，
　　　　《江南餘載》作「留情聲樂」。
〔註88〕夏承燾《南唐二主年譜》，《夏承燾全集》第1冊，第112頁。
〔註89〕（清）史夢蘭《全史宮詞》卷15南唐「雪花滿殿酒微酡」一首下注
　　　　引《拾遺》語，清咸豐六年刻本。《拾遺》疑即毛先舒所輯《南唐拾
　　　　遺記》，但今本不存此條。

李煜的詞作如《玉樓春》（晚妝初了明肌雪）描繪的是宮中按樂、搬演霓裳羽衣舞的情形，很可能就是作於這一時期。還有一些詞作，不能確定具體的寫作時間，但從所寫內容及情境上來看，與這首《玉樓春》相似，如《浣溪沙》（紅日已高三丈透）、《一斛珠》（晚妝初過）等，也有可能作於這一時期。

其它較有可能作於這一時期的還包括《菩薩蠻》「花明月暗籠輕霧」、「蓬萊院閉天台女」、「銅簧韻脆鏘寒竹」等數首，因內容似為與小周后幽會情形，應為小周后已入宮、但大周后尚在時所作。

所以這一時期、也即後主二十八歲以前，文學創作上是以詞為突出的。

第二個時期是乾德二年（964）冬到開寶元年（968）以前。乾德二年冬，因幼子仲宣及大周后相繼去世，李煜十分悲傷，作有數篇悼亡之作。《悼詩》是為四歲即夭亡的幼子仲宣而作。仲宣之死令後主十分哀傷，但又擔心自己流露出來會讓本來就在病中的昭惠更加悲痛，於是只能默默獨坐飲泣，寫作此詩以披露心迹，詩成吟詠數四，左右為之泣下：

> 永念難消釋，孤懷痛自嗟。雨深秋寂寞，愁引病增加。
> 咽絕風前思，昏濛眼上花。空王應念我，窮子正迷家。（《悼詩》）〔註90〕

僅一月以後昭惠后悲痛而亡，李煜連失摯愛，哀慟萬分，史載昭惠下葬，後主「哀苦骨立杖而後起」〔註91〕。此時形諸文字的，有長達千言的《昭惠后誄》，追憶了昭惠的美麗和才情、回顧了二人婚後的兩情歡好，也淋漓盡致地抒發了自己的哀慟之情：

> ……該茲碩美，鬱此芳風。事傳遐禩，人難與同。式瞻廬館，空尋所蹤。追悼良時，心存目憶。景旭雕甍，風和繡額。燕燕交音，洋洋接色。蝶亂落花，雨晴寒食。接

〔註90〕馬令《南唐書》卷7宗室傳宣城公仲宣。
〔註91〕馬令《南唐書》卷6女憲傳昭惠周后。

輦窮歡，是宴是息。含桃薦實，畏日流空。林雕晚簞，蓮舞疏紅。煙輕麗服，雪瑩脩容。纖眉範月，高髻淩風。輯柔爾顏，何樂靡從？蟬響吟愁，槐凋落怨。四氣窮哀，萃此秋宴。我心無憂，物莫能亂。弦爾清商，豔爾醉盼。情如何其，式歌且宴。寒生蕙幄，雪舞蘭堂。珠籠暮卷，金爐夕香。麗爾渥丹，婉爾清揚。厭厭夜飲，予何爾忘。年去年來，殊歡逸賞。不足光陰，先懷悵怏。如何倏然，已爲疇曩。嗚呼哀哉！

孰謂逝者，荏苒彌疏？我思妹子，永念猶初。愛而不見，我心毀如。寒暑斯疚，吾寧御諸？嗚呼哀哉！

萬物無心，風煙若故。惟日惟月，以陰以雨。事則依然，人乎何所？悄悄房櫳，孰堪其處。嗚呼哀哉！

佳名鎮在，望月傷娥。雙眸永隔，見鏡無波。皇皇望絕，心如之何？暮樹蒼蒼，哀摧無際。歷歷前歡，多多遺致。絲竹聲悄，綺羅香杳。想渙乎忉怛，怳越乎悴憔。嗚呼哀哉！

歲云暮兮，無相見期。情瞀亂兮，誰將因依？維昔之時兮亦如此。維今之心兮不如斯。嗚呼哀哉！

神之不仁兮，斂怨爲德。既取我子兮，又毀我室。鏡重輪兮何年？蘭襲香兮何日？嗚呼哀哉！

天漫漫兮愁雲曀，空暖暖兮愁煙起。蛾眉寂寞兮閉佳城，哀寢悲氛兮竟徒爾。嗚呼哀哉！

日月有時兮龜著既許，簫笳淒咽兮旐常是舉。龍輀一駕兮無來轅，金屋千秋兮永無主。嗚呼哀哉！

木交枸兮風索索，鳥相鳴兮飛翼翼。弔孤影兮孰我哀？私自憐兮痛無極。嗚呼哀哉！

夜寤皆感兮何響不哀，窮求弗獲兮此心驪摧。號無聲兮何續？神永逝兮長乖。嗚呼哀哉！

杳杳香魂，茫茫天步。扰血撫櫬，邀子何所？苟雲路之可窮，冀傳情於方士。嗚呼哀哉。〔註92〕

此誄作於昭惠去世後不久，情感十分濃烈。陸機《文賦》已表明誄這種文體的特點是「纏綿而悽愴」，李善注也明言「誄以陳哀」，所以李煜此文哀感頑豔既是情感本身的自然流露，也是文體的規定性使然。

此外，在這一人生痛苦低沉時期李煜還作有《挽辭》二首、《悼詩》、《感懷》、《梅花》、《書靈筵手巾》、《書琵琶背》等詩。《書靈筵手巾》與《昭惠后新亡》二詩皆昭惠后新殁時所作，皆爲詠物，也都是感物思人，依然是悼亡之作。

侁自肩如削，難勝數縷絛。天香留鳳尾，餘暖在檀槽。

（《書琵琶〔註93〕背》）

浮生共憔悴，壯歲失嬋娟。汗手遺香漬，痕眉染黛煙。

（《書靈筵手巾》）

《挽辭》二首是並仲宣與昭惠后一同哀悼：

珠碎眼前珍，花凋世外春。未銷心裏恨，又失掌中身。
玉笥猶殘藥，香奩已染塵。前哀將後感，無淚可沾巾。

豔質同芳樹，浮危道略同。正悲春落實，又苦雨傷叢。
穠麗今何在，飄零事已空。沉沉無問處，千載謝東風。

前引《悼詩》有「空王應念我，窮子正迷家」之句，這表明，在悲痛難抑的時刻，李煜不由向多年浸潤其中的佛家尋求安慰和指點。不過，從《挽辭》「未銷心裏恨，又失掌中身」、「穠麗今何在，飄零事已空」等句來看，李煜的痛苦與迷惘並未消釋，他只是從昭惠后的去世再一次體認到世事皆空的佛理，但這個空最終卻是不可究詰的，「沉沉無問處，千載謝東風」，東風依然，但凋落的已永遠消逝。正是從

〔註92〕《昭惠后誄》及下文所引《書靈筵手巾》、《書琵琶背》、《挽辭》二首、《悼詩》、《感懷》、《梅花》，並見馬令《南唐書》卷6女憲傳昭惠周后。

〔註93〕此琵琶即從前中主賜給昭惠后的燒槽琵琶，昭惠辛前還贈後主。陸游《南唐書》卷16後主昭惠國後周氏傳：「后臥疾已革，猶不亂，親取元宗所賜燒槽琵琶及平時約臂玉環爲後主別……辛於瑤光殿。」

這宗教也不能全部化解的痛苦中，才產生了文學的必要，才有李煜的這若干篇詩文。

李煜的其他悼亡詩作如《感懷》：

> 又見桐花發舊枝，一樓煙雨暮淒淒。憑闌惆悵人誰會，不覺潸然淚眼低。

因為看到桐花而思念曾一同看花之人，在春雨暮色中不由惆悵潸然。又因為眼見去年昭惠手植的梅花開放而斯人卻已長逝：

> 殷勤移植地，曲檻小欄邊。共約重芳日，還憂不盛妍。
> 阻風開步障，乘月溉寒泉。誰料花前後，蛾眉卻不全。
>
> 失卻煙花主，東君自不知。清香更何用，猶發去年枝。
>
> （《梅花》）

另外，李煜還有幾首詩雖然沒有表現出明顯的悼亡主題，但在情調上都與前引數詩有相似之處：

> 山舍初成病乍輕，杖藜巾褐稱閒情。爐開小火深回暖，溝引新流幾曲聲。暫約彭涓安朽質，終期宗遠問無生。誰能役役塵中累，貪合魚龍構強名。（《病起題山舍壁》）
>
> 憔悴年來甚，蕭條益自傷。風威侵病骨，雨氣咽愁腸。夜鼎唯煎藥，朝髭半染霜。前緣竟何似，誰與問空王。（《病中感懷》）
>
> 病身堅固道情深，宴坐清香思自任。月照靜居唯搗藥，門扃幽院只來禽。庸醫懶聽詞何取，小婢將行力未禁。賴問空門知氣味，不然煩惱萬塗侵。（《病中書事》）〔註94〕

三詩的共同特點皆為病中抒懷，也都因衰病而體認佛教的空觀。從「暫約彭涓安朽質，終期宗遠問無生」、「前緣竟何似，誰與問空王」、「賴問空門知氣味，不然煩惱萬塗侵」等詩句來看，其中表現出的對佛教空無的嚮往與體驗要較前引悼亡詩更明顯，較有可能是在情感較為冷靜的時期寫就。再結合李煜存留的斷句如：「病態如衰弱，厭厭向五

〔註94〕李煜《病起題山舍壁》、《病中感懷》、《病中書事》三詩，見《全唐詩》卷8，第72、73、74頁。

年」，「衰顏一病難牽復，曉殿君臨頗自羞」，[註95] 我們從中獲知李
煜的確生過一場綿歷數年的大病，且很有可能就是發生在昭惠去世後
的幾年內，所以我們推定這些詩作於乾德二年昭惠去世後、開寶元年
再娶小周后以前。這段時間可以稱之爲「後悼亡」時期，此時李煜較
偏愛五七律等晚唐以來的文人習用的詩體形式，詩歌的內容與情調上
也與之相似，以至於方回評價《病中感懷》道：

> 李後主號能詩詞，偶承先業，據有江南，亦僭稱帝，
> 數十州之主也。集中多有病詩，先有五言律云：病態加衰
> 颯，厭厭已五年。看此詩真所謂衰颯憔悴，豈《大風》《橫
> 汾》之比乎？宜其亡也。或謂此乃已至大興之後，即不然
> 矣。七言有云：衰顏一病難牽復，曉殿君臨頗自羞。又云：
> 冷笑秦皇經遠略，靜憐周穆苦時巡。蓋君臨之時也。[註96]

又評《病中書事》一詩：

> 此詩八句俱有味，然不似人主之作，只似貧士大夫詩也。

紀昀則乾脆道：

> 意格俱卑。五代之詩類然，不止重光也。[註97]

雖然二人酷評過苛，但也道出了李煜的詩——這裡僅指狹義的詩而不
包括詞——無論表現內容如何，在形式上的確並未脫出五代詩作常
規，個性不分明，語言流易，缺乏錘鍊，意象系統也較陳舊。

李煜第三個創作較集中的時期出現在開寶二年（969）、三年
（970）前後。因爲開寶元年（968）冬，李煜與小周后完婚。小周
后「警敏有才思，神采端靜」[註98]，與李煜早已相愛，僅因李煜
服鍾太后之喪才久未成禮，直到此時才正式立爲國后。二人婚後生
活頗恩愛，這是李煜久違的一段歡樂時光。史書稱：

〔註95〕《全唐詩》卷8，第74頁。「病態如衰弱」，《瀛奎律髓》卷44作「病
態加衰颯」。

〔註96〕（元）方回選編、李慶甲集評校點《瀛奎律髓彙評》卷44，上海：
上海古籍出版社，1986年版。第1583頁。

〔註97〕方回、紀昀二評並見《瀛奎律髓彙評》卷44，第1591～1592頁。

〔註98〕馬令《南唐書》卷6女憲傳周后。

> 后少以戚里，間入宮掖，聖尊后甚愛之，故立焉。被
> 寵過於昭惠。時後主於群花間作亭，雕鏤華麗，而極迫小，
> 僅容二人，每與后酣飲其中。〔註99〕

隨後兩三年間，宋太祖忙於與北漢、南漢的戰事，南唐德以暫獲喘息。對於南唐來說，這是一個短暫的昇平時刻，所以這幾年內南唐君臣的遊宴酬唱一類活動顯得較為集中。

宋開寶二年（969）二月，李煜率領親王近臣在北苑遊賞宴集賦詩，徐鉉、湯悅皆有序，但只有徐鉉一序留存：

> 臣聞通物情而順時令者，帝王之能事。感惠澤而發
> 頌聲者，臣子之自然。況乎上國春歸，華林雨霽，宸遊
> 載穆，聖藻先飛，雷動風行，君唱臣和，故可告於太史，
> 播在薰弦。帝典皇墳，莫不由斯者已。歲躔己巳，月屬
> 仲春，主上御龍舟，遊北苑。親王舊相，至於近臣，並
> 儼華纓，同參曲宴。時也風晴景淑，物茂人和。望蔣嶠
> 之嵾嵳，祝為聖壽；泛潮溝之清淺，流作天波。絲簧與
> 擊壤齊聲，盞罟共君恩並醉。乃命即席分題賦詩。睿思
> 雲飄，天詞綺繾。文明所感，蹈詠皆同。既擊缽以爭先，
> 亦分題而較勝。長景未暮，百篇已成。自揚大雅之風，
> 豈在道人之職。奉詔作序，冠於首篇。授以集書，藏之
> 金匱。謹上。〔註100〕

仲春二月，李煜率親王、近臣曲宴北苑，潮溝泛舟，鍾山在望，群臣同樂，聲樂齊奏，於是分題較勝，即席賦詩。這次宴集的詩篇數量，據徐鉉此序所稱「長景未暮，百篇已成」，即便有所誇張，其實際數目也必相當可觀。這次君臣唱和與保大七年中主李璟在位時期的春雪唱和相似，只是規模更大，且這兩次詩文宴集都有徐鉉、湯悅（殷崇義）等老臣的參與，因此這番北苑詩宴似乎有中興盛會、文質彬彬的味道。不過，李煜的首唱及群臣的賡和之作幾乎盡數亡佚，僅有徐鉉

〔註99〕陸游《南唐書》卷16後主國后周氏傳。
〔註100〕徐鉉《北苑侍宴詩序》，《徐公文集》卷18。湯悅序今不存，見《續
　　　資治通鑑長編》卷10開寶二年正月原注，第216頁。

的《北苑侍宴雜詠詩》〔註101〕組詩留存，徐鉉的這一組詩爲《竹》、《松》、《水》、《風》、《菊》五首五言絕句，我們因之推測，北苑宴集的詩很可能也都是詠物五絕，不過題目較寬泛，不同於保大七年僅以春雪爲題。李煜的重要意義在於作爲這些詩歌集會的倡議者和召集者，前文已論述過，很可能就是這些詩歌唱和促發了李氏家族中從善等年輕子弟對詩歌創作的研習。

開寶三年（970）秋李煜也發起過一次規模較大的詩文集會，這就是我們在前文中已經提及的爲送鄧王從鎰出鎮宣城的集會，當時李煜在綺霞閣設宴餞行，君臣皆留下了數篇詩文，李煜存留有一篇序文及一首七律，其他如徐鉉、徐鍇、湯悅等人或有序或有詩，已見前節，此不贅引。此時仍舊是李煜一生中難得的較爲輕鬆的時光，如徐鍇序中所言「識太平之多暇」、「所以申棣萼之至恩，徵文章之盛會也」。

在數次的詩文集會中，我們常常能看到徐鉉的身影，他此時長在朝廷，又是著名詞臣、數朝元老，李煜對他很是器重。另外，也由於徐鉉的文集相對而言保留得較好，我們也可以從他的一些詩作中看到此時李煜的文學活動。劉維崇《李後主評傳》已注意到徐鉉與此時頻繁唱和的關係：

> 這些曲宴賦詩，是從徐公文集中得知的。此外必然還有很多次。因爲徐鉉、湯悅等有許多侍宴奉和詩。例如徐鉉有：奉和御製雪、奉和御製打毬、奉和御製春雨、冬至日奉和御製、奉和御製寒食十韻、奉和御製歲日二首、奉和御製夏中垂釣作、奉和御製殿前松以書事、奉和御製扇、奉和御製棋、奉和御製早春、應制賞花、侍宴賦得歸雁、侍宴賦早春書事、北苑侍宴雜詠、奉和御製茱萸等詩十七首。此外湯悅有奉和聖製送鄧王牧宣城詩，由此，我們可以知道後主的詩，至少也有數十首，可是今存不過十四首及悼詩挽詞，徐鉉所有奉和詩十九失傳。〔註102〕

〔註101〕徐鉉的《北苑侍宴雜詠詩》，《徐公文集》卷 5。
〔註102〕劉維崇《李後主評傳》，第 296 頁。

這段論述指出徐鉉參與了後主時期的多次宴集賦詩，這是正確的，
但所舉之例並不準確。因今日所見的徐鉉文集，無論叫《徐公文集》
還是《騎省集》，皆為三十卷，出自同一源頭，陳振孫《直齋書錄解
題》稱其前二十卷為仕南唐時作，後十卷為歸宋以後所作，《四庫全
書總目提要》結論同此。證以集中年月事迹，這一判斷是可信的。
劉維崇這段論述中所引徐鉉詩則既有出自前二十卷者，也有出自後
十卷者，這顯然是忽略了徐鉉詩作本身的繫年問題，誤用了他入宋
以後的部分詩作為證據。徐鉉南唐時期的詩作都收在其文集的前五
卷中，我們重新整理一下前五卷中徐鉉的應制詩作，一共有如下十
題：《侍宴賦得歸雁》、《又賦早春書事》、《春雪應制》、《進雪詩》、《納
后夕侍宴》及《又三絕》、《北苑侍宴雜詠》五首、《柳枝詞十首（座
中應制）》、《御筵送鄧王》、《奉和御製茱萸》二首、《蒙恩賜酒奉旨
令醉進詩以謝》。這些詩作都分佈在文集的卷四後半及卷五，按其文
集的編排時間來看，大部分都作於後主李煜在位時期，且寫作時間
大多應集中於李煜在位的前半期，於此可見後主在這一階段發起的
詩歌唱和是不少的。

　　徐鉉的文集中還保留了一道李煜的御簡：

　　　　新酒初熟，偶與鄭王諸公開嘗於清宴堂廡之間，既覽
　　秋物，復矚霜箋，因賦茱萸一題，以遣此時之興。卿鴻才
　　敏思，不可獨醒，宜應急徵，同賦前旨。〔註103〕

這與保大七年李璟命徐鉉作春雪詩序的手箋口吻情調相似，顯示出作
者似乎並非要求臣下泛作頌聖之詠的帝王，而是與對方有著相同高情
雅懷的文人。這也許能部分說明徐鉉在南唐時的應制詩明顯與入宋後
的應制詩風格的不同：後者頌聖的味道十分濃厚，卻更加空洞，不如
在後主時代所作應制詩的隨意和時見性情，因為徐鉉與李煜之間惺惺
相惜的文人情懷不可能出現在宋太宗身上，太宗是純粹的政治家，不
像李煜秉有文人氣質。

───────────────

〔註103〕徐鉉《奉和御製茱萸詩》引，《徐公文集》卷5。

　　開寶初年這段時期，李煜在文學方面的興趣和實踐十分廣泛，他本人的文集編定也是在開寶三年或四年。〔註104〕徐鉉爲《雜說》作序，其中談到李煜作《雜說》的動機及其內容：

　　　　屬者國步中艱，兵鋒始戢。惜民力而屈己，畏天命而側身。靜慮凝神，和光戢耀。而或深惟邃古，遐考萬殊。懼時運之難並，鑒謨猷之可久。於是屬思天人之際，遊心今古之間。觸緒研幾，因文見意。縱橫毫翰，炳耀縑緗。以爲百王之季，六樂道喪，移風易俗之用，蕩而無止，悅心堙耳之聲，流而不反，故演《樂記》焉。堯舜既往，魏晉已還，授受非公，爭奪萌起，故論享國延促焉。三正不修，法弊無救，甘心於季世之僞，絕意於還淳之理，故論古今淳薄焉。戰國之後，右武戲儒，以狙詐爲智慧，以經藝爲迂闊。此風不革，世難未已，故論儒術焉。父子恭愛之情，君臣去就之分，則褒申生，明苟彧，俾死生大義，皎然明白。推是而往，□無弗臻，皆天地之深心，聖賢之密意，禮樂之極致，教化之本源，六籍之微辭，群疑之互見，莫不近如指掌，煥若發蒙。萬物之動，不能逃其形，百王之變，不能異其趣，洋洋乎大人之謨訓也。夫天工不能獨運，元后不能獨理。故有道無時，孟子所以咨嗟。有君無臣，鄭公所以歎恨。庶乎斯民有幸，大道將行，舉而錯之域中，則三五之功何遠乎爾？……又若雅頌文賦，凡三十卷，鴻筆麗藻，玉振金相，則有中書舍人、集賢殿學士徐鍇所撰御集序詳矣。今立言之作，未即宣行，理冠皇墳，謙稱《雜說》。臣鉉以密侍禁掖，首獲觀瞻，有詔冠篇，勒成三卷。而三卷之中，文義既廣，又分上下焉。凡一百篇，要道備矣。〔註105〕

〔註104〕參《唐五代文學編年史》（五代卷）開寶三年徐鉉、徐鍇、李煜等條，第595～600頁。

〔註105〕徐鉉《御製雜說序》，《徐公文集》卷18。據《全唐文》卷881略有校正。

這裡談到李煜迫於現實壓力不能有所作爲，既然「時運難並，謨猷可久」，李煜於是希望通過立言著述的方式將其保存下來，傳之後世。簡言之，李煜已經感到南唐結局難料，爲表明自己不是無所建樹的亡國之君，要用寫作的方式證明自身。所以，《雜說》包括音樂與風俗、古今淳薄、儒術等有關禮樂教化的各方面的內容，僅從內容來看，我們會以爲《雜說》的作者是一個純粹的儒士。徐鉉也很同情李煜「有道無時」、「有君無臣」，不得不採用這種空言明道的方式自我表白。

　　另外，我們也從徐鉉此序中獲知李煜另有雅頌文賦三十卷，此前已由徐鍇作序。徐鉉在李煜墓誌中也稱其「酷好文辭，多所述作，一遊一豫，必以頌宣，載笑載言，不忘經義。洞曉音律，精別雅鄭。窮先王製作之意，審風俗淳薄之原，爲文論之，以續樂記，所著文集三十卷、雜說百篇」。可惜這三十卷文集早已亡佚，但在宋代尚存留有十卷，《崇文總目》有著錄。〔註106〕由於《崇文總目》中另外著錄李煜詩一卷，〔註107〕所以此處的文集三十卷可能並不包括詩歌在內。但總括起來，今日我們能看到的李煜詩僅有 18 首及斷句若干，文章完整的不過 8 篇，其中不少即作於這一時期。

　　從開寶三年宋伐南漢、次年南漢即滅，形勢陡然嚴峻，宋隨即屯兵漢陽，並造戰艦數千艘，攻江南的意圖已明。開寶四年冬，李煜派從善朝貢，爲表卑順，請去唐號，改稱江南國主，並再次請求罷去宋對南唐的詔書不呼名之禮，這一次宋太祖徑直答應了；加之從善也被扣留以徵李煜入朝，李煜越發驚懼不安。儘管開寶五年李煜貶損儀制、加重貢賦，也不可能改變宋伐江南的形勢了。大概在同一時期，李煜從儒家徹底轉向了佛教：「（開寶）三年……命境內崇修佛寺，又于禁中廣署僧尼精舍，多聚徒眾，國主與后頂僧伽帽、衣袈裟、誦佛經，拜跪頓顙，至爲瘤贅。由是建康城中僧徒迨至數千，給廩米繒帛

〔註106〕　（宋）王堯臣等編、（清）錢東垣等輯釋《崇文總目輯釋》卷 5，《叢書集成初編》本，第 351 頁。
〔註107〕　《崇文總目輯釋》卷 5，第 371 頁。

以供之。」〔註108〕廣修寺院、崇佛度僧、虔誠跪拜，這種態度裏面，除了有來自家族崇佛的傳統，外在因緣的促成和加劇更爲重要，如夏承燾所言：「似由迭遘國憂家難，故發逃世之思，雖迹同梁武，初心迨有殊也。」〔註109〕所以我們看到許多對後主崇佛的記載都集中在南唐國勢逐漸危急的開寶年間，正是處境使然。在這種情況下，李煜對儒家立言明道的想望趨於完結，一度興致勃勃的文學遊宴活動似乎也告消歇。可惜的是，由於文獻叢殘，我們不知道後主此時的文學創作情況如何。很有可能，由於轉向佛教，開寶三年以後在李煜是一個文學上的低谷，直到開寶八年降宋北遷，在被囚禁的亡國生活中後主才又重拾詞筆，這一回，是痛苦的情感壓倒了宗教信仰的時期，也是他的詞作最爲輝煌的時期。

第三節　後主時代的詩壇

　　後主時代，隨著一些詩人的去世或離開，一度作爲南唐詩壇中心之一的廬山詩壇基本沉寂下來，儘管劉洞、夏寶松等人雖然仍舊享有一定詩名；金陵詩壇則仍以徐鉉、徐鍇兄弟爲中心繼續著高層文官間的彼此唱和，以李煜爲中心也常有詩歌唱和活動，此外，舒雅、吳淑、鄭文寶等一批後進的年輕人開始嶄露頭角，但他們還沒有來得及充分展現詩才，南唐國就滅亡了，他們隨即入宋，成爲宋初詩壇的重要成員。後主在位的這十五年時間，南唐詩壇的繁榮期逐漸過去，但又成爲中主時期的詩壇與入宋的詩人創作之間的聯結，應該予以關注。

　　前一章已敘述過中主時期廬山詩壇的情況，僧道、隱逸和士子是廬山詩壇的重要成員，但是，這種興盛並沒有持續太長時間，到中主末年、後主初年，它已經逐漸冷寂下來。之前廬山較著名的詩僧如匡白、若虛等人早已示寂，隨後廬山再沒有出現可與之比肩的詩僧。此外，隱逸詩人和士子也漸漸離去，而他們本來是廬山詩壇最活躍的成

〔註108〕馬令《南唐書》卷5後主書。
〔註109〕夏承燾《南唐二主年譜》，《夏承燾文集》第1冊，第128頁。

員，因此造成廬山詩壇的漸趨消歇。譬如曾長年隱居廬山的左偓離開廬山往金陵，陳貺、史虛白大約在中主末年或後主初年去世；較年輕一輩的詩人如李中、伍喬等人則因出仕而他往，楊徽之、孟貫先後投奔了中朝，江爲因屢次落第，不得志於南唐，與人謀奔吳越，事發被殺。前期有名於時的廬山詩人群此時風流雲散。南唐的國勢也日趨衰頹，對士子的吸引力在減弱。後主在位時期，雖然號稱「尤屬意於詩人」〔註110〕，但他很可能並不欣賞廬山詩人的詩風，甚至沒有讀完劉洞的獻詩。李煜更欣賞的年輕詩人，是潘祐、張洎等人。但在後主時代，值得關注的詩人中依然有詩僧的身影，不過他們不再是僻在廬山，而是近在金陵。

一、金陵的詩僧

　　泰欽是後主時期最著名的詩僧。他是法眼文益的弟子，曾住金陵龍光院及清涼大道場，稱金陵清涼法燈禪師，開寶七年（974）卒。今傳世有《古鏡歌》3 首及《擬寒山》10 首。如果說《古鏡歌》還是偈頌體，《擬寒山》10 首則不但形式上是道地的五律，精神上也是詩歌的精神：

> 今古應無墜，分明在目前。片雲生晚谷，孤鶴下遙天。
> 岸柳含煙翠，溪花帶雨鮮。誰人知此意？令我憶南泉。

> 幽鳥語如簀，柳垂金線長。煙收山谷靜，風送杏花香。
> 永日蕭然坐，澄心萬慮亡。欲言言不及，林下好商量。

> 誰信天眞佛，興悲幾萬般。蓼花開古岸，白鷺立沙灘。
> 露滴庭莎長，雲收溪月寒。頭頭垂示處，子細好生觀。

> 閒步遊南陌，唯便野興多。傍花看蝶舞，近柳聽鶯歌。
> 稚子撈溪菜，山翁攜蕨蘿。問渠何處住，回首指前坡。

> 每思同道者，屈指有寒山。得意千峰下，無人共往還。
> 朝看雲片片，暮聽水潺潺。若問幽奇處，儂家住此間。

〔註110〕馬令《南唐書》卷 14 劉洞傳。

　　三春媚景時，疊嶂含煙雨。攜籃採蕨歸，和米鐺中煮。
食罷展殘書，鶯鳥關關語。此情孰可論，唯我能相許。

　　幽岩我自悟，路險無人到。寒燒帶葉柴，倦即和衣倒。
閒窗任月明，落葉從風掃。住茲不計年，漸覺垂垂老。

　　野老負薪歸，催婦連宵織。看他家事忙，且道承誰力。
問渠渠不知，特地生疑惑。傷嗟今古人，幾個知恩德。

　　自住國清寺，因循經幾年。不窮三藏教，匪學祖師禪。
一事攻燒火，餘閒任性眠。生涯何所有？今古與人傳。

　　颯颯西風起，飄飄細雨飛。前村孤嶺上，樵父擁蓑歸。
躡屐尋荒徑，揩筇似力微。時人應笑我，笑我者還稀。〔註111〕

這一組詩雖然是擬寒山體，但又不同於寒山。寒山的主要興趣在於哲
理本身，無論這個哲理是佛教的還是道家的；泰欽對眼前山林清景的
興趣要超過寒山，又常常抒寫自己的隱逸情懷。寒山詩時以俚語出
之，泰欽詩的語言則較典雅腴潤。但是，泰欽這一組詩也因此顯得較
為單調，應該說其豐富性與開創性不如寒山詩。

　　泰欽的這一組詩歌在南唐僧人中仍然是頗為突出的，實際上他對
文學的興趣也有來自法眼文益的影響。文益年輕時即博學好文：「屬律
匠希覺師盛化於明州鄮山育王寺，師往預聽習，究其微旨。復傍探儒
典，遊文雅之場。覺師目為我門之游夏也。」〔註112〕《宋高僧傳》稱
其「好為文筆，特慕支、湯之體，時作偈頌真贊，別形纂錄。」〔註113〕
文益今存韻文除去偈頌還有詩2首，其一即《全唐詩》卷825所收《睹
木平和尚》詩，另一首是牡丹詩，但此詩的歸屬尚有分歧。《全唐詩》
卷770、卷825此詩重出，字詞略有不同，分題為《看牡丹》、殷益
作和《賞牡丹應教》、謙光作。殷益當為文益之誤，應以文益為是。
追溯史籍源流，宋陶岳《五代史補》以此詩為僧謙光作：

〔註111〕《全唐詩續拾》卷44，《全唐詩補編》，第1390～1391頁。
〔註112〕《景德傳燈錄》卷24。
〔註113〕（宋）釋贊寧《宋高僧傳》卷13，北京：中華書局，1987年版，
　　　　第314頁。

　　　擁衲對芳叢，由來事不同。鬢從今日白，花似去年紅。

　　豔冶隨朝露，馨香逐曉風。何須對零落，然後始知空。〔註114〕

《五代史補》約成書於宋眞宗祥符五年（1012），在引證該詩的諸書中爲最早，因此有學者認爲應以它的記載爲準，著作權應歸謙光。〔註115〕事實是否一定如此呢？《冷齋夜話》以此詩爲文益作，字句略有不同，後人所本大體源於此：

　　　擁毳對芳叢，由來趣不同。鬢從今日白，花似去年紅。

　　豔曳隨朝露，馨香逐晚風。何須待零落，然後始知空。〔註116〕

但惠洪將文益賦此詩誤記爲後主時事，其實文益在中主末年已卒。其後《詩話總龜》、《唐詩紀事》、《苕溪漁隱叢話》等書皆從惠洪說，以此詩爲文益作。較有決定意義的是《五燈會元》卷 10 將此詩歸文益作，並糾正了惠洪將其繫於後主時代的錯誤。《五燈會元》涉及法眼宗的部分主要根據是北宋初釋道原所纂《景德傳燈錄》，但此詩不見於今本《景德傳燈錄》，很可能當時《五燈會元》還有別的材料來源。與《五燈會元》成書時間相當的《唐僧弘秀集》，也以文益爲此詩的作者。如果我們能夠肯定此詩爲文益所作，那麼他被希覺稱爲「我門游夏」不是沒有道理的，他被李璟、李煜格外禮重恐怕也有文學上趣味相近的原因。

　　由於法眼文益好爲文筆，其門下弟子中出現泰欽這樣傾心寒山的詩僧是很自然的，另外，文益的弟子中還有無則，也有詩作流傳。《全唐詩》存其詩 3 首，小傳稱：「無則，五代時人，爲法眼文益禪師弟子。」〔註117〕陳尚君認爲無則即《景德傳燈錄》卷 25 所錄文益弟子玄則，南唐時住金陵報恩院。〔註118〕宋《秘書省續編到四庫闕書目》

〔註114〕　《五代史補》卷 5，《五代史書彙編》第 5 冊，第 2534 頁。

〔註115〕　陳葆眞《南唐三主與佛教信仰》，《李後主和他的時代——南唐藝術與歷史論文集》，臺北：石頭出版公司，2007 年版。第 252、253 頁。

〔註116〕　（宋）惠洪《冷齋夜話》卷 1，《冷齋夜話·風月堂詩話·環溪詩話》，北京：中華書局，1988 年版。第 17 頁。日本五山版同。

〔註117〕　《全唐詩》卷 825，第 9301 頁。

〔註118〕　《唐詩大辭典》，第 39 頁。

已經著錄有無則詩一卷，後世尚有人摹仿其體，如元末張昱有《效唐僧無則詠物詩四首》，可見無則詩今存數量雖少，但特點分明。其現存 3 詩皆爲詠物七絕：

> 白蘋紅蓼碧江涯，日暖雙雙立睡時。願揭金籠放歸去，
> 卻隨沙鶴鬥輕絲。(《鷺鷥》)

> 千愁萬恨過花時，似向春風怨別離。若使眾禽俱解語，
> 一生懷抱有誰知。

> 長截鄰雞叫五更，數般名字百般聲。饒伊搖舌先知曉，
> 也待青天明即鳴。(《百舌鳥二首》)〔註119〕

語言上不離偈語本色，缺少回味，諷世意味濃，卻並不都很清晰，尤其前兩首。從詩歌的韻味來說，無則詩成就不如文益和泰欽，但這樣的體式和風格較便於摹仿，以至於成爲詠物七絕的一種方便法門。

二、金陵的新老詩人

開寶四年以前，南唐與宋還處於暫時的和平中，金陵一派優游恬嬉的景象。先是顯德末至乾德二年前後的四五年間，後主頗耽音律，「後主以後好音律，因亦耽嗜，廢政事，監察御使張憲切諫，賜帛三十疋，以旌敢言，然不爲輟也」〔註120〕。上下相習，韓熙載、陳致雍等人也熱衷於伎樂歌舞、有放逸任誕之名：

> 陳致雍……家無擔石之儲，然妾伎至數百，暇奏霓裳
> 羽衣之聲，頗以帷薄取譏於時。〔註121〕

這種放逸、好伎樂並非個別的現象，當時金陵上下風氣普遍如此，如德昌宮使劉承勳，「蓄妓樂數十百人，每置一妓，價數十萬，教以藝，又費數十萬，而服飾珠犀金翠稱之」〔註122〕。伎樂的盛行一方面推動了當時金陵的詞的創作，甚至著名學者徐鍇此時也曾寫有不少詞作：

〔註119〕《全唐詩》卷825，第9301頁。
〔註120〕陸游《南唐書》卷16昭惠后傳。
〔註121〕《江南餘載》卷上，《全宋筆記》第一編（二），第244頁。
〔註122〕陸游《南唐書》卷15劉承勳傳。

　　（徐鍇）與兄鉉俱在近侍，號二徐。初鍇久次當遷，
中書舍人游簡言當國，每抑之，鍇乃詣簡言。簡言從容
曰：以君才地何止一中書舍人，然伯仲並居清要，亦物
忌太盛，不若少遲之。鍇頗怏怏。簡言徐出妓佐酒，所
歌詞皆鍇所爲。鍇大喜，乃起謝曰：丞相所言乃鍇意也。
歸以告鉉，鉉歎息曰：汝癡絕，乃爲數闋歌換中書舍人
乎？〔註123〕

徐鍇詞今已全部亡佚，但從此條軼事可以推測當時詞的創作盛行，並
且一般的風氣仍是以詞的創作才能爲榮的。另一方面，放逸的風氣
在詩歌等其它藝術門類中也有表現，如韓熙載曾有詩贈陳致雍曰：
「陳郎不著世儒衫，也好嬉遊日笑談。幸有葛巾與藜杖，從呼宮觀
老都監。」〔註124〕又有詩句嘲諷陳致雍並自嘲：「陳郎衫色如裝戲，
韓子官資似弄鈴。」〔註125〕而此時君臣放逸豪侈的風氣最集中和
典型的表現，可以到《韓熙載夜宴圖》及其相關傳說和軼事中去尋
找。〔註126〕不論李煜派畫工窺伺韓熙載的家宴是出於對其私生活
的好奇還是出於儆戒臣下這一動機，這幅夜宴圖都可以作爲此時南
唐上流社會的風俗畫，很多詩詞的產生都離不開類似的歌舞嬉遊的
背景。

　　但是，此時南唐的詩歌中描述伎樂遊宴的題材並不多見，相
反，倒是不乏諷喻之作。李煜納小周后時，「韓熙載以下皆爲詩以
諷焉」〔註127〕，但韓熙載的這篇諷刺詩今不存，但另有諷刺後主
的詞句流傳：「（後主）又作紅羅亭子，四面栽紅梅花，作豔曲歌之。

〔註123〕陸游《南唐書》卷5徐鍇傳。

〔註124〕《江南餘載》卷上，《全宋筆記》第一編（二），第244頁。

〔註125〕周在濬《南唐書注》卷12韓熙載傳注引《釣磯立談》，今本《釣磯
　　　　立談》不存此條。

〔註126〕參看宋陶岳《五代史補》卷5韓熙載帷箔不修條、宋祖無頗《龍學
　　　　文集》卷16《跋〈韓熙載夜宴圖〉》、《宣和畫譜》卷7顧閎中條等。
　　　　研究著作可參巫鴻《重屏：中國繪畫中的媒材和再現》。

〔註127〕馬令《南唐書》卷6周后傳。

韓熙載和云：桃李不須誇爛漫，已輸了春風一半。時已割淮南與周矣。」〔註128〕徐鉉也有《納后夕侍宴》、《又三絕》等詩，名義上是爲恭賀婚禮，但其中《又三絕》中有句云「四海未知春色至，今宵先入九重城」〔註129〕，卻別有諷喻之意。究其實，這類諷喻之作的出現和當時李煜本人還有勵精圖治的願望分不開。正是由於李煜對於治道和儒學還較爲留心，能接納異見，這類諷喻之作才有可能出現。

乾德五年（967），後主曾召兩省侍郎、諫議、給事中、中書舍人、集賢勤政殿學士分夕輪值光政殿，召對咨訪，常至夜分，韓熙載等人紛紛上書獻策，但這一番振作迹象很快過去。隨著後主再娶小周后，頗耽聲色豪侈，遊宴不斷。此時的金陵詩壇，佔據最多比例的還是唱酬之作，李煜爲中心組織起來的宮廷唱和，前文中我們已經談到的就有開寶二年（969）春北苑遊宴賦詩、開寶三年（970）秋綺霞閣餞送鄧王出鎮宣州兩次大規模唱和，其中前一次詩會有上百篇詩作，後一次則有徐鉉《御筵送鄧王》這樣的名作：

> 禁裏秋光似水清，林煙池影共離情。暫移黃合只三載，
> 卻望紫垣都數程。滿座清風天子送，隨車甘雨郡人迎。綺
> 霞閣上詩題在，從此還應有頌聲。

除李煜親自發起的宮廷唱和外，朝中文臣如湯悅、徐鉉、徐鍇等人在這一時期也熱衷於酬和贈答詩的寫作。湯悅和徐鉉兄弟在後主時期屢有酬唱往來，其中又以關於東觀庭梅的迭相唱和爲最著名：

〔註128〕《五代詩話》卷1引《江鄰幾雜誌》以此句爲韓熙載作，且前有「李後主於清微歌樓上春寒水四面，學士习衍起奏，陛下未覩其大者遠者耳。人疑其有規諷，訊之，云，風乍起，吹皺一池春水。又作紅羅亭子……」一段。但同書卷3引《詞統》又以此句爲潘祐所作：「南唐潘祐嘗應李後主令作辭云：樓上春寒山四面。桃李不須誇爛漫，已失了春風一半。蓋諷其地漸侵削也。」似合兩則軼事爲一，並將作者誤爲潘祐。另，「樓上春寒山四面」一句爲馮延巳《鵲踏枝·梅落繁枝千萬片》中成句，不應爲韓熙載或潘祐詞。

〔註129〕《徐公文集》卷5。

東觀婆娑樹，曾憐甲坼時。繁英共攀折，芳歲幾推移。往事皆陳迹，清香亦暗衰。相看宜自喜，雙鬢合垂絲。（徐鉉《史館庭梅見其毫末，歷載三十，今已半枯，同僚諸公唯相公與鉉在耳，睹物興感，率成短篇，謹書獻上，伏惟垂覽》）

憶見萌芽日，還憐合抱時。舊歡如夢想，物態暗還移。素豔今無幾，朱顏亦自衰。樹將人共老，何暇更悲絲。（湯悅《鼎臣學士侍郎以東館庭梅昔翰苑之毫末，今復半枯，向時同僚零落都盡，素髮垂領，茲唯二人，感舊傷懷，發於吟詠，惠然好我，不能無言，輒次來韻攀和》）

託植經多稔，頃筐向盛時。枝條雖已故，情分不曾移。莫向階前老，還同鏡裏衰。更應憐墮葉，殘吹掛蟲絲。（湯悅《再次前韻代梅答》）

禁省繁華地，含芳自一時。雪英開復落，紅藥植還移（原注：謂嘗爲翰林又爲史館）靜想分今昔，頻吟歎盛衰。多情共如此，爭免鬢成絲。（徐鉉《太傅相公深感庭梅，再成絕唱，曲垂借示，倍認知憐，謹用舊韻攀和》）

靜對含章樹，閒思共有時。香隨荀令在，根異武昌移。物性雖搖落，人心豈變衰。唱酬勝笛曲，來往韻朱絲。（徐鍇《太傅相公以東觀庭梅西垣舊植，昔陪盛賞，今獨家兄，唱和之餘，俾令攀和，輒依本韻，伏愧斐然》）

人物同遷謝，重成念舊悲。連華得瓊玖，合奏發塤篪。餘枿雖無取，殘芳尚獲知。問君何所似，珍重杜秋詩。（湯悅《鼎臣學士侍郎、楚金舍人學士以再傷庭梅詩同垂寵和，清絕感歎，情致俱深，因成四十字陳謝》）

舊眷終無替，流光自足悲。攀條感花蕚，和曲許塤篪。前會成春夢，何人更已知。緣情聊借喻，爭敢道言詩。（徐鉉《太傅相公以庭梅二篇許舍弟同賦，再迂藻思，曲有虛稱，謹依韻奉和，庶申感謝》）

重歎梅花落，非關塞笛悲。論文叨接蕚，末曲愧吹篪。枝逐清風動，香因白雪知。陶鈞敷左悌，更賦邵公詩。（徐

> 鍇《太傅相公與家兄梅花酬唱，許綴末篇，再賜新詩，俯光拙句，謹
> 奉清韻，用感鈞私，伏惟採覽》）〔註130〕

這一組詩約作於開寶三年（970）冬或次年（971）春，湯悅時任太子
太傅、監修國史，徐鉉爲禮部侍郎、知制誥、翰林學士，徐鍇爲中書
舍人、集賢殿學士。三人輪番唱和，共留下以上8首歌詠東觀庭梅的
詩作。回溯起來，建隆二年（961）後主即位以後直到開寶年間，徐
鉉長在朝中，與湯悅的酬和格外密切，他的文集中《奉和右省僕射西
亭高臥作》、《右省僕射後湖亭開宴鉉以宿直先歸賦詩留獻》、《和門下
殷侍郎新茶二十韻》等詩先後作於這一時期，而以這一組東館庭梅的
唱和往復最多、存詩也最完整。藉由三人的詩題，可知此番酬唱是因
史館庭中梅樹而起。徐鉉與湯悅之間的酬唱約始於昇元末、保大初，
〔註131〕到開寶三年已三十來年，不但當年屢有唱和的李建勳、江文
蔚、蕭儼等人早已去世，且多年同僚、曾同修國史的韓熙載也剛於開
寶三年七月去世，徐鉉不由向湯悅感慨當年同僚諸公「唯相公與鉉在
耳」，而史館庭梅也經歷了三十年前「始見毫末」到眼下「今已半枯」，
幸存者也已由青年變爲遲暮，很容易產生今昔盛衰之感。儘管這一組
詩中不乏「前會成春夢，何人更己知」、「重歎梅花落，非關塞笛悲」
這樣淡雅有味的詩句，但整體較爲空泛和平面化，並無特別可觀之
處。徐鉉的長篇排律《奉和宮傅相公懷舊見寄四十韻》與這一組詠梅
詩大致作於同一時期，也難免同樣的缺點。

此時徐鉉集中與他人的酬唱之作還有《奉和子龍大監與舍弟贈答
之什》、《和鍾大監泛舟同遊見示》、《又和遊光睦院》、《和張少監舟中
望蔣山》等；此外，徐鉉平素還與李煜及鄭王從善多有唱酬，《徐公
文集》中存有《依韻和令公大王薔薇詩》、《陪鄭王相公賦簷前垂冰應

〔註130〕以上徐鉉、湯悅、徐鍇八詩並見《徐公文集》卷5。
〔註131〕參《唐五代文學編年》（五代卷）中主保大元年（943）湯悅條、
　　　　徐鉉條，第362頁。徐鉉有《題殷舍人宅木芙蓉》（《徐公文集》
　　　　卷1）、《和殷舍從蕭員外春雪》（《徐公文集》卷2）等詩，殷崇
　　　　義即湯悅。

教依韻》、《奉和七夕應令》、《又和八日》、《奉和御製茱萸詩》等，加上他此時爲應制而作如《北苑侍宴雜詠詩》、《柳枝詞十首》等組詩，可以看出此時徐鉉詩大多立意較尋常、不求精警，語言、意象都有散漫頹易的傾向，也較少見性情，早年詩作中雅麗與抒懷並舉的優點正在消退。湯悅雖然號稱能詩善文，但他的詩歌今日存留很少，又基本是應制或唱和詩，從現存作品看，他的詩風更接近五代流行的白體詩風，並對一度遠離這種詩風的徐鉉也產生了影響，但徐鉉仍然是當時詩壇的主盟。這些存留的作品顯現出當時金陵詩壇老詩人正在凋零的徵象。總之，後主時期的金陵詩壇趨於沉悶，老一輩詩人基本以應制、唱和爲主，顯得單調而平庸。此時，江南正面臨著宋朝步步進逼，老一輩文士如韓熙載、徐鉉等人，或者放誕任縱，或者庸碌無爲，金陵詩壇再也沒有出現過中主時期憂傷國事、寄託深切的詩作。當時可以稱得上南唐詩壇最大成就的只有開寶六年（973）孟賓于在南昌爲李中編成的《碧雲集》，〔註132〕這部詩集同時也是南唐詩學觀的一次總結。正是在此書的序言中，孟賓于表示對於「緣情入妙，麗則可知」的詩風的推崇，而這也幾乎可以作爲整個南唐優秀詩風的概括。

　　老一輩詩人以外，此時並非沒有新的詩人出現，譬如舒雅、吳淑、鄭文寶等年輕詩人已踏入文壇：舒雅此時遊於韓熙載之門，〔註133〕吳淑於徐鉉門下及第，〔註134〕張泊也得到李煜的賞識。〔註135〕主張學張籍一派詩歌的張泊，約在乾德三年（965）編成《張司業詩集》並爲之作序。他們年齡皆與後主李煜相仿，是金陵所聚集起來的又一批年輕詩人。但此時他們大多在創作上並未成熟，此時也極少有作品留存。不過，後主時代曾經有一位年輕詩人短暫地展示過文學才華，他就是潘祐。

〔註132〕見孟賓于《碧雲集序》。
〔註133〕馬令《南唐書》卷22舒雅傳。
〔註134〕《徐公文集・徐公行狀》。
〔註135〕《宋史》卷267張泊傳，第9208頁。

　　潘祐（938～973），祖上本幽州人，他的父親潘處常烈祖時來奔，爲散騎常侍，中主時爲諫議大夫、勤政殿學士，徐鉉《御製春雪詩序》記載他曾參與中主保大七年元日賦雪集會。潘祐少而好學，文思敏速，後周顯德六年（959），二十三歲的李煜嗣立爲太子，隨即開崇文館以招賢，潘祐預於其間，時年二十二，其文章甚得後主欣賞，卻孤高狷介，難以立足於朝廷：

　　　　氣宇孤峻，閉門讀書，不營貲產，文章瞻逸，尤敏於
　　論議，時譽藹然。〔註136〕

　　　　祐生而狷介高潔，閉門苦學，不交人事，文章議論見
　　推流輩。陳喬、韓熙載共薦於元宗。起家秘書省正字。後
　　主在東宮，開崇文館，以招賢士，祐預其間。後主嗣位，
　　遷虞部員外郎、史館修撰。議納後禮，援據精博合指，遷
　　知制誥。召草南漢主書，文不加點，後主咨賞，遷中書舍
　　人，每以潘卿稱之而不名。祐酷喜老莊之言，嘗作文一篇
　　名曰《贈別》，其辭曰……開寶五年更官名，改內史舍人。
　　初與張洎親厚，及俱在西省，所趨既異，情好頓衰，每歎
　　曰：堂堂乎張也，難與並爲仁矣。時南唐日衰削，用事者
　　充位，無所爲，祐憤切上疏，極論時政，歷詆大臣將相，
　　詞甚激訐，後主雖數賜手箚嘉歎，終無所施用。祐七疏不
　　止，且請歸田廬。乃命祐專修國史，悉罷他職。而祐復上
　　疏曰：三軍可奪帥也，匹夫不可奪志也。臣乃者繼上表章，
　　凡數萬言，詞窮理盡，忠邪洞分，陛下力蔽姦邪，曲容諂
　　僞，遂使家國惛惛，如日將暮……詞既過切，張洎從而擠
　　之。後主遂發怒，以潘祐素與李平善，意祐之狂多平激之，
　　而平又以建白造民籍爲眾所排，乃先收平，屬吏並使收祐。
　　祐聞命自剄。年三十六。〔註137〕

儘管潘祐只活了三十六歲，卻是後主在位時期值得期待的年輕詩人之一，他的詩作存世不多，但常有可觀：

〔註136〕馬令《南唐書》卷19潘祐傳。
〔註137〕陸游《南唐書》卷13潘祐傳。

　　　幽禽喚杜宇，宿蝶夢莊周。席地一尊酒，思與元化浮。
但莫孤明月，何必秉燭遊。(《感懷》)〔註138〕

　　　誰家舊宅春無主，深院簾垂杏花雨。香飛綠瑣人未歸，
巢燕承塵默無語。(《失題》)〔註139〕

前一首描寫獨與宇宙精神相往來的心理體驗，與他的另一聯斷句「凝神入混茫，萬象成空虛」〔註140〕相似，可以作為潘祐「酷喜老莊之言」的注腳。後一首中「深院簾垂杏花雨」很得宋人欣賞，其實通篇皆不弱，在為數眾多的閨怨詩中也稱得上別致，但末句給人未完結感，可能現存四句本非完璧；潘祐另存斷句「勸君此醉直須歡，明朝又是花狼藉」〔註141〕，也屬惜春主題，王楙認為這就是黃庭堅「趁此花開須一醉，明朝化作玉塵飛」所本。〔註142〕同寫春天，「杏花雨」一首含蓄蘊藉，「勸君此醉」兩句則意氣豪宕，顯示出潘祐多樣的詩風。

　　開寶三年（970）八月，宋太祖欲討南漢而未決，詔李煜曉諭南漢後主劉鋹，李煜命知制誥潘祐作書，這就是後世所稱《為李後主與南漢後主第二書》：

　　　煜與足下叨累世之睦，繼祖考之盟，情若弟兄，義同交契。憂戚之患，曷常不同？每思會面抵掌，交議其所短，各陳其所長，使中心釋然，利害不惑，而相去萬里，斯願莫申。凡於事機，不得款會，屢達誠素，冀明此心，而足下謂書檄一時之儀，近國梗概之事，外貌而待之，汎濫而觀之，使忠告確論，如水投石。若此則又何必事虛詞而勞往復哉？殊非夙心之所望也。今則復遣人使，罄申鄙懷，

〔註138〕童養年輯錄《全唐詩續拾遺》卷11，《全唐詩補編》，第466頁。
〔註139〕《全唐詩》卷738，第8418頁。《全唐詩》當從王楙《野客叢書》輯出，所存非全篇。
〔註140〕《全唐詩續拾遺》卷11，《全唐詩補編》，第466頁。
〔註141〕《全唐詩》卷738，第8418頁。
〔註142〕（宋）王楙《野客叢書》卷20，上海：上海古籍出版社，1991，第299頁。黃庭堅此詩今佚。

又慮行人失辭，不盡深素，是以再寄翰墨，重布腹心，以代會面之談與抵掌之議也。足下誠聽其言，如交友諫爭之言，視其心，如親戚急難之心，然後三復其言，三思其心，則忠乎不忠，斯可見矣。從乎不從，斯可決矣。

昨以大朝南伐，圖復楚疆，交兵已來，遂成釁隙。詳觀事勢，深切憂懷，冀息大朝之兵，求契親仁之願，引領南望，於今累年。昨命使臣入貢大朝，大朝皇帝累以此事宣示曰：彼若以事大之禮而事我，則何苦而伐之。若欲興戎而爭我，則以必取為度矣。見今點閱大眾，仍以上秋為期，令敝邑以書復敘前意，是用奔走人使，遽貢直言。深料大朝之心，非有唯利之貪，蓋怒人之不賓而已。足下非有得已之事，與不可易之謀，殆一時之忿而已。觀夫古之用武者，不顧大小強弱之殊，而必戰者有四：父母宗廟之讎，此必戰也。彼此烏合，民無定心，存亡之幾，以戰為命，此必戰也。敵人有進必不捨，我求和不得，退守無路，戰亦亡，不戰亦亡，奮不顧命，此必戰也。彼有天亡之兆，我懷進取之機，此必戰也。今足下與大朝，非有父母宗廟之讎也，非同烏合存亡之際也，既殊進退不捨奮不顧命也，又異乘機進取之時也，無故而坐受天下之兵，將決一旦之命，既大朝許以通好，又拒而不從，有國家利社稷者，當若是乎？夫稱帝稱皇，角立傑出，今古之常事也。割地以通好，玉帛以事人，亦古今之常事也。盈虛消息，取與翕張，屈伸萬端，在我而已，何必膠柱而用壯，輕禍而爭雄哉？且足下以英明之資，撫百越之眾。北距五嶺，南負重滇，藉累世之基，有及民之澤，眾數十萬，表裏山川，此足下所以慨然而自負也。然違天不祥，好戰危事。天方相楚，尚未可爭。若以大朝師武臣力，實謂天贊也。登太行而伐上黨，士無難色：絕劍閣而舉庸蜀，役不淹時。是知大朝之力難測也，萬里之境難保也。十戰而九勝，亦一敗可憂：六奇而五中，則一失何補。況人自以我國險，家自以我兵強，蓋揣於此而不揣於彼，經其成而未經其敗也。

何則？國莫險於劍閣，而庸蜀已亡矣；兵莫強於上黨，而太行不守矣。人之情，端坐則思之，意滄海可涉也。及風濤驟興，奔舟失馭，與夫坐思之時，蓋有殊矣。是以智者慮於未萌，機者重其先見，圖難於其易，居存不忘亡。故曰計禍不及，慮福過之，良以福者人之所樂，心樂之，故其望也過；禍者人之所惡，心惡之，故其思也忽。是以福或修於慊望，禍多出於不期。

又或慮有矜功好名之臣，獻尊主強國之議者，必曰慎無和也，五嶺之險，山高水深，輕重不並行，士卒不成列，高壘清野而絕其運糧，依山阻水而射以強弩，使進無所得，退無所歸。此其一也。又或曰彼所長者，利在平地，今捨其所長，就其所短，雖有百萬之眾，無若我何。此其二也。其次或曰戰而勝，則霸業可成，戰而不勝，則汎巨舟而浮滄海，終不爲人下。此大約皆說士孟浪之談，謀臣捭闔之策，坐而論之也則易，行之如意也則難。何則？今荊湘以南，庸蜀之地，皆是便山水習險阻之民，不動中國之兵，精卒已逾於十萬矣。況足下與大朝，封疆接畛，水陸同途，殆雞犬之相聞，豈馬牛之不及，一旦緣邊悉舉，諸道進攻，豈可俱絕其運糧，盡保其城壁？若諸險悉固，誠善莫加焉。苟尺水橫流，則長堤虛設矣。其次曰：或大朝用吳越之眾，自泉州泛海以趨國都，則不數日至城下矣。當其人心疑惑，兵勢動搖，岸上舟中，皆爲敵國，忠臣義士，能復幾人？懷進退者，步步生心，顧妻子者，滔滔皆是。變故難測，須臾萬端。非惟暫乖始圖，實恐有誤壯志，又非巨舟之可及，滄海之可遊也。

然此等皆戰伐之常，兵家之預謀，雖勝負未知，成敗相半，苟不得已而爲也。固斷在不疑，若無大故而思之，又深可痛惜。且小之事大，理固然也，遠古之例，不能備談。本朝當楊氏之建吳也，亦入貢莊宗。恭自烈祖開基，中原多故，事大之禮，因循未遑，以至兵交，幾成危殆。非不欲憑大江之險，恃眾多之力，尋悟知難則退，遂修出

境之盟。一介之使才行，萬里之兵頓息。惠民和眾，於今
賴之。自足下祖德之開基，亦通好中國，以闡霸圖，願修
祖宗之謀，以尋中國之好。蕩無益之忿，棄不急之爭，知
存知亡，能強能弱，屈己以濟億兆，談笑而定國家，至德
大業無虧也，宗廟社稷無損也。玉帛朝聘之禮才出於境，
而天下之兵已息矣。豈不易如反掌，固如太山哉？何必扼
腕盱衡，履腸躁血，然後爲勇也？故曰德輶如毛，鮮克舉
之，我儀圖之，又曰知止不殆，可以長久，又曰沉潛剛克，
高明柔克。此聖賢之事業，何恥而不爲哉？況大朝皇帝以
命世之英，光宅中夏，承五運而乃當正統，度四方則咸偃
下風。獫狁太原，固不勞於薄伐，南轅返斾，更屬在於何
人。又方且過天下之兵鋒，俟貴國之嘉問，則大國之義，
斯亦以喜矣。足下之忿，亦可以息矣。若介然不移，有利
於宗廟社稷可也，有利於黎元可也，有利於天下可也，有
利於身可也。凡是四者，無一利焉，何用棄德修怨，自生
讎敵，使赫赫南國，將成禍機？炎炎奈何，其可嚮邇。幸
而小勝也，莫保其後焉，不幸而違心，則大事去矣。

復念頃者淮泗交兵，疆陲多壘。吳越以累世之好，遂
首爲屬階。惟有貴國情分愈親，歡盟愈篤。在先朝感義，
情實慨然。下走承基，理難負德。不能自已，又馳此緘。
近負大朝諭旨，以爲足下無通好之心，必舉上秋之役，即
命敝邑，速絕連盟。雖善鄰之懷，期於永保，而事大之節，
焉敢固違，恐煜之不得事足下也。是以惻惻之意，所不能
云。區區之誠，於是乎在。又念臣子之情，尚不逾於三諫，
煜之極言，於此三矣。是爲臣者可以逃，爲子者可以泣，
爲交友者亦惆悵而遂絕矣。〔註143〕

這封曉諭書與後世名爲《爲李後主與南漢後主書》的另一封信在結
構、內容、措辭上都十分相似，只是一繁一簡，更像是流傳的兩個不
同版本，而非兩封不同的書信。這封繁本的書信不但將南漢、也同時

〔註143〕《全唐文》卷876，第9167～9169頁。

將南唐的處境刻畫得入木三分，已經將後來李煜一直小心侍奉宋朝、不到最後絕望不起兵反抗的心理預示得十分清楚。潘祐因爲草寫這封勸諭書而受到後主咨賞，由知制誥再遷中書舍人，後主每以潘卿稱之而不名。但是，潘祐儘管在文章中將南唐的處境和卑順求和的心態闡述得如此深刻，開寶六年（973）卻還是忍不住連上七疏，極論時政，指斥群臣，他最後的這封上疏也連帶指斥了後主李煜：

> 　　三軍可奪帥也，匹夫不可奪志也。臣乃者繼上表章，
> 凡數萬言，詞窮理盡，忠邪洞分。陛下力蔽姦邪，曲容諂
> 僞，遂使家國惛惛，如日將暮。古有桀紂孫皓者，破國亡
> 家，自己而作，尚爲千古所笑，今陛下取則奸回，敗亂國
> 家，不及桀紂孫皓遠矣。臣終不能與姦臣雜處，事亡國之
> 主。陛下必以臣爲罪，則請賜誅戮，以謝中外。〔註144〕

大概就是過於激切的姿態和措辭最終惹怒了李煜，加上原本與之不睦的張洎從旁毀短，潘祐被收繫獄。李煜未必真有殺潘祐之心，潘祐卻覺得不能苟活於這個如日將暮的國度，最終自剄而死。

　　這一年，宋已派人來求江南圖經，南唐不得不答應；宋據圖經得以盡知江南虛實，用兵之意已定，李煜上表表示願受爵命，宋太祖沒有答應；次年，即開寶七年（974）秋，宋朝先後兩次派人向李煜下最後通牒，李煜仍舊沒有入朝汴京，十月，宋朝發兵，十二月，金陵被圍；開寶八年（975）十一月，金陵城陷，李煜出降。

　　後主時代儘管整個南唐文化在當時走向最繁盛和精緻化的階段，但此時的詩歌成就卻比較有限。此時南唐詩壇，無論廬山還是金陵，都呈現出沉寂消歇的傾向，新一代詩人還來不及充分展示他們的才華就已經失去他們曾附麗的國家。但此時南唐的一批著名文士，包括湯悅、徐鉉、張洎、吳淑、舒雅、鄭文寶等前後兩輩詩人，在南唐國滅後入宋，他們在宋初的詩壇和文化中曾經長久地扮演了相當重要的角色。

〔註144〕《全唐文》卷876，第9166頁。

第四章 宋初南唐文化與詩歌的餘波

　　宋代在中國歷史上以彬彬文治著稱,「宋型文化」更被作爲與「唐型文化」相對舉的文化類型, 〔註1〕但宋代繼五代十國而起,對五代文化多有承襲,尤其是宋初太祖、太宗、眞宗三朝,其文化在諸多方面皆與前朝密切相關。有鑒於此,部分學者甚至將宋初的這一段時期歸入唐文化的尾聲。 〔註2〕我們認爲,在宋型文化完全形成、自立以前,宋初的文化母體就是五代十國文化,其中原南唐文化所扮演的角色又尤爲重要。不過,儘管南唐文化在當時佔有重要位置,宋廷對待南唐文化卻是既仰慕又嘲諷、既歆羨又打壓的態度,當時社會南北文化之爭也是較爲普遍的現象。在這樣一種矛盾的處境下,南唐文化仍然顯示出它的吸引力,並成爲宋初文化繼承的重要對象。同時,宋人也不斷通過各種著作包括史書、筆記等形式記載和追溯著南唐的一切,這構成了宋人對前朝文化想像的一部分。南唐的詩歌也在同樣的背景下成爲宋初詩壇的重要部分。本章中我們主要探討的就是南唐文化在宋初的餘波,以及南唐末年入宋的那批詩人在宋初詩壇上的影響。這裡我們所說的「宋初」,往往特指南唐入宋之後的三十來年時

〔註 1〕 參見傅樂成《唐型文化與宋型文化》,《國立編譯館館刊》1 卷 4 期,
　　　　1972 年;又收入氏著《漢唐史論集》,臺北:聯經出版事業公司,1977
　　　　年版。

〔註 2〕 Kang-I Sun Chang and Stephen Owen, The Cambridge History of
　　　　Chinese Literature, Volume 1, New York: Cambridge University Press,
　　　　2010. P366～373.

間，約從宋太宗太平興國元年（976）李煜入汴到宋眞宗景德四年
（1007）爲止。以景德四年爲下限，是因爲一代文宗歐陽修誕生於這
一年，而次年，也即大中祥符元年，楊億編成《西崑酬唱集》，宋詩
漸漸找到自己獨特的聲音。

第一節　宋初文化格局中的南唐形象

南唐詩歌對宋初詩壇的影響並不是孤立的現象，其背景是宋平諸
國以後南北文化的碰撞與融合。當時較普遍地存在著南北文化之爭，
宋廷對待南唐文化起初是矛盾的，而宋代文士則對南唐風流追懷不
已。最終，南唐的學術和文學給予了宋代可貴的文化遺產。

一、五代宋初北方的文化狀況及宋初人對南唐文化的矛盾態度

五代作爲先後在北方建立統治的政權，予人的印象卻主要是若干
勢力消長的軍事集團。這一方面是因爲北方軍閥藩鎮集團彼此之間長
期進行著混戰，又不時受到契丹的攻擊，加上各集團內部由於覬覦統
治權而經常發生的叛亂，都爲北方地區帶來極大的動盪，各集團的統
治很不穩定，大多只能維持一兩代，就迅速爲其他更有力的軍事首領
所取代。以軍事力量維持統治已經十分艱難，文化上的建樹當然不遑
進行。況且在當時各集團靠武力起家、又基本以武力強弱決定勝負的
情況下，統治者不但難以稍稍重視文化，甚至完全不相信文士有任何
的作用，後漢高祖劉知遠甚至有「朝廷大事莫共措大商量」〔註3〕這
樣的言論。統治集團的成員若留心文藝，甚至會招致危險：唐明宗之
子秦王從榮好爲詩歌，與從事高輦等人更相唱和，有詩千餘首，但他
親近詞客的行爲不僅被儒生認爲是浮華——劉贊就曾諫止秦王好令
賓客僚佐賦詩的行爲，稱「殿下宜以孝敬爲職，浮華非所尙也」〔註4〕，

〔註 3〕　《舊五代史》卷107史弘肇傳，第1407頁。
〔註 4〕　《舊五代史》卷68劉贊注傳引《言行龜鑒》，第908頁。

並且引起武人的猜疑和不滿，「時干戈之後，武夫用事，睹從榮所爲，皆不悅」〔註5〕，這是更加危險的事情。武人因此設計圖謀，不久從榮、高輦等人遭禍身亡。〔註6〕這些極端的例子表明，在軍事鬥爭頻繁的情況下，北方政權本質上是一種軍事政府，所倚重的也只能是軍事實力和武人，文化和文士基本沒有地位可言。

在這樣的背景下，整個五代的文化狀況呈現出歷史上空前的低潮：五代的帝王多起身草莽，沒有多少文化，如後梁太祖朱溫，「比不知書，章檄喜淺近語」〔註7〕；後唐明宗不知書，四方書奏，多令樞密使安重誨讀之，不曉文義，因此設端明殿學士，由馮道等人充任。〔註8〕這樣的統治者身邊不僅不需要、甚至難以容忍高才博識之士，早在唐末天祐年間，朱溫將當時清流投之黃河的「白馬驛之禍」已經典型地說明了這一點。既然帝王所需要的最多不過是能以淺近文字處理章檄書奏之士，因緣進用的文士文學水準也因此大多只停留在這個層次上：《舊五代史》載後唐天成初年，「時張文寶知貢舉，中書奏落進士數人，仍請詔翰林學士院作一詩一賦，下禮部，爲舉人格樣。學士竇夢徵、張礪輩撰格詩格賦各一，送中書，宰相未以爲允。夢徵等請懌爲之，懌笑而答曰：『李懌識字有數，頃歲因人偶得及第，敢與後生髦俊爲之標格！假令今卻稱進士，就春官求試，落第必矣。格詩格賦，不敢應詔。』」〔註9〕曹國珍後唐時爲尚書郎，但「經藝詩學，非其所長，好自矜炫，多上章疏，文字差誤，數數有之」〔註10〕。盧損「屢上書言事，詞理淺陋，不爲名流所知」〔註11〕。盧程爲河東節度推官，「莊宗嘗召程草文書，程辭不能」，盧程與豆盧革同樣無學術，

〔註5〕　《五代史補》卷2秦王搆禍條，《五代史書彙編》第5冊，第2488頁。
〔註6〕　《舊五代史》卷51秦王從榮傳，第694頁。
〔註7〕　《舊五代史》卷18敬翔傳，第247頁。
〔註8〕　《五代會要》卷13「端明殿學士」條，第173頁。
〔註9〕　《舊五代史》卷92李懌傳，第1224頁。
〔註10〕　《舊五代史》卷93，第1234頁。
〔註11〕　《舊五代史》卷128，第1689頁。

二人後來僅因門第而拜平章事，莊宗也只能感歎其爲「似是而非者也」。〔註12〕崔協爲相，然不識文字，虛有儀表，被人稱爲「沒字碑」〔註13〕……有關當時進士、學士、宰相無文的類似記載在五代史書中比比皆是。五代整個社會風氣同樣尙武鄙文，如《舊五代史》載太原一地「人多尙武，恥於學業」〔註14〕。可以說當時朝野上下的文化水平一律降至最低點，直到宋代初年，這種「不文」的狀況尙無根本改變：乾德四年（966）五月「庚寅，上親試制科舉人姜涉等於紫雲樓下……涉等所試文理疏略，不應策問」〔註15〕；開寶九年（976）正月「癸未，命翰林學士李昉、知制誥扈蒙、李穆等，於禮部貢院同閱諸道所解孝悌力田及有文武才幹者凡四百七十八人。及試，問所習之業，皆無可採」〔註16〕。

　　同一時代，南唐則右文崇儒，一派文化繁榮的景象，讓人印象深刻：

> 五代之亂也，禮樂崩壞，文獻俱亡，而儒衣書服盛於南唐，豈斯文之未喪而天將有所寓歟？不然，則聖王之大典掃地盡矣。南唐累世好儒，而儒者之盛見於載籍，燦然可觀。如韓熙載之不羈，江文蔚之高才，徐鍇之典贍，高越之華藻，潘祐之清逸，皆能擅價於一時，而徐鉉湯悅張洎之徒又足以爭名於天下，其餘落落不可勝數。故曰：江左三十年間，文物有元和之風，豈虛言乎？〔註17〕

在這種南北文化並不對等的格局之下，當宋朝最終以軍事力量吞併南唐，憑武力強大所獲勝利讓宋朝君臣具有征服者的優越感，但他們同時也難以否認南唐的文質彬彬，因此宋人對南唐便表現出一種混合著優越與自卑、嘲諷又仰慕的矛盾態度，這在宋太祖、太宗身上體現得

〔註12〕《新五代史》卷28盧程傳，第304頁。
〔註13〕《新五代史》卷28任環傳，第307頁。
〔註14〕《舊五代史》卷69張憲傳，第911頁。
〔註15〕《續資治通鑒長編》卷7，第172頁。
〔註16〕《續資治通鑒長編》卷17，第363頁。
〔註17〕馬令《南唐書》卷13儒者傳。

尤其明顯，太祖稱呼李煜爲「好個翰林學士」的軼事便是這種矛盾態度的反映：

> 江南李煜既降，太祖嘗因曲燕，問聞卿在國中好作詩，因使舉其得意者一聯。煜沉吟久之，誦其《詠扇》云：揖讓月在手，動搖風滿懷。上曰：滿懷之風卻有多少？他日復燕煜，顧近臣曰：好一個翰林學士。〔註18〕

太祖以一種勝利者的姿態隱隱顯示出武略勝過文才、文才終將臣服於武略的意思，因此一方面並不單純以詩藝的標準來衡量詩，而是將詩歌的內容作爲胸襟氣度的體現，並以爲李煜的最後失敗已經在這種有限的氣度中預示出來；另一方面，太祖也無法否認李煜在文藝方面的天賦與才能，便以「翰林學士」稱之，而這個看似褒義的稱呼實則包含著對方不過爲一介文臣的潛臺詞。

《後山詩話》也記載了另一則類似的軼事：

> 王師圍金陵，唐使徐鉉來朝。鉉伐其能，欲以口舌解圍，謂太祖不文，盛稱其主博學多藝，有聖人之能。使誦其詩。曰《秋月》之篇，天下傳誦之，其句云云。太祖大笑曰：寒士語爾，我不道也。鉉內不服，謂大言無實，可窮也。遂以請。殿上驚懼相目。太祖曰：吾微時自秦中歸，道華山下，醉臥田間，覺而月出，有句曰：未離海底千山黑，才到中天萬國明。鉉大驚，殿上稱壽。
>
> 〔註19〕

在這則故事裏，宋太祖希望用自己的所謂氣度折服的不僅是李煜，還有南唐最著名的文士徐鉉。實際上，宋太祖絕非可以和李煜相提並論的詩人，按照陳郁的說法，他的「未離海底千山黑，才到中天萬國明」這兩句詩並非原貌，而是經過了史臣的修改潤飾，原作應該是如下這首：

〔註18〕（宋）葉夢得《石林燕語》卷4，《宋元筆記小說大觀》（三），第2509頁。

〔註19〕《後山詩話》，（清）何文煥輯《歷代詩話》（上），北京：中華書局，1980年，第302頁。

　　　　欲出未出光辣達，千山萬山如火發。須臾走向天上來，

逐卻殘星趕卻月。〔註20〕

並且它原非詠月，而是詠日。爲了與李煜的《秋月》詩一爭短長，史
臣不但潤飾了詞句，連吟詠對象也更改了。宋太祖本來的這首絕句更
像是民歌不假修飾的風味，顯然它更符合宋太祖的文學水準和個人氣
質。據此我們至多能稱宋太祖爲「自發的詩人」，儘管我們不能否認
他彼時的詩情詩興以及此詩的感染力，但他還遠遠不是一個像李煜那
樣的自覺的詩人。宋太祖對李煜詩的輕視是很不公正的，但這個故事
卻跟前一則軼事一樣，都折射出宋太祖對南唐文化既以武力相驕又不
乏暗裏歆羨的複雜心態。

　　同樣地，宋太宗對於李煜的態度也有著複雜的意味：「太宗嘗幸
崇文院觀書，召煜及劉鋹，令縱觀，謂煜曰：聞卿在江南好讀書，此
簡策多卿之舊物，歸朝來頗讀書否？」〔註21〕其實崇文館的圖籍多得
自於南唐，太宗卻儼然以佔有者自居，並透露出自得和嘲諷。太宗此
舉體現的不僅僅是以武力取勝的驕傲，同時還包含了宋朝也將成爲文
化上的勝利者、接收者這一意思。

　　宋太祖、宋太宗的行爲並非個例，實際反映了當時整個北方人中
較爲普遍的心態，宋初時常可見的南北之爭便是這種普遍心態的體
現，其中心是關於南北文化孰者更發達、更優秀。〔註22〕《楊文公談
苑》曾記載了一則「劉吉論食魚」的故事：

　　　　劉吉護治京東河決，時張去華任轉運使，巡視河上，

方會食，坐客數十人，鱠鯉爲饌。去華顧謂四坐曰：『南人

〔註20〕（宋）陳郁《藏一話腴》卷1，《適園叢書》本。

〔註21〕《宋史》卷478南唐李氏世家，第13862頁。

〔註22〕我們這裡所說的南北文化之爭，並非指兩種文化間的根本衝突，而
　　　　只是在說同一個文化，由於其在不同地域發展的不均衡——南唐文
　　　　化發展較快，五代中原文化則因迭遭破壞而發展遲滯，並且這種遲
　　　　滯一直影響到了宋初——以及不同地域的文化特點各異，這使得當
　　　　時的南北文化之爭實質上是同一文化內部先進地區與後進地區間的
　　　　差異和矛盾。

　　住水鄉，多以魚爲食，殊不厭其腥也。』意若輕鄙南士。
　　吉奮然對曰：『運使舉進士狀元，曾不讀書，何自彰其寡學？
　　（案：以下爲劉吉徵引古書中關於食魚之典，文繁不
　　錄）……去華色沮，不能酬其言。〔註23〕

這則軼事不僅展現了江東士人令楊億讚歎的博學，也表現出張去華身爲北人狹隘的優越感。《楊文公談苑》中別處也曾提到劉吉：

　　　　劉吉，江右人，有膂力，尚氣，事後主爲傳詔承旨，
　　忠於所奉，歸補供奉官，以習知河渠利害，委以八作之
　　務……其父本燕翼人，自受李氏恩，常分祿以濟其子孫，
　　朔望必詣其第，求拜後主，自李氏子姓，雖童幼必拜之，
　　執臣僕之禮。後遷崇儀，使其刺字，謁吳中故舊，題僧壁
　　驛亭，但稱江南人劉吉，示不忘本也。有詩三百首，目爲
　　《釣鼇集》，徐鉉爲之敍，其首篇《贈隱者》有「一箭不中
　　鵠，五湖歸釣魚」之句，人多誦之。以其塞決河有方略，
　　路人目爲劉跋江，名震河上。〔註24〕

其實這位雖入宋朝爲官而不忘江南故國的劉吉，除了有詩集《釣鼇集》以外，至少還有《江南續又玄集》十卷〔註25〕，此書雖已亡佚，但從書名可知是繼姚合《極玄集》、韋莊《又玄集》的一部詩歌選集，名爲「江南」，可能是表明所選對象爲南唐詩，當然也有可能只是表明編選者劉吉本人的籍貫。不論如何，劉吉是南唐年輕一輩詩人，且歷數食魚之典的軼事表明他的淹通博學。將這類軼事與前引宋太祖、太宗嘲諷李煜、徐鉉的傳說合觀，可以清楚地看到宋初南北文化間的爭勝，並且在這种競爭中代表南方文化的主要就是南唐文士。在未經官方史書美化的民間故事裏，他們往往是這种競爭中佔據上風的一方。

　　由南唐入宋的文士在南北之爭的問題上也常常以南唐的文化爲

〔註23〕《楊文公談苑》，《宋元筆記小說大觀》（一），第545～546頁。
〔註24〕《楊文公談苑》，《宋元筆記小說大觀》（一），第543頁。
〔註25〕《江南續又玄集》，《宋史・藝文志八》著錄爲二卷，不著撰人。《崇文總目》卷十一同。《通志・藝文略八》著錄爲劉吉撰。

優，並表現出對北方文化的不以為然：徐鉉貶官北方，認為北方人服皮毛是野蠻的胡人習俗，因而始終不肯穿，最後致得冷疾而死；〔註26〕張泊還曾經譏諷洛陽景物為「一堆灰」，〔註27〕這樣的軼事不一而足。儘管南北之爭由來已久，但只有到了宋初才顯示出南北文化力量對比的改變。北方在從前往往佔據著文化優勢，一旦面對著當時文化已較自己發達的南方，長期的優越感帶來的心理慣性使得他們很容易表現出不服氣和戒備的心態，尤其是當北方以武力取勝以後，這種不服氣和戒備心態又與他們的優越感交織在一起，呈現出一種不無矛盾的面目。

在南北還未融合成一個文化和心理的整體、北方還在以勝利者和征服者的姿態自居之時，面對這種文化上的南北不均衡，將自己劃歸入「北人」的一方也曾經希望採取一些保證北人優越地位的措施，許多人相信宋太祖曾立下南人不得為相的遺命，〔註28〕儘管事實是否如此還有爭論，但真宗時期宰相王旦也曾經說過：「臣見祖宗朝未曾有南人當國者，雖古稱立賢無方，然須賢士乃可。臣為宰相，不敢沮抑人，此亦公議也。」〔註29〕這無疑反映了當時北人對南人持有戒備、因此希望將政權控制在自己手中的心理真實。在逐步走向文治的宋代政府中，科舉是入仕最重要的途徑之一，當時出自北方的朝臣在科舉一事上也表現出北方本位的心態，如寇準靳惜狀元不與南人的軼事，〔註30〕正體現出北人希望通過在科舉考試中佔據優越地位來保證政權歸屬北人的意圖。儘管隨著宋代南北文化的融合，這些舉動的消失是遲早的事情，後來南人作狀元、作宰相的層出不窮，但在宋初，北人的戒備心理卻恰從反面證明當時南方文化尤其南唐文化所佔的優勝地位。

〔註26〕《宋史》卷 441 徐鉉傳，第 13045 頁。

〔註27〕《五代詩話》卷 3 引《金坡遺事》，第 161 頁。

〔註28〕（宋）趙彥衛《雲麓漫鈔》卷 10：「藝祖御筆：『用南人為相、殺諫官，非吾子孫。』石刻在東京內中。」

〔註29〕《宋史》卷 282 王旦傳，第 9548 頁。

〔註30〕《續資治通鑒長編》卷 84 大中祥符八年三月，第 1920 頁。

　　正是由於南唐文化的繁榮，因此宋初統治集團的成員儘管對南唐的文化成就表現出貶抑的姿態，但在實際的文化繼承中卻不得不依賴其文化遺產，因爲這幾乎是當時的文化成果中最發達的部分，如果宋人對既有文化的繼承很難撇開南唐的遺產。這種情形跟初唐時候與江左文化傳統之間的關係很是相似。〔註31〕下面這個例子也說明宋初對江南文化成果的倚重：《楊文公談苑》「江南書籍」條載雍熙中學官以南朝《左傳》重新刊校板本九經，孔維上書認爲南朝書不可案據，杜鎬則引貞觀四年敕「以經籍訛舛，蓋由五胡之亂天下，學士率多南遷，中國經書浸微之致也。今後並以六朝舊本爲正」相詰，維不能對；就連楊億本人也稱讚平南唐所得書籍「多讎校精當，編帙全具，與諸國書不類」。〔註32〕杜鎬的詰難帶有爲江南學術爭正統地位之意，因爲杜鎬正是江南人，並且是南唐名士徐鉉的學生。通過爭辯，我們看到，由於相關圖籍的校讎精善、保存較好，江南的學術，至少經學這方面，在宋初得到了較好的繼承。後文中我們還會看到，文學上同樣存在著這個對南唐傳統的繼承問題。

二、宋人筆下的南唐形象

1、宋人史書中的南唐形象

　　宋人留下了不少關於南唐的記載，其中不少是私修的專史。雖然宋初很早就有官修的南唐史書，如太平興國三年（978）徐鉉、湯悅奉宋太宗之命編寫的《江南錄》〔註33〕。《江南錄》久已亡佚，但此書在當時就評價不高，尤其熟知南唐故事的江南文士對它頗多微辭，如鄭文寶《江表志》自序稱《江南錄》十卷「事多遺落，無年可編，筆削之餘，不無高下，當時好事者往往少之」〔註34〕。鄭文寶始終對

〔註31〕關於初唐對江左文化傳統的繼承參看葛曉音《江左文學傳統在初盛唐的沿革》，《詩國高潮與盛唐文化》第 252～273 頁。
〔註32〕《楊文公談苑》，《宋元筆記小說大觀》（一），第 514 頁。
〔註33〕《續資治通鑒長編》卷 19，第 421 頁。
〔註34〕《江表志‧敘》，《全宋筆記》第一編（二），第 259 頁。

徐鉉恭執弟子禮，以他的身份尚且對徐鉉此書批評不諱，則《江南錄》一書的缺陷應當是比較多的；《釣磯立談》的作者也表示，由於擔心徐鉉與潘祐的不睦會導致他的記載不公正，因此記錄下了自己關於南唐的見聞；〔註35〕陳彭年《江南別錄》也有類似的意圖：「湯悅、徐鉉等奉詔撰《江南錄》，彭年是編，蓋私相纂述，以補所未備，故以別錄為名。」〔註36〕約在仁宗朝龍袞所撰《江南野史》、神宗朝熙寧年間佚名所撰《江南餘載》等其他數種有關南唐歷史的著述，也都有補官修史書不足的意圖。此外，亡佚的有關南唐的史書還有不少，《江南餘載》「序言徐鉉始奉詔為《江南錄》，其後王舉、路振、陳彭年、楊億皆有書。」〔註37〕路振所作《九國志》中南唐部分僅存周本一傳，王舉、楊億所作則已完全不存。粗略計算，到神宗年間，關於南唐的各種史書約有十餘種，其中除了徐鉉的《江南錄》為官修外，其餘皆為私修。

這些私修書的作者，不少是原南唐入宋，或是生長江南、與南唐有某種歷史淵源的文士：鄭文寶、史某、陳彭年、龍袞等人，他們多有故國之思，痛心於南唐國的覆滅。《釣磯立談》自序稱，宋滅南唐以後「叟獨何者，而私自怫鬱，如有懷舊之思，追惟江表自建國以來，烈祖元宗其所以撫奄斯人，蓋有不可忘者」，並認為後周世宗出兵淮南是因為覬覦領土，所謂的「弔民伐罪」純為藉口，南唐並無失德。〔註38〕這相當於間接指責宋朝攻伐江南同樣是師出無名。這些作者還常常會直接為南唐總結歷史教訓，目的並不是要為當時宋代統治者作借鑒，而是出於對南唐的種種失誤導致其最終失敗的深切惋惜，這種出於痛惜故國而總結歷史教訓的情緒尤以《釣磯立談》為代表。由於此書皆為記載「叟」的知聞與評論，而「叟」本為處士，與入宋

〔註35〕 《釣磯立談》，《全宋筆記》第一編（四），第 234～235 頁。

〔註36〕 《四庫全書總目》卷 66，第 585 頁。

〔註37〕 （宋）陳振孫《直齋書錄解題》，上海：上海古籍出版社，1987 年，第 136 頁。

〔註38〕 《釣磯立談》，《全宋筆記》第一編（四），第 222 頁。

朝後多爲顯宦的徐鉉、陳彭年、鄭文寶等人相比，在言論上要少許多顧忌，因此書中的故國之思表現得更爲強烈和顯豁。

　　宋人爲南唐修史的熱情一直持續了下去，並且這些後來的史書呈現出與前述宋初的南唐史不同的特點。馬令《南唐書》和陸游《南唐書》是傳至今日影響最大的兩部專門的南唐史。馬令《南唐書》大約撰成於宋徽宗崇寧四年（1150）前後，據其自序，馬令的祖父元康一直收集有關南唐的材料，但來不及撰述便去世，因此馬令承先人之志纂成之。儘管馬令強調正統在周，李氏爲僭竊，但同時指出五代正統不存，南唐卻較好地保存了禮樂制度，因此雖爲僭竊而委實無罪。〔註39〕馬氏祖孫爲南唐撰寫專史的重要動機正是這種對南唐禮樂文化的讚歎，而不是所謂尊天子、貶僭竊的表面理由。此書修成的時間已經是北宋末年，宋代文化早已經達到了他的高峰，對前代文化已經有包融的氣度，並有對前代文化總結的需要，此時馬令再回顧南唐歷史，對其報以極高評價，並且不是出於宋初江南文士的故國之思，是很自然的。這也可以視爲宋人第一次對南唐的政治、文化作全面總結，南唐尤其以亂世中彬彬文治、禮樂文獻之邦的形象被肯定。

　　陸游所生活的南宋，偏安局勢則與南唐當年有某種相似性，因此他在書中融鑄了當下的感受，譬如在評價元宗李璟對閩楚的戰爭時，並不贊同一般人對李璟的指責：

　　　　唐有江淮，比同時割據諸國地大力強，人材眾多，且據長江之險，隱然大國也，若用得其人，乘閩楚昏亂，一舉而平之，然後東取吳越，南下五嶺，成南北之勢，中原雖欲睥睨，豈易動哉！不幸諸將失律，貪功輕舉，大事弗成，國勢遂弱，非始謀之失，所以行之者非也。〔註40〕

〔註39〕馬令《南唐書》自序，見《五代史書彙編》第九冊，第5248頁。此篇自序在今本馬令《南唐書》中已不存，此爲從陳振孫《直齋書錄解題》中輯出。

〔註40〕陸游《南唐書》卷2元宗本紀。

陸游贊成李璟採取以攻爲守的戰略，即乘閩楚內亂之機先向南擴張勢力，再攻下吳越和五嶺之地，領土和國力強大以後，便足以與中原一爭天下。在陸游心中，南唐儼然是五代正朔所在，這不僅不同於北宋初年以北方爲本位的意識形態，也與馬令儘管以南唐爲斯文所在的禮樂之邦、卻仍以僭竊稱之的態度完全不同。陸游的態度代表了南宋人在相似的歷史情勢下產生的與南唐的呼應，因此，對南唐文化的褒譽不再是重心所在，書中的南唐更多呈現爲一個錯失良機的偏霸政權的形象。

2、從陶穀到楊億：對南唐文采風流及學術文學的追慕

南唐的故事除了以專史的形式出現，還在宋人的筆記中以各種軼聞瑣記的形式出現。與前文中提到的有關專史的作者多爲江南文士不同，這些較多記錄了南唐軼聞瑣事的作者大多並非江南人，而往往是由其他政權或地域入宋的文士，因此超然於南唐種種內外困境和利害之上，對南唐的文采風流和學術表現出更濃厚的興趣。

宋初筆記《清異錄》體現了當時文人對南唐風流的歆羨。此書原本署名陶穀，但陳振孫《直齋書錄解題》、胡應麟《少室山房筆叢》對此有過爭論；《四庫全書總目》仍然肯定爲陶穀所作的可能性較大。王國維《庚辛之間讀書記》指出《學士年表》、《宋史·陶穀傳》皆云陶穀卒於開寶三年（970），而書中卻記載了開寶八年（975）南唐國滅以後的事情若干，因此認爲此書爲假託。〔註41〕王國維的證據雖然有力，但並不能完全否定陶穀爲此書原作者、後人又有增補、故而闌入了陶穀死後之事的可能。無論《清異錄》作者爲誰，其出自宋初人之手則基本可以肯定。

《清異錄》大量記載了唐五代各種掌故和新穎語彙，其中涉及南唐的內容尤多，諸如賞花、焚香、飲食、文房用具等生活片斷和文人雅事方面，記載了不少南唐李氏三主、韓熙載、徐鉉兄弟等人的軼事，

〔註41〕王國維《靜安文集》，瀋陽：遼寧教育出版社，1997年，第7頁。

譬如「百花門」諸條：

> 花經九品九命：張翊者世本長安，因亂南來，先主擢
> 置上列。特拜西平昌令，卒。翊好學，多思致，嘗戲造《花
> 經》，以九品九命升降次第之，時服其允當。

> 五宜：對花焚香有風味相和、其妙不可言者，木犀宜
> 龍腦，酴醾宜沈水，蘭宜四絕，含笑宜麝，薝蔔宜檀。韓
> 熙載有五宜説。〔註42〕

又如「器具門」：

> 玉太古：李煜偽長秋周氏居柔儀殿，有主香宮女，其
> 焚香之器曰：把子蓮、三雲鳳、折腰獅子、小三神、卍字
> 金鳳口㯋、玉太古、容華鼎，凡數十種，金玉爲之。〔註43〕

尤其「文用類」有數條關涉南唐：

> 月團：徐鉉兄弟工翰染，崇飾書具，嘗出一月團墨，
> 曰此價值三萬。

> 發光地菩薩：舒雅才韻不在人下，以戲狎得韓熙載之
> 心。一日得海螺甚奇，宜用滑紙以簡獻於熙載云：「海中有
> 無心斑道人往詣門下。若書材粗澀逆意，可使道人訓之，
> 即證發光地菩薩。」熙載喜受之。發光地，十地之一也，
> 出華嚴書。

> 麝香月：韓熙載留心翰墨，四方膠煤多不合意，延歙
> 匠朱逢於書館傍燒墨供用，命其所曰化松堂。墨又曰玄中
> 子，又自名麝香月，匣而寶之。熙載死，妓妾攜去，了無
> 存者。〔註44〕

再如「茗荈門」、「薰燎門」所載有關品茗、焚香之事：

> 森伯：湯悅有《森伯頌》，蓋茶也，方飲而森然嚴乎齒
> 牙，既久四肢森然。二義一名，非熟夫湯甌境界，誰能目
> 之。

〔註42〕《清異錄》卷上，《全宋筆記》第一編（二），第39、40頁。
〔註43〕《清異錄》卷下，《全宋筆記》第一編（二），第82頁。
〔註44〕《清異錄》卷下，《全宋筆記》第一編（二），第88、89、90頁。

香燕：李璟保大七年，召大臣宗室赴內香燕，凡中國外夷所出，以至和合煎飲、佩帶粉囊，共九十二種，江南素所無也。

伴月香：徐鉉或遇月夜，露坐中庭，但爇佳香一炷，其所親私別號「伴月香」。〔註45〕

正是通過這樣的記載，南唐在宋人記憶中成為一種文人趣味的典型，《清異錄》也就集中體現了五代宋初文人對南唐文化生活的欣賞和企慕。

《清異錄》中雖然關涉南唐的內容頗多，但主要目的在於記錄典故瑣聞，對學術和文學並沒有特別的關注，直到根據楊億口述記載的《楊文公談苑》才較多記載了南唐學術和文學方面的情況。《楊文公談苑》中「江東士人深於學問」、「陳恕贊義山徐鉉詩文」、「江南書籍」、「雍熙以來文士詩」「潘祐」、「徐鍇」、「湯悅」、「劉吉論食魚」、「白鹿洞藏書」等條對江南文士屢表服膺。在楊億身上，對於南唐文化的傾慕已經不像《清異錄》那樣多限於文人雅事、詞語掌故，而是轉到學術、文學方面，這也正是宋人對南唐文化重要影響的自覺認識。這反映了楊億原本對學問和文學的留心，另外也與他本來就受到南唐文化的直接影響有關。楊億本貫建州浦城，其祖父文逸為南唐玉山令，其從祖即楊徽之，楊億曾依其為學。楊徽之曾從江為、江文蔚學詩賦，又曾往南唐廬山國學學習。儘管楊億出生於南唐滅國前一年，雍熙年間他年僅十餘歲時，已被太宗召試、授官，〔註46〕但他仍然有機會從其祖父、從祖等家族長輩口中得知不少南唐軼事。宋代初年又正是南唐文化影響甚大的時期，楊億出仕，適逢與南唐入宋的徐鉉、杜鎬、吳淑等文士同朝，對江南的學術和文學情況也多有見聞。楊億作為宋代成長起來的第一代文士，南唐文化是其可繼承的直接源頭，正是這些淵源和條件使得楊億能以親切的態度去接受南唐文化，注意到並汲取其長處。

〔註45〕《清異錄》卷下，《全宋筆記》第一編（二），第99、109、110頁。
〔註46〕參《宋史》卷305楊億傳、《楊文公談苑》「雍熙以來文士」條以及《宋史》卷296楊徽之傳。

　　元豐年間釋文瑩撰《玉壺清話》十卷，據其自序，可能主要爲從其所收集的文章著述中輯錄而來，以成一家之書、存一代之事：「……惜其散在眾帙，世不能盡見，因取其未聞而有勸者，聚爲一家之書。及纂《江南逸事》並爲李先主昪特立傳，釐爲十卷。」今本《玉壺清話》末兩卷分別爲《李先主傳》和《江南逸事》。其實成書於熙寧年間的《湘山野錄》、《續錄》中已經多有關於南唐的傳說、軼事，當然，最集中的是在《玉壺清話》末兩卷。儘管《野錄》、《清話》皆非嚴肅的史書，時常搜羅異聞，所記南唐諸事不無獵奇成分，但仍然反映了文瑩對南唐國的一些重要觀點，譬如《玉壺清話・李先主傳》稱「廣陵楊氏……後授於李氏，方能漸舉唐室憲章」，也就是認爲南唐能夠部分地恢復唐代典章制度之舊。這正是文瑩在宋平南唐百餘年之後仍對江南舊事念念不忘的重要原因，當然，文瑩多記南唐軼聞的另一個原因可能在於，在其「自國初至熙寧間得文集二百餘家、近數千卷」的書籍、文獻中，原本就有較多出自江南，這更說明南唐文化的流風餘響廣被後代。

第二節　南唐詩在宋初的影響

　　在南唐覆滅以後，南唐的文化包括它的文學並不就從此湮沒無聞，這在詞的傳播和接受方面我們通過馮延巳、李璟、李煜諸人作品的命運看得十分清楚，但在狹義的詩歌方面，南唐的影響就要隱晦得多，這個影響卻是在宋初三十多年裏的一個詩學事實。我們要考察南唐詩在宋初的影響，不妨先從當時人的看法和評價出發，其中楊億（974～1021？）的觀點首先值得注意，這不僅由於他是後來西崑派的領軍、一代文宗，也由於他曾有意對宋初詩壇的情況加以總結。

一、楊億對宋初詩壇的總結

　　在我們的直觀印象中，五代不屬於詩歌繁盛的時代，尤其中朝詩人詩作都很少，直到宋初，這一詩壇冷落凋零的狀況還沒有大的改

變，連宋太宗對此也引以爲憾。《古今詩話》載：「太宗嘗顧近侍日：
五代干戈之際，猶有詩人，今太平日久，豈無之也？中宮宋永圖於僧
寺園亭中得詩百篇以進。有丞相李文正公昉《宰相僧閣閒望》一聯云：
『水光先見月，露氣早知秋。』」〔註 47〕從宋太宗「五代干戈之際猶
有詩人」的感歎、以及要到僧寺園亭去尋訪詩作的情狀，很可以見出
當時詩壇寂寥冷落之一斑。

到大中祥符年間，楊億對宋初詩壇有過總結性的評論。《楊文公
談苑》中「雍熙以來文士詩」條云：

> 自雍熙初歸朝，迄今三十年，所閱士大夫多矣，能詩
> 者甚鮮，如侍讀兵部宿擅其名，而徐鉉、梁周翰、范杲、
> 黃夷簡皆前輩。鄭文寶、薛映、王禹偁、吳淑、劉師道、
> 李宗諤、李建中、李維、姚鉉、陳堯佐，悉當時儕流。後
> 來著聲者，如路振、錢熙、丁謂、錢易、梅詢、李拱、蘇
> 爲、朱嚴、陳越、王曾、李堪、陳詁、呂夷簡、宋綬、邵
> 煥、晏殊、江任、焦宗古。布衣有錢塘林逋、縉雲周啓明。
> 錢氏諸子有封守惟濟、供奉錢昭度。鄉曲有今南鄭殿丞兄
> 故黎州家君，及高安簿覺宗人字牧之，並有佳句可以摘舉，
> 而錢惟演、劉筠特工於詩，其警策殆不可遍數。自兵部而
> 下公之所嘗舉今略記之……凡公之所舉者甚多，值公病心
> 煩，不喜人申問，今聊託其十之一二耳。〔註 48〕

楊億所說的「雍熙年間歸朝」是指他在雍熙（985～987）初年被宋太
宗召試授官一事，〔註 49〕後數三十年是眞宗大中祥符（1008～1016）
年間，也就是他發表這條意見的當時，宋朝立國已有五十多年，楊億
仍然認爲當時的士大夫多不能詩，這是引起我們注意的第一點。其次，
楊億曾經選編當時人的詩作爲《筆苑時文錄》，〔註 50〕這裡列舉的詩人

〔註 47〕《詩話總龜》前集卷 12 引，第 132 頁。
〔註 48〕《楊文公談苑》，《宋元筆記小說大觀》（一），第 515～519 頁。
〔註 49〕《宋史》卷 305 楊億傳，第 10079 頁。
〔註 50〕《宋史》卷 305 楊億傳，第 10083 頁；《楊文公談苑》「近世釋子詩」
　　　　條（《宋元筆記小說大觀》（一），第 523 頁。

詩句很可能就是其中入選者。據《宋史》本傳，楊億大約在大中祥符五年（1012）告疾、七年（1014）病癒，這條記錄既稱「三十年」，又云當時楊億在病中，則這段評論應當發生在這三年之間，正是《西崑酬唱集》結集之後不久。這表明，楊億在找到新的詩學道路以後，曾試圖對宋初詩壇進行有意識的總結。「雍熙以來文士詩」條中記錄了他以摘句的形式一共標舉了 41 位詩人及其詩作，這大致可以代表楊億眼中宋初雍熙至大中祥符末年（985～1014）約三十年間詩壇的基本情況。位居 41 位詩人之首的侍讀兵部即楊徽之，是楊億的叔祖父，其詩名在當時頗盛，宋太宗曾選其詩十聯寫入屏風，〔註 51〕但楊億只選了他四聯，這表明楊億並不將其作爲宋初成就最高的詩人。楊億所選詩句最多的是鄭文寶，11 聯；徐鉉則以 6 聯位居第三。這個數目雖然不能絕對說明他們的詩歌成就和地位，但已經可以代表楊億對宋初這三十年間詩壇的基本看法：鄭文寶在當時最傑出的詩人之列，尤其是在七言詩上，因爲在所選的總共 110 聯詩中計有七言 66 聯，而其中鄭文寶就占 9 聯；所選詩歌聯數中徐鉉雖然不是最多的，但他在宋初詩壇仍舊有不可取代的地位。以楊億的這一評論作爲線索，我們可以重新尋繹出宋初詩歌的脈絡，以及原南唐詩人在其中所起到的作用和影響。

二、徐鉉與宋初的白體詩風

1、徐鉉與宋初白體詩人

作爲宋初白體詩風重要代表的李昉、李至，都與徐鉉等人有唱和。太平興國年間徐鉉、李昉、王溥、湯悅等人在翰林院的酬唱之作編爲《翰林酬唱集》。〔註 52〕李至還曾拜徐鉉爲師，手寫鉉及其弟鍇集，置於几案，又爲徐鉉、李昉、石熙載、王祐、李穆作《五君詠》。〔註 53〕

〔註 51〕《玉壺清話》卷 5，《宋元筆記小說大觀》（二），第 1485 頁。
〔註 52〕（宋）鄭樵《通志》卷 70 藝文八，上海：商務印書館，1935 年版，第 825 頁。
〔註 53〕《宋史》卷 266 李至傳，第 9178 頁。

　　儘管徐鉉被視爲宋初白體詩風的典型代表，如程千帆《兩宋文學史》就認爲，徐鉉、李昉等從五代十國入宋的官僚文人不僅是宋初振興文教的骨幹，也是把應酬詩風帶到宋朝的始作俑者，形成了宋初以小碎篇章互相唱和的白體詩風。〔註54〕但是，相對於整個白體詩風的淺顯流易，徐鉉詩很早就形成了清麗風格，如我們前文中引用過的「月下春塘水，風中牧豎歌。折花閒立久，對酒遠情多」（《寒食宿陳公塘上》）、「綠野裴回月，晴天斷續雲」（《春分日》）、「積雨暗封青蘚徑，好風輕透白疎衣」（《和印先輩及第後獻座主朱舍人郊居之作》）等詩句，清麗是整個南唐文學的傳統，也是徐鉉論詩一貫的主張，以麗句抒清輕淡遠之情，這種詩風在宋初顯得很突出，具有吸引力。

　　張洎也在宋初詩壇享有盛名，其詩今存很少，但從各種文獻記載來看，顯然他也是追慕清麗詩風的：張洎曾經搜羅張籍、項斯的詩並編輯成集，並在《項斯詩集序》中稱張籍「爲律格詩，尤工於匠物，字清意遠，不涉俗體」，認爲其後只有朱慶餘、任蕃、陳摽、章孝標、倪勝、司空圖能夠延續張籍的詩風，而項斯尤其與張籍接近，「詞清妙而句美麗奇絕，蓋得於意表，非常情所及」。〔註55〕其中正包含著對清麗詩風的自覺追溯和繼承意識。張洎與徐鉉友善，後雖相忤絕交，但仍手寫徐鉉文章，訪求其筆箚，藏篋笥，甚於珍玩。〔註56〕張洎對徐鉉詩的推崇說明，在他的心目中，徐鉉繼承並典型地體現了張籍以來的清麗詩風。正是這種清麗詩風使得徐鉉跟宋初一般的白體詩人相區別。

2、徐鉉詩學觀的變化：緣情說與諷諫說

　　徐鉉的清麗詩風與其詩學觀是有關係的，前文中我們看到徐鉉的詩學觀在南唐中主時期已經很成熟，他強調詩歌緣情的本質，重視自然和質勝於文，但入宋以後徐鉉的文學觀發生了一些轉變，這種轉變對宋初詩風的轉向也具有潛在影響。

〔註54〕程千帆《兩宋文學史》，上海：上海古籍出版社，1991年，第3頁。
〔註55〕《項斯詩集序》，《唐文拾遺》卷47，第10906頁。
〔註56〕《十國春秋》卷28張洎傳，第437～438頁。

　　儘管徐鉉入宋以後詩歌成就不如其在南唐中主時期，但與李昉、李至等宋初其他重要白體詩人相比，徐鉉詩的應酬習氣較少，以小碎篇章互相唱和的作品也要少一些，這跟其仍然保持了緣情的詩學觀分不開。徐鉉《送李補闕知韶州》已作於入宋以後，其中有句稱：「詩景緣情遠。」〔註57〕可見儘管距離他南唐昇元年間所作《成氏詩集序》已有四十餘年，其中詩緣情的詩學觀則一直沒有根本改變。

　　關於當時的詩緣情說，羅根澤《中國文學批評史》〔註58〕、羅宗強《隋唐五代文學思想史》〔註59〕都認為五代皆主緣情的文學觀，《隋唐五代文學思想史》並認為這種緣情觀的創作實績主要就體現在南唐的文學中，理論表達也主要體現在徐鉉的文學思想裏。「詩緣情」說是一種非功利主義的文學觀，注重文學特徵，與之相對立的是以「詩言志」說為核心的功利主義文學觀，儘管「詩言志」說的「志」並不排除「情」的因素，但無疑更側重在與政教倫理相關的方面。在中國古代文學思想發展史上，往往形成言志的文學觀與抒情的文學觀彼此交替的情形。「言志」之詩通常是外向的、指向社會事功的，它可以包含頌美，也可以包含諷諭；「緣情」之詩則往往是內向的、指向心靈世界的。在單個詩人身上，「言志」與「緣情」的文學觀常可以並存，體現在作品中也是言志之作與緣情之作兩者都有；但作為一個時代的文學潮流，則往往體現為某一種文學觀佔據上風，創作實踐中也體現出相應的特點。唐末五代，雖然不乏功利主義的文學觀，如薛能有詩「誰憐合負清朝力，獨把風騷破鄭聲」〔註60〕，鄭谷有詩云「風騷如線不勝悲，國步多艱即此時」〔註61〕等，但多側重在頌美一面，諷諭精神卻普遍衰落墜失，或者僅停留在觀念，少有創作實踐。從唐

〔註57〕《徐公文集》卷22。
〔註58〕羅根澤《中國文學批評史》，上海：上海書店出版社，2003年版。
〔註59〕羅宗強《隋唐五代文學思想史》，上海：上海古籍出版社，1986年版。第440～445頁。
〔註60〕薛能《春日使府寓懷》，《全唐詩》卷559，第6482頁。
〔註61〕鄭谷《讀前集二首》之二，《全唐詩》卷675，第7736頁。

末開始，眞正佔據主導地位的是「緣情」的文學，無論是咸通年間以韓偓爲代表的香豔詩風，還是當時以「咸通十哲」爲代表的抒發懷才不遇之情的寒素詩人群，以及司空圖、鄭谷爲代表的主要抒發感傷閒適之情的隱逸詩人群都是如此。五代則普遍流行宗白詩風，〔註62〕主要學習的是白居易的閒適詩及其平易的風格，對其諷諭詩則較少關注。這種普遍的文學風氣跟分裂混亂的政局下士人很難有所作爲、因而精神大多趨向內斂和低沉有密切關係，外在事功既很少可能，那麼普遍轉向內在心靈去尋求詩情的衝動就是自然的趨勢。

但是，五代十國大多數詩人面臨的問題往往是詩情的寡淡，因此詩作難免流於浮泛，也容易去大量寫作淺碎的唱和詩，徐鉉雖然也參與了一些唱和，卻仍有不少藝術上較可取的作品，其重要原因在於他對「詩緣情」有相當自覺的體認，這不僅體現爲他在詩文中對此觀念的反覆直接申說，也體現爲他的創作態度：應制之外，較少主動參與唱和，更沒有像李昉那樣以「朝謁之暇，頗得自適，而篇章和答，僅無虛日」〔註63〕自負，他的詩仍以有爲而發居多。《徐公行狀》稱他「尤工吟詠情性」，並非虛譽。

另外，徐鉉的詩學觀也並非單一的緣情說，而是也有功利主義的一面。前文中所引徐鉉《成氏詩集序》和《蕭庶子詩序》，已經表述過陳詩觀風的功能，認爲當詩在這一方面的職能得不到實現的時候才轉而去側重它抒發個人情性的功能。入宋以後，徐鉉對於「詩言志」的表述如：

> 古人云，詩者志之所之也。故君子有志於道，無位於時，不得伸於事業，乃發而爲詩詠。〔註64〕

這是認爲不得伸張的「志」發而爲詩詠，與他在《成氏詩集序》和《蕭庶子詩序》中所說的觀風之政不獲實行轉而吟詠情性相比，二者其實

〔註62〕參賀中復《論五代十國的宗白詩風》，《中國社會科學》，1996年第5期。第140～152頁。

〔註63〕《二李唱和集·序》，《宸翰樓叢書》本，1914年重編刊本。

〔註64〕徐鉉《鄧生詩序》，《徐公文集》卷23。

同一機杼，對徐鉉的詩論來說，他所謂的情可以包括個人之志，而觀風知政和吟詠情性是詩歌的兩種功用，一屬於指向社會的政治功能，是從執政者出發而言；一屬於指向心靈的心理功能，乃從詩人自身而言。兩者並不矛盾，且只有在詩人眞正吟詠情性的前提下，才能據以察知人心和風俗。〔註65〕

　　徐鉉《洪州新建尚書白公祠堂之記》一文，作於宋太平興國八年（983）拜右散騎常侍之後，〔註66〕其中評價「樂天之文，主諷刺，垂教化，窮理本，達物情，後之學者服膺研精，則去聖幾何」〔註67〕。可以說，五代宋初很少有人關注白居易諷諭詩，徐鉉是宋初重新發現白居易諷諭詩價值的第一人。在徐鉉的詩論中，諷諫功能正是詩歌在觀風知政以外的另一重要政治功能。觀風知政的實現是由上而下的，諷諫則是由下而上。觀風知政的功能既然需要執政者由上而下地實現，對詩人來說，詩歌功能中與己有關的就只有諷諫和吟詠情性兩者了，但諷諫的實現同樣需要具備清明寬鬆的政治環境。如果政治局面混亂不堪，就不存在觀風知政的可能，「觀風之政闕」，諷諫的功能也就無從實現，斯道不行，詩的功能也就隨之向內收縮，這與儒家所謂道的卷舒是一致的。徐鉉之所以對詩緣情的命題申說得更多，並且在創作實踐中也以吟詠情性的作品居絕大多數，是由於他認為五代並不具備實現詩歌政治功能的環境。徐鉉對白居易諷諭詩的重新發現一定要等到宋朝開國以後、基本統一的太平時代來臨以後，也就並不是偶然的，而是出於他對宋朝昇平昌明的開國氣象的敏銳感受和反映。在當時普遍師法白體閒適詩、唱和詩的風氣中，徐鉉對白居易諷諭詩的重視沒有得到其他詩人立即的響應，徐鉉自身也因為文化慣性的作用，未能馬上改變自己的詩風，跳出單純「吟詠情性」的局限，去實現詩歌諷諫和觀風知政的政治功能。這正是張詠在《許昌詩集序》中

〔註65〕兩種功能的論述參周裕鍇《宋代詩學通論》詩道篇的相關論述，成都：巴蜀書社，1997年版。第31頁。
〔註66〕《宋史》卷441徐鉉傳，第13045頁。
〔註67〕徐鉉《洪州新建尚書白公祠堂之記》，《徐公文集》卷28。

抨擊過的「後世作者，雖欲立言存教，直以業成無用，故留意者鮮有」
〔註68〕，但是，徐鉉對詩歌政治功能的重視卻「揭開了宋詩學重教化
諷諫的序幕」〔註69〕，並對宋初詩風的轉向起到了先導作用。後來王
禹偁起而學習白居易的諷諭詩，便是在一個比較理想的政治環境下，
實現了徐鉉曾經有意卻無力實現的詩學主張。

三、鄭文寶及其對杜詩的整理和取法

在楊億所列舉的宋初名詩人中，鄭文寶是除了楊徽之、徐鉉、梁
周翰、范杲、黃夷簡之外的第一人。當時被目為詩壇耆宿的楊徽之、
徐鉉等人入選的詩句數量都並不如他，在楊億心目中，鄭文寶才是錢
惟演、劉筠等西崑派主力詩人登上詩壇之前宋初最傑出的詩人。

鄭文寶（953～1013），字仲賢，本為福建人，南唐時曾任校書郎，
曾經從徐鉉學。〔註70〕南唐國滅時，鄭文寶正當青年。入宋後，舉太
平興國八年（983）進士，後官至工部員外郎。南唐國滅時，鄭文寶
還很年輕，入宋以後才是他創作成熟的時期。前引「雍熙以來文士詩」
記載楊億所列舉鄭文寶 11 聯詩如下：

《郊居》：百草千花路，斜風細雨天。

《重經貶所》：過關已躍楟蒲馬，誤喘尤驚顧兔屏。

《洛城》：星沉會節歌鐘早，天半上陽煙樹微。

《贈張靈州》：越絕曉殘蝴蝶夢，單于秋引畫龍聲。

《長安送別》：杜曲花光濃似酒，灞陵春色老於人。

《送人歸湘中》：滿帆西日催行客，一夜東風落楚梅。

〔註68〕 （宋）張詠《張乖崖集》，張其凡整理，北京：中華書局，2000 年版，
第 88 頁。

〔註69〕 《宋代詩學通論》第 33 頁。

〔註70〕 鄭文寶生平參《宋史》卷 277 本傳。鄭文寶為徐鉉門人之事，見歐
陽修《集古錄跋尾》卷 1「秦嶧山刻石」條：「昔徐鉉在江南以小篆
馳名，鄭文寶其門人也，嘗受學於鉉，亦見稱一時。」雖言小篆之
學，但於詩學亦當多有請益。

《南行》：失意慣中遷客酒，多年不見侍臣花。

《棲靈隱寺》：舊井霜飄仙界橘，雙溪時落海邊鷗。

《送人知韶州》：人辭碧落春風晚，花落朱陵古渡頭。

《永熙陵》：承露氣清駒送日，舳艫人靜鳥呼風。

《邊上》：髻間相似雪，峰外寂寥煙。

這些為楊億所賞識的詩句，大致可以分為兩類，一類具有南唐典型的清麗風格，如「百草千花路，斜風細雨天」，「杜曲花光濃似酒，灞陵春色老於人」，「滿帆西日催行客，一夜東風落楚梅」，「人辭碧落春風晚，花落朱陵古渡頭」等句；一類是以跌宕的句法取勝，如所選「過關已躍樗蒲馬，誤喘尤驚顧兔屏」，「星沉會節歌鐘早，天半上陽煙樹微」，「越絕曉殘蝴蝶夢，單于秋引畫龍聲」，「失意慣中遷客酒，多年不見侍臣花」等。前一類詩句語詞和意象美麗，跟當時流行的平白枯淡的風格完全不同，應該說，它們更有一種富含生機、敷腴潤澤的昇平氣象，毫不枯槁。這是天時與人力的共同結果，它們也只能出現在一個較為富足和平的環境下，不是可以強求的，而這樣的環境也正是只較鄭文寶年輕二十歲的楊億所成長起來的氛圍，因此楊億容易與之產生共鳴和同感。此外，這種清麗風格當然也是南唐詩歌的重要遺產，鄭文寶的老師徐鉉尤其曾經是這種詩風的代表，並且，在南唐時期，徐鉉在詩歌理論上已經對此有過總結，〔註71〕李中、孟賓于等人對之也有深刻認識。〔註72〕南唐詩這種典型的清詞麗句的特徵也正是它們在宋初詩壇佔有重要席位的原因，只是由於南唐代表詩人徐鉉晚年詩作的漸趨頹易平庸使得這一特徵有泯滅的危險，幸而鄭文寶將這一點加以繼承，並發揚得更為突出。

〔註71〕徐鉉早年的詩風就很講求字面，作於昇元二年（938）的《成氏詩集序》強調「嘉言麗句」；到中主時期，徐鉉對其文質並重的詩學觀有較為全面的表述，如《文獻太子詩集序》，其中「唯奮藻而摛華，則緣情而致意」可以概括他對文詞方面的重視。

〔註72〕孟賓于在《碧雲集序》中以「緣情入妙，麗則可知」稱讚李中的詩。

　　鄭文寶的另一類詩句在句法上都較爲特別，有跌宕頓挫的情韻，還往往跟典故的運用聯繫在一起。這一點與徐鉉在中主時期居於泰州、舒州貶所的某些詩歌有一些相似，但鄭文寶的詩句對詩歌技巧本身的講求要超過徐鉉，因而他可以就較爲普通的經歷和題材營造出跌宕頓挫的詩句，而不必像徐鉉那樣需要較多地藉助於個人經歷的曲折帶來的思想情感的複雜。在詩歌技巧方面，徐鉉不喜過分雕琢，常常對客揮毫、援筆立就，〔註73〕而鄭文寶的這些講究屬對、跌宕頓挫的詩句則可能較難用這種態度迅捷成篇，需要更多構思、醞釀的時間，這種地方，我們相信他是受到了杜詩的影響。蔡居厚發現鄭文寶詩跌宕警拔的句法來自杜甫：「仲賢當前輩未貴杜詩時，獨知愛尙，往往造語警拔。」〔註74〕儘管楊億心儀於義山，不喜歡杜甫詩，譏諷杜甫詩爲「村夫子」，〔註75〕但是李商隱詩字面雖然要比杜詩更爲麗密，句法結構卻是完全胎息於杜甫的。和李商隱一樣，鄭文寶詩同樣淵源於杜甫，楊億卻對之欣賞有加，正表明杜詩的博大、其影響也是後人難以繞開的。與西崑體相比，鄭文寶詩並不以用典見長，但其敷腴麗密、頓挫跌宕的語言風格顯然很符合楊億的審美偏好。儘管直到西崑體的興起，從杜甫、李商隱以來的影響才表現得淋漓盡致，但這種詩風中一些較爲重要的構成因素顯然是直接從南唐詩延續下來、並且在鄭文寶身上已經體現得很明顯，西崑領袖楊億對鄭文寶詩的欣賞正有邏輯上的必然。

　　開宋詩風氣的歐陽修同樣注意到了鄭文寶這位詩人，《六一詩話》這樣評價他：

　　　　西洛故都，荒臺廢沼，遺迹依然，見於詩者多矣。惟
　　錢文僖公一聯最爲警絕，云：「日上故陵煙漠漠，春歸空苑
　　水潺潺。」裴晉公綠野堂在午橋南，往時嘗屬張僕射齊賢

〔註73〕李昉《大宋故靜難軍節度行軍司馬檢校工部尚書東海徐公墓誌銘》，
　　　　《徐公文集》附。
〔註74〕（宋）蔡居厚《蔡寬夫詩話》，《宋詩話輯佚》，第402頁。
〔註75〕（宋）劉頒《中山詩話》，《歷代詩話》（上），第289頁。

家，僕射罷相歸洛，日與賓客吟宴於其間，惟鄭工部文寶
一聯最爲警絕，云：「水暖鳧鷖行哺子，溪深桃李臥開花。」
人謂不減王維杜甫也。錢詩好句尤多，而鄭句不惟當時人
莫及，雖其集中自及此者亦少。〔註76〕

歐陽修《六一詩話》雖然開宋人詩話風氣，但各則隨時而作，前後
並無一定連貫的體例，因此，儘管《六一詩話》作爲詩話這種文體
頗值得重視，但具體到這一則，對宋初詩壇的整體觀照反不如楊億
全面。不過從這一則詩話中，我們仍然發現，歐陽修對鄭文寶這一
聯詩雖然十分讚賞，但緊接著又評價說「雖其集中自及此者亦少」，
表明歐陽修對其詩歌的整體評價並不高。與楊億不同的是，歐陽修
此處是將鄭文寶與錢惟演對比來看的，而楊億則是將西崑派之前另
劃爲一個階段，他對鄭文寶的推許也劃定在這個階段內，所以楊億
《談苑》中「錢惟演劉筠警句」單列一條：「近年錢惟演、劉筠首變
詩格，學者爭慕之，得其標格者，蔚爲嘉詠。二君麗句絕多……」
〔註77〕隨後舉錢惟演詩句25聯，劉筠更多於此數，顯然並是將他們
放在更高的層次。這樣看來，歐陽修與楊億的看法又是大體一致的，
他們對鄭文寶的肯定都是限定在宋初大中祥符以前約三十年中、西
崑體出現之前。

　　隨後司馬光《溫公續詩話》稱：「鄭工部詩有『杜曲花光濃似酒，
灞陵春色老於人』，亦爲時人所傳誦，誠難得之句也。」〔註78〕《溫
公續詩話》是接續歐陽修《六一詩話》而發，意在對之加以補充說明，
這一則也是爲接續歐陽修對鄭文寶詩的評論，司馬光的潛臺詞可能是
「杜曲」一聯不弱於「水暖」一聯。不過，這一聯已經出現在楊億曾
標舉出來的鄭文寶11聯詩之中，看來司馬光沒有爲鄭文寶詩的評價
添加新的內容。

〔註76〕（宋）歐陽修《六一詩話》，《歷代詩話》（上），第270頁。
〔註77〕《楊文公談苑》，《宋元筆記小說大觀》（一），第519～523頁。
〔註78〕（宋）司馬光《溫公續詩話》，《歷代詩話》（上），第274頁。

此後釋文瑩《續湘山野錄》對鄭文寶的評價更高：

鄭仲賢善詩，可參二杜之間，予收之最多。《歸田錄》
所採者非警絕，蓋歐公未全見也。〔註79〕

文瑩徑直將鄭文寶詩提高到與二杜相併列，可惜文瑩當時所收集的鄭文寶詩今天也已經見不到了。但是這樣一個評價需要我們注意，儘管將鄭文寶與二杜比併，文瑩對他的推崇在一定程度上仍然是一個孤立的判斷，他不像楊億有鮮明的詩史意識、劃出鮮明的時段並有具體的比較途徑——摘句的方式，文瑩的判斷是籠統的、印象式的，帶有某種個人意氣。我們看到，文瑩對鄭文寶的偏好還不僅僅是詩學方面的，因為緊接著所引用的這兩句對詩歌的判斷之後，就是關於鄭文寶妙擅小篆和古琴的記載，而在這一則記載之前是關於鄭文寶富於吏幹的軼事，可能尤其這一點深得文瑩的讚歎。

鄭文寶是在南唐中主和後主時代成長起來的文士，又在青年時代即入宋，可以說，他頗得南唐文化和宋文化兩者之長，既汲取了南唐文化的精華，同時他身上也開始體現出宋代文士的某些精神氣象，前者主要表現在詩歌、藝術等方面，後者則主要體現為他也同時富有吏能，以強幹著稱，這正是宋人所推崇的實際才幹。鄭文寶久在西邊，參預兵計，有守土之功，也善於牧民，《續資治通鑑長編》載：「以鄭文寶為陝西轉運使，許便宜從事，恣用庫錢。會歲歉，文寶誘豪民出粟三萬斛，活饑者八萬六千餘人。」〔註80〕儘管最後因反對開邊而激怒真宗、被擿以他事而遭貶，但其精明強幹則是難以抹煞的。總之，鄭文寶較符合當時宋人正在形成中的、對新的士人人格的期待，即文才與吏幹並重。雖然歐陽修、司馬光皆為這種人格的典型，但他們論詩卻基本是就詩論詩，並不推詩及人、去關注文才以外的方面。文瑩本人的詩今僅存三首，難以從中窺見詩風全貌，但鄭獬《文瑩師詩集

〔註79〕（宋）文瑩《續湘山野錄》，《宋元筆記小說大觀》（一），第 1433～1434 頁。

〔註80〕《續資治通鑑長編》卷 32 淳化二年閏二月，第 712 頁。

序》稱文瑩詩「語雄氣逸，而致思深處往往似杜紫微，絕不類浮屠師之所爲者」，又稱其「今已老矣，其詩比舊愈遒愈健，窮之而不頓，使子美而在，則其歎服之又何如也」。〔註81〕從中可見文瑩詩格與人格皆有雄壯健逸之致，容易對精明強幹的鄭文寶產生親切之感，有意發爲矯論、爲其詩歌爭一席之地。這也就是他持論中意氣的成分、而不見得是在對詩史有過慎重考慮基礎上的平情之論。因此，文瑩的觀點雖有助於增進我們對鄭文寶整體人格的瞭解，但在對其詩歌的認識方面則增益有限。

　　從上述楊億、歐陽修、司馬光和文瑩對鄭文寶詩的評價可以看出，對鄭文寶詩的評價，在楊億對宋初雍熙至大中祥符末三十年間詩壇情形作出總結後已基本定型，其後諸人的意見基本沒有超出這個框架和基調，這說明楊億的評價儘管是摘句式的，但他對詩史的判斷眼光十分敏銳，我們不妨就今日存留的作品來重新考量一下楊億對鄭文寶詩的評價。

　　除了前文中分析過的斷句，鄭文寶今存的詩完整的有 16 首，以懷古類和詠史類的七律較有特點。

　　　漭瀁如燎嶺雲陰，玉石魚龍換古今。只見開元無事久，不知貞觀用功深。籠無解語衣無雪，堆有黃沙粟有金。惆悵群邪負恩澤，始知夷甫少經心。(《溫泉》)

　　　行人惆過景陽宮，宮畔離離禾黍風。庭玉有花空怨白，井蓮無步莫愁紅。吟詩功業才雖大，亡國君臣道最同。爭忍暮年歸故里，綸竿迴避釣魚翁。(《讀江總傳》)

《溫泉》應爲親到歷史現場的懷古詩，著眼點卻並不在眼前風物，轉而向詠史的深度開掘，頷聯及末聯的議論峭拔深刻，隱隱透露出他所身歷的南唐末世情形，頗能警醒人心；《讀江總傳》本爲詠史，但前兩聯卻是對懷古場景的想像，跟懷古詩的常見模式呈現出趨同，相較之下，頸聯「吟詩功業才雖大，亡國君臣道最同」的議論深度反不如

〔註81〕　(宋) 鄭獬《郧溪集》卷 14，文淵閣《四庫全書》本。

懷古詩《溫泉》「只見」一聯。

通常認爲，鄭文寶的七絕最出色，如絕句三首：

　　　　亭亭畫舸繫寒潭，直到行人酒半酣。不管煙波與風雨，
　　載將離恨過江南。

　　　　一夜西風旅雁秋，背身調鏃索征裘。關山落盡黃榆葉，
　　駐馬誰家唱石州。

　　　　江雲薄薄日斜暉，江館蕭條獨掩扉。梁燕不知人事改，
　　雨中猶作一雙飛。〔註82〕

這些絕句大體流麗精粹、深婉不迫，其中又以第一首寫離別的絕句最
爲著名。全詩始終從舟著眼，首句攝入待發畫舸的意象，但作爲遠行
的象徵，畫面中暫時停泊待發的船必將牽出次句的行人與別筵，這也
正是畫舸待而不發的原因。「直到」二字將靜止中潛在的催促、離別
的必然和不可逆轉從容而又淋漓地道出，而從首句中的待發到此時的
終於解纜開船、由靜至動的轉變也在這二字中傳達出來，離別的無奈
與憂傷已在這兩句中緩緩地洇開。後兩句則設爲怨恨的口吻，似乎是
無可奈何的行人對這無情的離舟徑直發出抱怨，也可視爲旁人的敘寫
口吻，不論哪種身份皆以離舟爲中心──自然是「不管」，本就「不
管」，但如此措辭，似乎藉由移情手法將離舟塑造成本應有情之物，
格外突出了離人別情的難堪。

　　儘管從現存作品看，鄭文寶的詩風主要還是輕情流麗一路，但已
經超出流輩，顯露出宋初詩不同於五代中朝平淺荒蕪的新氣象，因此
無論白體詩人李昉、西崑派詩人楊億、晏殊，〔註83〕還是奠定宋詩平
易基調的歐陽修，都對他的詩稱讚有加。趙齊平《宋詩臆說》評價道，
宋初一批由五代入宋的文人仍舊保持著晚唐五代詩風，多數柔靡纖

〔註82〕所引鄭文寶詩並見《全宋詩》第 1 冊卷 58，第 639～641 頁。
〔註83〕李昉對鄭文寶的欣賞見《宋史》卷 277 鄭文寶傳：「後補廣文館生，深
　　　　爲李昉所知。」（第 9425 頁）；《苕溪漁隱叢話》前集卷 24 引《西清詩
　　　　話》：「緱氏，王子晉升仙之地，有祠在焉，鄭工部文寶題一絕云云。後
　　　　晏元獻守洛，過見之，取白樂天語書其後云，此詩在處，有神物護持。」

弱，「鄭文寶卻屬於那樣的以清新明媚見長，或者說承襲了白居易『風情』詩一類的格調。說他『不減王維、杜甫』，終嫌比擬不倫，所謂『劉禹錫、杜牧之不足多也』，倒有些接近事實。」又指出鄭文寶的詩風與徐鉉很相似，五代入宋的詩人大體如此。〔註84〕趙齊平的論斷大體公允，但五代詩風並非都如徐鉉、鄭文寶，相反，其他五代入宋的詩人，作品大多平淺不耐讀，徐鉉、鄭文寶等南唐詩人卻保持著秀雅流麗的詩風。歐陽修稱鄭文寶的詩不減王維、杜甫固然是過譽，但他所盛讚的「水暖鳧翼行哺子，溪深桃李臥開花」一聯，的確有學杜的痕迹，這樣的句子在鄭文寶整個創作中也許並不多見，但直接反映了鄭文寶詩的取法對象，宋初最早推崇並整理杜詩的正是鄭文寶：

> 仲賢當前輩未貴杜詩時，獨知愛尚，往往造語警拔，但體小弱，多一律，可恨耳。歐陽文忠公稱其張僕射園中一聯，以爲集中少此。恐公未嘗見其全編。大抵仲賢情致深婉，比當時輩流能不專使事，而尤長於絕句，如：「一夜西風旅雁秋，背身調鏃索征裘。關山落盡黃榆葉，駐馬誰家唱石州。」又：「江雲薄薄日斜暉，江館蕭條獨掩扉。梁燕不知人事改，雨中猶作一雙飛。」若此等類，須在王摩詰伯仲之間，劉禹錫杜牧之不足多也。〔註85〕

蔡居厚指出，鄭文寶深得歐陽修讚賞的詩句背後，有著杜甫這位當時尚未受到足夠重視的詩學典範的影響。關於這一點，我們已經從詩句風格上獲得了直觀感受，此外，還有文獻證據表明鄭文寶曾經整理編輯過杜甫的詩集。《唐音癸籤》載：「杜甫集編自唐人樊晃，其後五代孫光憲、宋初鄭文寶、孫僅各有編，今無考。寶元初翰林王洙原叔始分古體近體二類，考其歲月以次之。」〔註86〕這一行爲與張洎花費多年時間搜輯張籍的詩歌一樣，並非出自單純保留文獻的目的，而是有

〔註84〕趙齊平《宋詩臆說》，北京大學出版社，1993年版，第28頁。
〔註85〕（宋）蔡居厚《蔡寬夫詩話》，《宋詩話輯佚》第402頁。
〔註86〕（明）胡震亨《唐音癸籤》卷32，上海：上海古籍出版社，1981年，第335頁。

著詩學上明確的取法意識。儘管鄭文寶整理的杜集並未流傳下來,但在當時詩壇,大家顯然瞭解鄭文寶與杜詩的淵源。這在宋初可以稱得上是一個異數,因爲宋初詩壇是普遍忽視杜甫的:楊億曾明確表示不喜歡杜詩,譏其爲「村夫子」;歐陽修也不甚喜歡杜詩;〔註87〕王禹偁雖然也尊崇杜詩,並有「本與樂天爲後進,敢期子美是前身」〔註88〕的詩句,不過從中也可以見出他有意取則的還是白居易詩;即便他稱頌「子美集開詩世界」,也並非指杜詩對詩歌境界的開闢,而只是表明王禹偁在貶官商於的閒居歲月裏曾經以讀杜詩爲消遣。〔註89〕因此,王禹偁對杜詩的推崇是有限的,也未能在當時產生大的影響。在這樣的背景下,鄭文寶對杜詩的推尊實爲首開風氣之舉,顯示了他在詩歌鑑賞方面的卓識和較開闊的詩學視野。

四、宋初詩風受諸南唐的其它影響

1、對李商隱的追摹:楊億與吳淑、陳恕

　　徐鉉既與宋初宗白體的唱和詩風有相當聯繫,同時在創作實踐中奉行詩緣情的主張,保持了南唐文學一貫的眞切自然、清麗綿緲的風格;儘管他對詩歌觀風察政功能的認識基本停留在口頭和觀念層面,創作中也很少有諷諭詩的實績,但這樣的意識仍然是可貴的,爲後來人突破當時宗白體的狹隘應酬詩風、閒適詩風提供了座標。此外,徐鉉等人與白體以外的宋初其他詩風尤其是西崑體詩風的興起也有一定的淵源:

〔註87〕劉攽《中山詩話》,《歷代詩話》(上),第 289 頁。

〔註88〕王禹偁《前賦春居雜興詩二首間半歲不復省視因長男嘉祐讀杜工部集見語意頗有相類者咨於予且意予竊之也予喜而作詩聊以自賀》,見氏著《小畜集》卷 9,《四部叢刊》本。

〔註89〕趙齊平認爲結合《日長簡仲咸》全詩來看此句應作如此解釋,糾正了錢鍾書在《宋詩選注》中將此句作爲「王禹偁用了在當時算得很創闢的語言來歌頌杜甫開闢了詩的領域」的看法。參看趙齊平《宋詩臆說》第 35 頁。

在李商隱詩進入楊億等人的視野並繼而成爲其效法典範的過程中，可以看到南唐入宋的詩人帶來的影響。《楊文公談苑》「徐鍇」條載：

> 徐鍇仕江左，至中書舍人，尤嗜學該博……嘗欲注商隱《樊南集》，悉知其用事所出。〔註90〕

這條材料關涉到徐鍇欲注釋李商隱集一事，僅見於楊億的記載，應該是楊億從與徐鍇親近之人處聽來，這個掌故的源頭很可能就是吳淑。至道三年（995），奉眞宗之命，錢若水、柴成務、李宗諤、宗度、楊億及吳淑等人共同參修《太宗實錄》，楊、吳二人在修書期間必定多有交流；而吳淑爲徐鉉之婿，對徐氏兄弟之事知之甚詳，上引這條材料很可能就是楊億錄自吳淑的轉述。另外，江少虞《宋朝事實類苑》有「玉溪生」條：

> 至道中，偶得玉溪生詩百餘篇，意甚愛之，而未得其深趣。咸平、景德間，因演綸之暇，遍尋前代名公詩集，觀富於才調，兼極雅麗，包蘊密緻，演繹平暢，味無窮而炙愈出，鑽彌堅而酌不竭，曲盡萬態之變，精所難言之要，使學者少窺其一斑，略得其餘光，若滌腸而浣骨矣。由是孜孜求訪，凡得五七言長短韻歌行雜言共五百八十二首。唐末，浙右多得其本，故錢鄧帥若水嘗留意捃拾，才得四百餘首。錢君舉《賈誼》兩句云：「可憐夜半虛前席，不問蒼生問鬼神。」錢云：「其措意如此，後人何以企及？」余聞其所云，遂愛其詩彌篤，乃專輯綴。鹿門先生唐彥謙慕玉溪，得其清峭感傷，蓋聖人之一體也。然警絕之句亦多，余數年類集，後求得薛廷珪所作序，凡得百八十二首。世俗見余愛慕二君詩什，誇傳於書林文苑，淺拙之徒，相非者甚眾。噫！大聲不入於俚耳，豈足論哉！〔註91〕

〔註90〕 《宋元筆記小說大觀》（一），李裕民輯校，上海古籍出版社，2001年，第524～525頁。

〔註91〕 （宋）江少虞《宋朝事實類苑》卷34，上海：上海古籍出版社，1981年版，第435頁。此條未注所據何書，但《詩話總龜》後集卷11一

此條材料從涉及的人事、時間及其它旁證看,應當出自《楊文公談
苑》,是楊億自述對李商隱詩研讀和搜輯過程最詳盡的記載。兩條材
料結合起來,我們可以大致推斷出楊億與吳淑就李商隱詩文進行過較
多交流的具體時段。太宗至道(995〜997)前後不足三年,楊億所說
至道中得到義山詩百餘篇,應該就是在與吳淑相交、任《太宗實錄》
編修前不久,所以楊億說當時尚未得其深趣;至道三年真宗即位後,
楊億等人奉詔參修《太宗實錄》,他很可能在修書間隙就新得到的義
山詩與吳淑等人探討過心得。前引徐鍇欲注樊南集一事,應該就是此
時楊億聽吳淑所說。在這段時間裏,通過與吳淑、錢若水等人的探討,
楊億對義山詩從「未得其深趣」到有了更深刻的體會,以至到了咸平、
景德間對義山詩多方搜羅、深鑽精研,也在這一過程中使自己的詩歌
取得了「滌腸浣骨」的成效。至於西崑體的成因,曾祥波《從唐音到
宋調》一書曾專門探討過吳淑與西崑體之間的淵源,尤其注重吳淑以
賦體編寫的類書《事類賦》對楊億詩歌創作思路的影響,他將西崑體
與《事類賦》題材相關的作品加以比較,發現西崑體中絕大多數事典、
辭藻都能在《事類賦》中找到,並認為《事類賦》是類書編纂風氣到
西崑體之間的一個過渡環節。〔註92〕

　　此外,楊億還發現對於義山詩不無與己同好之人:

　　　　余知制誥日,與陳恕同考試。恕曰:「夙昔師範徐騎省

條所引文字與此部分相重,作楊億言;葛立方《韻語陽秋》卷2:「楊
文公在至道中得義山詩百餘篇,至於愛慕而不能釋手,公嘗論義山
詩,以謂包蘊密緻,演繹平暢,味無窮而炙愈出,鑽彌堅而酌不竭,
使學者少窺其一班,若滌腸而洗骨。是知文公之詩,有得於義山者
為多矣。又嘗以錢惟演詩二十七聯如……劉筠詩四十八聯如……皆
表而出之,紀之於《談苑》,且曰二公之詩,學者爭慕,得其格者,
蔚為佳詠,可謂知其宗矣。」可證出自《楊文公談苑》。今輯本《楊
文公談苑》多僅錄其「義山詩包蘊密緻,演繹平暢,味無窮而炙愈
出,鑽彌堅而酌不竭,使學者少窺其一班,若滌腸而浣骨」數句。
〔註92〕參曾祥波著《從唐音到宋調——以北宋前期詩歌為中心》第四章《「西
崑體」之重新探索與評價》,北京:崑崙出版社,2006年版,170〜
174頁。

爲文，騎省有《徐孺子亭記》，其警句云：『平湖千畝，凝
碧乎其下；西山萬疊，倒影乎其中。』他皆常語。近得舍
人所作《涵虛閣記》，終篇皆奇語，自渡江來，未嘗見此，
信一代之雄文也。」其相推如此。因出義山詩共讀，酷愛
一絕云：「珠箔輕明拂玉墀，披香新殿鬥腰支。不須看盡魚
龍戲，終遣君王怒偃師。」擊節稱歎曰：「古人措辭寓意，
如此深妙，令人感慨不已。」〔註93〕

咸平中楊億知制誥，也就是前引材料中楊億自稱「因演綸之暇，遍尋
前代名公詩集」的時期。咸平五年（1002），楊億與陳恕同掌貢舉，
二人的論文談詩應當就是發生在此時。陳恕本洪州人，南唐時少爲縣
吏，折節讀書；入宋，第太平興國二年（977）進士；自言曾向徐鉉
學習作文──雖然並不一定是眞拜徐鉉爲師，但至少要有對徐鉉之文
的揣摩學習；《宋史》本傳也稱其「頗涉史傳，多識典故」〔註94〕，
可見陳恕雖無詩歌流傳，但也博學能文。正因陳恕十分欣賞楊億的駢
文，後者才將其引爲知己，出義山詩共讀。事實證明，博識典故、傾
心駢文的陳恕果然十分喜愛義山詩，尤其對這一首以史託寓、令後人
歧解紛出的《宮妓》頗爲稱賞。這番對義山詩的共讀和探討下距西崑
酬唱開始的景德二年（1005）只有三年時間，這似乎提醒我們，楊億
在走向以義山爲楷模的西崑體這一過程中，反覆與相討論的同好諸人
中，來自原南唐的文人如吳淑、陳恕等人對他起到了提點和促進作
用；而從以徐鉉徐鍇兄弟爲代表的南唐詩人博學好文的風氣、典雅秀
麗的詩風，到西崑體之間好用典故、沉博繁縟的詩風，只隔著一個關

〔註93〕 《楊文公談苑》，《宋元筆記小說大觀》（一），第 493～494 頁。按：
　　　　 此本《楊文公談苑》所輯該條誤陳恕爲余恕，《唐詩紀事》卷 53、《詩
　　　　 話總龜》前集卷 4 皆作陳恕。《宋史》卷 267 有陳恕傳：「陳恕字仲
　　　　 言，洪州南昌人。少爲縣吏，折節讀書。江南平，禮部侍郎王明知
　　　　 洪，恕以儒服見，明與語，大奇之，因資送令預計偕。太平興國二
　　　　 年進士，解褐大理評事、通判洪州，恕以鄉里辭。改澧州。……」
　　　　 且陳恕在咸平五年曾知貢舉，與此條材料合。余恕則不見記載。故
　　　　 應以陳恕爲是。今據改。
〔註94〕 《宋史》卷 267 陳恕傳，第 9203 頁。

鍵人物楊億和一個新詩學典範李商隱，這二者都同南唐文化有割不斷的聯繫。我們可以說，楊億找到了一條以博學反對平淺詩風的道路，這其中有著來自原南唐文士給予他的薰陶和啓發。

楊億在詩學上受到吳淑、陳恕的影響，而這些人有南唐背景、又尤其與徐鉉有師生之誼。這並非偶然，而是首先與南唐士人的博學多識有密切關係。楊億談到江東士人時，曾經感歎江東士人深於學問，徐鉉、徐鍇二人的博學在宋代更是名重一時，史稱其能讀異書，多識典故。〔註95〕作爲徐氏兄弟後學的吳淑，「幼俊爽，屬文敏速」，早年即得韓熙載、潘祐等人的賞識；入宋後預修《太平廣記》、《太平御覽》、《文苑英華》及《太宗實錄》，又於端拱、淳化年間撰成《事類賦》進獻太宗，隨後並奉旨爲之作注。〔註96〕至於楊億本人，十一歲就因爲文學才能召試稱旨，被授予秘書省正字，留在秘閣讀書，後來長期居館閣清要之職。就楊億的知識背景和身份經歷來看，他很容易認同徐鉉、吳淑等人的廣博學識，這種對博學的嗜好也不難轉化到他們的文學創作中去：單純對於博學的愛好是第一步，如徐鍇對《樊南文》所用典故的興趣；然後可能向文學轉化，如吳淑的《事類賦》已經介於類書和文學之間，雖然它還是一種半成品的文學作品，但更進一步就走到楊億等人對義山詩的追摹了。因爲義山詩既具有得益於博學背景的麗藻，又有深蘊的文學內涵，使得楊億在其中看到了反對當時流行的淺易白體詩風的可能，從而將李商隱作爲替代白居易的詩學典範。〔註97〕西崑體的成就得到了後來歐陽修等人的讚賞，〔註98〕原因之一在於宋人以學問爲詩的特點在西崑體中已經初步體現，尤其是西崑體詩中大量的用典。只是這時候以學問爲詩還處於比較稚拙的階

〔註95〕《十國春秋》卷28徐鉉傳，第403頁。
〔註96〕《宋史》卷441吳淑傳，第13040頁。
〔註97〕參張鳴《從「白體」到「西崑體」》，《國學研究》第3卷，第215頁。
〔註98〕歐陽修《六一詩話》稱「自西崑集出，時人爭傚之，詩體一變……蓋其雄文博學，筆力有餘，故無施而不可。」《歷代詩話》（上），第270頁。

段，其用典主要體現爲一種編事的方式，簡單排比而成，不像後來的宋詩那樣複雜多變。在宋調的開端上，楊億等西崑體詩人邁出了重要的第一步，而這與來自南唐詩人的影響不無關係。

其實在這些宋初有文學影響力的原南唐文士名單上，我們還可以增添如下這些的名字：湯悅、張洎、杜鎬、陳彭年、舒雅、刁衍、張秉……〔註99〕他們往往以博聞強記、多識典故著稱，並大多長於詩文，後三人還是西崑酬唱的直接參與者，不過他們的光芒遠不及楊億、劉筠、錢惟演這幾位主將而已。

2、南唐的餘響：以江西、安徽數個家族爲例

儘管南唐王朝正式存在的時間不到四十年，但它的影響並不能用以這短短的四十年來估算。除去我們在前文中討論過的若干文學藝術傑作、它爲宋代提供的豐富精良的書籍、由南唐入宋的著名文士等遺產，南唐還以一種地域文化的方式播下了若干年後才發芽、開花、結實的種子，這其中最爲著名的恐怕就是江西一地了，關於五代到宋江西地區的經濟文化發展已有任爽《南唐時期江西的經濟與文化》〔註100〕、杜文玉、羅勇《宋代江西文化的發展》〔註101〕、劉錫濤《宋代江西文化地理研究》〔註102〕等論著問世。作爲南唐統治腹心地帶的江西，在後來宋代文學中也佔據了關鍵的席位，撇開我們熟知的詞學方面晏殊、歐陽修等人所受南唐馮延巳的影響，就連宋代中葉以後幾乎籠罩了詩壇半壁江山的江西詩派，其最初與南唐的歷史文化遺產也不無關係。這裡我們不妨以地域、家族的眼光初步地探索幾個著名家族與南唐的淵源。

從與南唐的文化淵源來說，有這樣幾個家族頗值得我們注意：劉

〔註99〕王仲犖認爲《西崑酬唱集》中劉秉應爲張秉之誤。

〔註100〕任爽《南唐時期江西的經濟與文化》，《求是學刊》1987 年第 2 期，第 87～91 頁。

〔註101〕杜文玉、羅勇《宋代江西文化的發展》，《贛南師範學院學報》1990 年第 2 期，第 7～12 頁。

〔註102〕劉錫濤《宋代江西文化地理研究》，陝西師範大學 2001 年博士論文。

氏家族、曾氏家族、梅氏家族、歐陽氏家族、黃氏家族等。

首先是袁州劉氏家族。南唐時袁州人劉式（950～998）爲宋代著名學者劉敞、劉頒之祖，劉式「少有志操，好學問，不事生產，年十八九，辭家居廬山，假書以讀，治左氏、公羊、穀梁、春秋，旁出入他經，積五六年不歸，其業益精。是時天下大亂，江南雖偏霸，然文獻獨存，得唐遺風，禮部取士難其人甚，叔度以明經舉第一，同時無預選者，由是江南文儒大臣，自張洎、徐鉉皆稱譽之，調廬陵尉。太祖平江南，叔度隨眾入朝，見於殿下……叔度尚名檢，好賓客，所交遊皆一時名人，徐鉉、張佖、陳省華、楊億之徒，雖年輩先後，待之各盡其意，億與石中立爲獨拜床下，其見推如此。」〔註103〕可以看出，求學廬山的經歷對劉式十分重要，正是在這裡他借讀了春秋三傳及其它大量經籍，並以明經中舉，成爲南唐文儒大臣中的一員。入宋以後，又以家學傳世，後來其孫劉敞也以春秋學著名。

南豐人曾致堯（947～1012），爲曾鞏、曾布之祖，南唐時已知名於鄉里，宋太平興國八年（983）舉進士。其性格剛正，敢於直言。喜好纂錄，著有《仙鳧羽翼》、《廣中臺志》、《清邊前要》、《西陲要紀》、《爲臣要紀》、《直言集》、《四聲韻》等書。〔註104〕曾致堯也富有文才，王安石稱其「尤長於歌詩」〔註105〕；《宋史・李虛己傳》也載曾致堯曾與李虛己等人唱和：

> 李虛己字公受，五世祖盈，自光州從王潮徙閩，遂家
> 建安。父寅，有清節，仕江南李氏，至諸司使……虛己亦
> 中進士第，歷沈丘縣尉……虛己喜爲詩，數與同年進士曾

〔註103〕 劉敞《先祖磨勘府君家傳》，劉敞《公是集》卷51，影印文淵閣《四庫全書》本。

〔註104〕 歐陽修《尚書戶部郎中贈右諫議大夫曾公神道碑（一作墓誌）銘並序》，歐陽修《歐陽文忠公文集》卷21，《四部叢刊》本。《宋史》卷441，第13050～13051頁。曾鞏《先大夫集後序》，《元豐類稿》卷12，《四部叢刊》本。

〔註105〕 王安石《戶部郎中贈諫議大夫曾公墓誌銘》，《臨川先生文集》卷92，《四部叢刊》本。

　　　　致堯及其婿晏殊唱和。初，致堯謂曰：子之詞詩雖工，而
　　　　音韻猶啞。盧己未悟，後得沈休文所謂「前有浮聲，則後
　　　　須切響」，遂精於格律。〔註106〕

曾致堯不僅自己深得詩歌聲韻之秘，還將其傳授給李盧己，其婿晏殊
經常參與他們唱和，同樣得其眞傳。陸游曾將從南唐到宋的江西詩法
傳承線索梳理得更清晰：

　　　　李盧己侍郎字公受，少從江南先達學作詩，後與曾致
　　　　堯唱酬，曾每曰：公受之詩雖工，恨啞耳。盧己初未悟，
　　　　久乃造入。以其法授晏元獻，元獻以授二宋，自是遂不傳，
　　　　然江西諸人，每謂五言第三字、七言第五字要響，亦此意
　　　　也。〔註107〕

可見曾致堯的確對詩歌音韻頗有研究，並以此啓發了李盧己，且間接
地影響到晏殊及宋祁等人，此後江西詩人多有注重音韻響亮的特點。
曾致堯等人講究音韻這一點，未嘗沒有來自徐鉉徐鍇等人的影響。另
外，不僅李盧己，曾致堯本人的詩風也有受自南唐的影響，他今存詩
只有6首，但大多清新，如：

　　　　江南楊柳春，日暖地無塵。渡口驚新雨，夜來生白蘋。
　　　　晴沙鳴乳雁，芳草醉遊人。向晚前山路，誰家賽水神。(《東
　　　　林寺》)〔註108〕

風格秀雅，近於南唐徐鉉等人。曾氏後人雖然更多地以文章名世，但
詩歌顯然也是其家學傳承的重要內容之一。

　　歐陽修極爲推崇的詩人梅堯臣（1002～1060），同樣詩學傳家。
梅堯臣的曾祖梅遠，南唐時爲宣城掾，也是一位詩人，陳尙君《全唐
詩續拾》曾對其身世、作品詳加勾輯：

　　　　梅遠爲北宋著名詩人梅堯臣的曾祖。《歐陽文忠公文
　　　　集》卷三三《梅聖俞墓誌銘》云：「曾祖諱遠，祖諱邈，皆

〔註106〕《宋史》卷300李盧己傳，第9975頁。
〔註107〕陸游《老學庵筆記》卷5，北京：中華書局，1979年，第69頁。
〔註108〕《全宋詩》第1冊，第580頁。

不仕。」楊傑《無爲集》卷十三《故朝奉郎守殿中丞梅君正臣墓誌銘》云：「南唐末，曾祖遠爲宣城掾。」正臣爲堯臣弟。《宛雅三編》卷二引《梅氏詩譜》，謂遠字維明，光化間由吳興之宣城爲掾。以宣之風土淳厚，遂築居於州學之西，著有《遷居草》。今按：三書所記稍有出入。考《歐陽文忠公文集》卷三一《太子中舍梅君墓誌銘》，堯臣父梅讓卒於皇祐元年，年九十一，推其生年，爲顯德六年。以此推測，梅遠約生於十世紀初，以仕南唐爲是。《梅氏詩譜》有誤，今不取光化年仕宣說。〔註109〕

《全唐詩續拾》並輯出梅遠詩2首：

> 昔居莒之南，今適宛之北。溪山故繚繞，往來等鄉國。愛此太古風，不但占林樾。嵐氣敬亭浮，波光響潭接。雖在城市傍，而與喧囂隔。息心謝紛煩，投閒遺一切。結構類茅茨，寧復事雕飾。草堂亦易成，經營豈木石。喜見野人來，漸與塵迹絕。把我盈樽酒，妻兒同一啜。(《築居》)

> 百里猶鄉土，千年亦比鄰。願言培世德，未敢詠維新。
>
> (《遷居》)

這兩首詩應該皆出自梅遠已佚的詩集《遷居草》，是他由吳興遷居到宣州時所作。

梅堯臣的叔父梅詢（964～1041），「好學有文，尤喜爲詩」〔註110〕，「少好學，有辭辨」〔註111〕。梅堯臣因屢試不第，仁宗天聖九年（1031）憑叔父之門蔭入仕，所以這位叔父無論從詩學、從仕途來說都對梅堯臣深有影響。從現存資料看，梅詢的父輩似乎不以詩名，他的詩學很有可能主要是從其祖父梅遠那裡繼承下來的。梅詢詩今存28首，多爲題詠、贈答，風格平易處確類其祖父梅遠。

至梅堯臣，其曾祖及叔父對他在詩歌上的影響也是明顯可見的。

〔註109〕陳尚君《全唐詩補編·續拾》卷44，第1387頁。
〔註110〕歐陽修《翰林侍讀學士給事中梅公墓誌銘》，《歐陽文忠公文集》卷27。
〔註111〕《宋史》卷301，第9984頁。

歐陽修《梅堯臣墓誌銘》曾追溯過梅堯臣家的詩學傳統：「自其家世頗能詩，而從父詢以仕顯，至聖俞遂以詩聞……其初喜爲清麗、閒肆、平淡，久則涵演深遠，間亦剝琢以出怪巧，然氣完力餘，益老以勁。」〔註112〕梅堯臣開出宋詩平淡深遠的典型風格，但其平淡一面則是其來有自，從其家學而言，即有得自梅遠的影響。他早年所謂「清麗、閒肆、平淡」的詩風，其實是受諸時代、地域及家族影響的自然體現，後來的深遠、怪巧、蒼勁，則是他在早年詩風基礎上經過努力達成的自家面目。也不妨說，他正因爲有這樣先天的有利條件及後天的卓絕追求，才能「變盡崑體，獨創生新」〔註113〕，矯正西崑體流於極弊之後的浮靡習氣。

　　還有一些宋代大詩人，未必能勾輯出他們各自家族清晰的文學傳承淵源，但也可以從各方面看到他們的家族文教其實興於南唐，譬如歐陽修。歐陽修「曾祖諱郴……孝悌之行鄉里師服，南唐爲武昌令」；「祖諱偃，強學善屬文，南唐時獻所爲文十餘萬言，試補南京衙院判官」；〔註114〕歐陽修的叔祖歐陽儀中南唐進士第，鄉里榮之，特地改其鄉里名儒林鄉歐桂里，〔註115〕可見歐陽儀乃吉水歐陽氏的第一個進士。由於祖上重視文教，所以至歐陽修的父親這一輩，家族中進士的也就特別多，據歐陽修《歐陽氏譜圖序》計有歐陽載、歐陽觀、歐陽曄、歐陽穎四人，其中歐陽觀即歐陽修之父，歐陽曄則是歐陽修的親叔父。歐陽觀在歐陽修四歲時即去世，歐陽修跟隨母親往依時任隨州推官的叔父歐陽曄，直至二十一歲長成。據歐陽修自述，其幼年爲學主要得力於其母鄭氏，少年時代則主要依賴自學，應該也間接受到歐陽曄的影響。

〔註112〕歐陽修《梅聖俞墓誌銘》，《歐陽文忠公文集》卷33。

〔註113〕（清）葉燮《原詩·外篇》，《原詩》，北京：人民文學出版社，1979年版，第67頁。

〔註114〕（宋）韓琦《故觀文殿學士太子少師致仕贈太子太師歐陽公墓誌銘》，《歐陽文忠公文集》附錄。

〔註115〕歐陽修《歐陽氏譜圖序》，《歐陽文忠公文集》卷71。

　　黃庭堅也曾追溯家史至其六世祖黃瞻:「黃氏自婺州來者諱瞻,以策干江南李氏不用,用爲著作佐郎,知分寧縣……遂將家居焉。」「著作生元吉,豪傑士也,買田聚書,長雄一縣,始宅於修溪之上而葬於馬鞍山。馬鞍君生中理,贈光祿卿。光祿始築書館於櫻桃洞芝臺,兩館遊士來學者常數十百人,故諸子多以學問文章知名,黃氏於斯爲盛。……光祿生茂宗,字昌裔,昌裔高材篤行,爲書館遊士之師。子弟文學淵源皆出於昌裔。祥符中,國學試進士……禮部參知政事趙公安仁、翰林學士劉公筠,擢昌裔在十人中,授崇信軍節度判官。」〔註116〕從黃瞻定居分寧,到黃元吉買田聚書,再到黃中理始築書館、以及黃昌裔登進士第,這大概可以代表中國古代社會大家族走向興盛的一般歷程;而在黃氏成爲分寧當地詩禮傳家的大族這一過程中,移居南唐成爲一個富有奠基意味的重要起點。

　　我們發現,這些江西籍或安徽籍的宋代著名學術名家或文學名家,其家族有不少是在南唐時遷入,或是南唐時家族中開始有人科舉及第,前者得益於南唐在五代十國時期的相對平靜富庶的環境,後者則與南唐注重文教、整體文化氛圍濃厚有很大關係。以此爲起點,這些家族的學術、文學以家學傳承的方式相遞不絕,並終於在宋世得以光大,結出顯著的文化成果。這就是我們所說南唐的影響遠不止於其四十年的統治時期,甚至不止是影響到宋眞宗時期,它也遙遙地爲北宋中期以後若干文學大家的崛起預作了準備。

〔註116〕黃庭堅《叔父和叔墓碣》,《豫章黃先生文集》卷 24,《四部叢刊》本。

結　語

　　在由唐至宋的文化轉折過程中，南唐曾經在其間佔據有特殊的位置，本文希望探明的正是南唐在文學、特別是狹義的詩歌這一方面較為詳細的狀況，以便較客觀地估計它對宋詩的影響，同時也期望能夠在一定程度上恢復那個時代詩壇的原貌。但南唐之於宋代的影響尚不止於詩，也不止是詞，而是幾乎包括了文學、學術、藝術諸方面在內的整個文化。因此，本文在對南唐詩進行發掘鈎沈的同時，也比較注重對相應文化背景的關注和探討。

　　南唐詩壇要上溯到以李昇逐步掌權的楊吳時代，李昇任昇州刺史期間就已經開始的延攬文士、彙聚圖籍等措施，包括後來他開國以後設立廬山國學，對於金陵和廬山兩個詩壇的形成起到了重要的作用。此時的金陵詩壇開始奠定初基，李建勳成為南唐早期詩人的代表，同時以成彥雄為代表的新一批詩人開始嶄露頭角。

　　進入中主李璟時代，由於李璟的文治政策，南唐的文化特質在此期初步形成，南唐詩在這一時期也最為繁榮。金陵詩壇走向壯大與成熟，李璟周圍聚集起一個高層文官組成的文士圈子，經常進行唱和；而保大年間開科取士，詩賦是其中的重要內容，這也吸引了一批士子來到金陵；南唐在這一期間取得對閩楚戰爭的勝利，這兩地的一些詩人也因此進入金陵。其次，詩歌的表現內容也擴大了，黨爭、貶謫、

戰亂等內容進入了這些詩人的視野，代表詩人徐鉉也在此時達到其創作的高峰。另外，南唐好尚清奇的詩風此時已經形成。廬山詩壇此時也十分活躍，其成員主要是僧道、處士和士子三類人，他們彼此之間的交往酬唱構成了廬山詩壇的重要活動內容。李中是廬山詩壇中成就較高的詩人，他從廬山國學到踏上仕途的經歷代表了廬山國學士子較普遍的道路。

後主李煜即位以後，有一個很重視儒學的時期，並且他本人就有儒學方面立言明道的著述，這引起了南唐文士普遍的著述之風以及博學的好尚。另一方面，南唐此時普遍的清貴趣味，成為南唐文化特質的一部分。此時李煜本人以及李中、孟賓于、潘祐、劉洞等人尚有較多詩作，不過後來李中、孟賓于皆流落於地方，而隨著國力的衰弱，金陵對廬山詩人的吸引力在減弱，金陵詩壇和廬山詩壇都漸趨沉寂。當金陵失陷，南唐詩壇即宣告終結，但隨後南唐詩歌在宋初的影響則是不可低估的。

由於五代時北方的文化長期落後於南方，以至於宋初統一以後，南方文化尤其是南唐文化成為宋初可以汲取的重要資源。宋廷對南唐文化的態度卻是矛盾的，一方面以軍事勝利相驕，另一方面又不得不流露出對南唐文化的歆羨。但在宋代絕大多數文人心目中，南唐一直是以正價值的面目清晰地存在。無論是宋初鄭文寶、劉吉等由南唐入宋的文士，還是像馬令那樣與南唐有著某種淵源的文士，乃至南宋陸游那樣與南唐並無淵源的文士，在他們筆下，南唐學術和文學都具有崇高的地位。具體到詩歌方面，對於宋初詩壇，來自南唐的詩人具有舉足輕重的地位，徐鉉、鄭文寶等人不僅以創作實績居於宋初三十年中影響最大的詩人之列，而且他們對白居易、杜甫、李商隱等詩學典範的認識和取法也影響到當時詩壇，王禹偁、楊億等人對當時詩風的扭轉也都有得自於他們的影響，對白居易諷諭詩的重新重視以及西崑體精嚴典麗的詩風都可以追溯到原南唐詩人。

　　本文就上起楊吳、下迄宋初約八九十年間南唐詩的發展變化情況及其影響作出了歷時性的考察，但是，在研究過程中也發現，單單局限於這段詩史本身還是很不夠的，譬如說南唐詩歌和文化方面對宋代的影響可能是遠超出於宋初三十年這個時限的，像江西作爲南唐的腹地，由於移民的加入與官學、私學的興起等原因，其文化在南唐時期得到了很大的發展，使得江西到宋代成爲文士的淵藪、尤其是江西詩派的重要發源地。另外，研究過程中牽涉到一些相關的文化問題，雖然超出於純文學的範圍，但與文學的關係卻是很密切的，譬如南唐時期那種多藝能、尚清貴的文士形象的塑造，對宋代文士有著直接的影響，本文曾試圖尋繹這些問題的脈絡，卻終究還只能是窺豹一斑。謹以此就正於方家。

主要參考文獻

1. （後晉）劉昫《舊唐書》，北京：中華書局校點本，1975 年版。
2. （宋）歐陽修、宋祁《新唐書》，北京：中華書局校點本，1975 年版。
3. （宋）薛居正等《舊五代史》，北京：中華書局校點本，1976 年版。
4. （宋）歐陽修《新五代史》，北京：中華書局校點本，1974 年版。
5. （元）脫脫《宋史》，北京：中華書局校點本，1977 年版。
6. （宋）司馬光《資治通鑒》，北京：中華書局校點本，1956 年版。
7. （宋）李燾《續資治通鑒長編》，北京：中華書局校點本，1979～1995 年。
8. （唐）杜佑《通典》，北京：中華書局校點本，1988 年版。
9. （宋）王溥《五代會要》，北京：中華書局，1998 年版。
10. （宋）鄭樵《通志》，上海：商務印書館，1935 年版。
11. （元）馬端臨《文獻通考》，北京：中華書局，1986 年版。
12. （宋）陶岳《五代史補》，《叢書集成續編》本，臺北：新文豐出版公司，1989 年版。
13. （元）辛文房《唐才子傳校箋》，傅璇琮主編，北京：中華書局，1987～1995 年。
14. （清）吳任臣《十國春秋》，北京：中華書局校點本，1983 年。
15. （宋）周應合《景定建康志》，臺北：成文出版社 1983 影印清嘉慶六年（1801）刻本。
16. （清）尹繼善等修《江南通志》，江南通志局乾隆元年（1736）刻本。
17. （清）于成龍等修《江西通志》，清康熙二十二年（1683）刻本。

18. （宋）陳舜俞《廬山記》，《殷禮在斯堂叢書》重刊元祿十年本，東
方學會 1928 年。

19. （宋）晁公武《郡齋讀書志校證》，孫猛校證，上海：上海古籍出
版社，2005 年版。

20. （宋）王堯臣等《崇文總目附補遺》，《叢書集成初編》本，北京：
中華書局，1985 年版。

21. （清）永瑢等《四庫全書總目》，北京：中華書局 1965 年影印本。

22. （清）葉德輝考證《宋秘書省續編到四庫闕書目》，《觀古堂所著書》
本，清光緒二十九年（1903）刻。

23. （宋）郭若虛《圖畫見聞志》，《四部叢刊》本。

24. （宋）佚名撰《宣和畫譜》，《叢書集成初編》本，上海：商務印書
館，1936 年版。

25. （清）孫岳頒等《佩文齋書畫譜》，影印文淵閣《四庫全書》本。

26. （北齊）顏之推《顏氏家訓集解》（增補本），王利器集解，北京：
中華書局，1993 年版。

27. （宋）王應麟《玉海》，江蘇古籍出版社、上海書店 1987 年影印清
光緒九年（1883）浙江書局本。

28. （唐）南卓等著《羯鼓錄 樂府雜錄 碧雞漫志》，上海：上海古籍
出版社，1958 年版。

29. （唐）范攄《雲溪友議》，上海：古典文學出版社，1958 年版。

30. （南唐）劉崇遠《金華子雜編》，《唐・五代・宋筆記十五種》（二），
瀋陽：遼寧教育出版社，2000 年版。

31. （五代）孫光憲《北夢瑣言》，貫二強點校，北京：中華書局，2002
年版。

32. （宋）史□《釣磯立談》，《全宋筆記》第一編（四），鄭州：大象
出版社，2003 年版。

33. （宋）陶穀《清異錄》，鄭村聲、俞鋼整理，朱易安、傅璇琮等主
編《全宋筆記》第一編（二），鄭州：大象出版社，2003 年版。

34. （宋）鄭文寶《江表志》，張劍光、孫勵整理，朱易安、傅璇琮等
主編《全宋筆記》第一編（二），鄭州：大象出版社，2003 年版。

35. （宋）鄭文寶《南唐近事》，張劍光整理，朱易安、傅璇琮等主編
《全宋筆記》第一編（二），鄭州：大象出版社，2003 年版。

36. （宋）陳彭年《江南別錄》，常易安、陳尚君整理，朱易安、傅璇琮
等主編《全宋筆記》第一編（四），鄭州：大象出版社，2003 年版。

37. （宋）佚名《五國故事》，張劍光、孫勵整理，《全宋筆記》第一編（三），鄭州：大象出版社，2003 年版。

38. （宋）龍袞《江南野史》，張劍光整理，《全宋筆記》第一編（三），鄭州：大象出版社，2003 年版。

39. （宋）佚名《江南餘載》，張劍光、孫勵整理，朱易安、傅璇琮主編《全宋筆記》第一編（二），鄭州：大象出版社，2003 年版。

30. （宋）馬令《南唐書》，《四部叢刊》本。

41. （宋）陸游《南唐書》，《四部叢刊》本。

42. （清）周在濬《南唐書注》，民國四年（1915）吳興劉氏嘉業堂叢書本。

43. （宋）楊億《楊文公談苑》，李裕民輯校，上海古籍出版社編《宋元筆記小說大觀》（一），上海：上海古籍出版社，2001 年版。

44. （宋）文瑩《湘山野錄》、《續錄》，黃益元校點，上海古籍出版社編《宋元筆記小說大觀》（二），上海：上海古籍出版社，2001 年版。

45. （宋）文瑩《玉壺清話》，黃益元校點，上海古籍出版社編《宋元筆記小說大觀》（二），上海：上海古籍出版社，2001 年版。

46. （宋）陳師道《後山談叢》，《叢書集成初編》本，上海：商務印書館，1936 年版。

47. （宋）葉夢得《避暑錄話》，徐時儀校點，上海古籍出版社編《宋元筆記小說大觀》（三），上海：上海古籍出版社，2001 年版。

48. （宋）葉夢得《石林燕語》，穆公校點，上海古籍出版社編《宋元筆記小說大觀》（三），上海：上海古籍出版社，2001 年版。

49. （宋）江少虞《宋朝事實類苑》，上海：上海古籍出版社，1981 年版。

50. （宋）邵博《邵氏聞見後錄》，上海古籍出版社編《宋元筆記小說大觀》（二），上海：上海古籍出版社，2001 年版。

51. （宋）陸游《老學庵筆記》，北京：中華書局，1979 年版。

52. （宋）洪邁《容齋隨筆》，上海：上海古籍出版社，1978 年版。

53. （宋）趙彥衛《雲麓漫鈔》，傅根清點校，北京：中華書局，1986 年版。

54. （後蜀）趙崇祚輯《花間集校》，李一氓校，北京：人民文學出版社，1958 年版。

55. （宋）李昉等《文苑英華》，北京：中華書局 1966 年影印本。

56. （宋）李昉編《二李唱和集》，《宸翰樓叢書》本，上虞羅氏 1914 年重編刊本。

57. （宋）楊億等著《西崑酬唱集注》，王仲犖注，北京：中華書局，
    2001 年版。

58. （清）彭定求等編《全唐詩》，北京：中華書局排印本，1960 年版。

59. 陳尚君輯校《全唐詩補編》，北京：中華書局，1992 年版。

60. （清）董誥等編《全唐文》，北京：中華書局，1983 年版。

61. （清）李調元《全五代詩》，成都：巴蜀書社，1988 年版。

62. 傅璇琮等編《全宋詩》，北京：北京大學出版社，1991 年版。

63. 曹昭岷、曹濟平等編《全唐五代詞》，北京：中華書局，1999 年版。

64. 詹安泰校注《李璟李煜詞》，北京：人民文學出版社，1998 年版。

65. （南唐）李中《碧雲集》，《四部叢刊》本。

66. （宋）徐鉉《徐公文集》，《四部叢刊》本。

67. （宋）吳淑撰《事類賦注》，冀勤、王秀梅、馬蓉校點，中華書局，
    1989 年版。

68. （宋）王禹偁《小畜集》，《四部叢刊》本。

69. （宋）楊億《武夷新集》，《蒲城遺書》本，清嘉慶十六年（1811）
    祝氏留香室刻。

70. （宋）柳開《河東先生集》，《四部叢刊》本。

71. （宋）張詠《張乖崖集》，張其凡整理，北京：中華書局，2000 年版。

72. （宋）范仲淹《范文正公集》，《四部叢刊》本。

73. （宋）歐陽修《歐陽文忠公文集》，《四部叢刊》本。

74. （宋）蔡襄《端明集》，影印文淵閣《四庫全書》本。

75. （梁）鍾嶸撰《詩品注》，陳延傑注，北京：人民文學出版社，1961
    年版。

76. （梁）劉勰撰《文心雕龍注》，范文瀾注，北京：人民文學出版社，
    1958 年版。

77. （唐）司空圖《二十四詩品》，《歷代詩話》本，北京：中華書局，
    1981 年版。

78. （唐）張爲《詩人主客圖》，《歷代詩話續編》本，北京：中華書局，
    1983 年版。

79. （宋）歐陽修《六一詩話》，《歷代詩話》本，北京：中華書局，1981
    年版。

80. （宋）阮閱編《詩話總龜》，周本淳校點，北京：人民文學出版社，
    1998 年版。

81. 〔宋〕蔡啓《蔡寬夫詩話》,《宋詩話輯佚》本,北京:中華書局, 1980 年版。

82. 〔明〕胡震亨《唐音癸籤》,上海:上海古籍出版社,1981 年版。

83. 〔清〕王士禛編《五代詩話》,戴鴻森校點,北京:人民文學出版 社,1989 年版。

（今人著述依作者姓名拼音音序、西文字母排列）

1. 〔美〕包弼德著《斯文:唐宋思想的轉型》,劉寧譯,南京:江蘇 古籍出版社,2001 年版。

2. Chang, Kang-I Sun. & Owen, Stephen. *The Cambridge History of Chinese Literature*, Volume 1, New York: Cambridge University Press, 2010.

3. 〔英〕崔瑞德編《劍橋中國隋唐史》,中國社會科學院歷史研究所 西方漢學研究課題組譯,北京:中國社會科學出版社,1990 年版。

4. 陳葆眞《南唐三主與佛教信仰》,《李後主和他的時代——南唐藝術 與歷史論文集》,臺北:石頭出版公司,2007 年版。

5. 陳金鳳、段少京《隋煬帝與江南》,《海南師範學院學報》（社會科 學版）,2004 年第 1 期。

6. 陳樂素《〈宋史・藝文志〉考證》,廣州:廣東人民出版社,2002 年版。

7. 陳尚君《〈釣磯立談〉作者考》,《文史》第 44 輯,1998 年。

8. 陳尚君《唐詩人占籍考》,載氏著《唐代文學叢考》,北京:中國社 會科學出版社,1997 年版。

9. 陳鐵民《唐代的詩壇中心與詩人的地位及影響》,見《唐代文學研 究》第 8 輯,桂林:廣西師範大學出版社,2000 年。

10. 陳正祥《中國文化地理》,北京:三聯書店,1983 年版。

11. 陳植鍔《試論王禹偁與宋初詩風》,《中國社會科學》,1982 年第 2 期。

12. 陳植鍔《宋初詩風續論》,《中國社會科學》,1983 年第 1 期。

13. 程千帆、吳新雷《兩宋文學史》,上海:上海古籍出版社,1991 年 版。

14. 戴偉華《唐代使府與文學研究》,桂林:廣西師範大學出版社,1998 年版。

15. 鄧小南《北宋蘇州的士人家族交遊圈——以朱長文之交遊爲核心的 考察》,《國學研究》第 3 卷,北京大學出版社,1995 年。

16. 杜文玉《南唐黨爭評述——與任爽同志商榷》,《渭南師專學報》(綜合版)1991 年第 1～2 期。

17. 杜曉勤《試論隋煬帝在南北文化融合過程中的作用》,《北京大學學報》(哲學社會科學版),1999 年第 4 期。

18. 杜曉勤《地域文化的整合和盛唐詩歌的藝術精神》,《文學評論》1999 年第 4 期。

19. 杜曉勤《20 世紀中國文學研究・隋唐五代文學研究》,北京:北京出版社,2001 年版。

20. 方建新《花間詞人張泌與南唐張佖、張泌事迹作品考辨》,《文史》第 50 輯,2000 年。

21. 傅璇琮編《唐人選唐詩新編》,西安:陝西人民教育出版社,1996 年版。

22. 傅璇琮主編《唐五代文學編年史》,瀋陽:遼海出版社,1998 年版。

23. 傅璇琮、徐海榮、徐吉軍主編《五代史書彙編》,杭州:杭州出版社,2004 年版。

24. 〔美〕高友工、梅祖麟著《唐詩三論》,李世躍譯,北京:商務印書館,2013 年版。

25. 葛曉音《江左文學傳統在初盛唐的沿革》、《從「方外十友」看道教對初唐山水詩的影響》,載氏著《詩國高潮與盛唐文化》,北京:北京大學出版社,1998 年版。

26. 顧吉辰《宋初廬山白鹿洞書院生徒考》,《江西社會科學》1991 年第 1 期。

27. 郭紹虞主編《中國歷代文論選》,上海:上海古籍出版社,1979 年版。

28. 郭紹虞《宋詩話輯佚》,北京:中華書局,1980 年版。

29. 何嬋娟《南唐文學及其文化思考》,湖南師範大學 2004 年碩士論文。

30. 何德章《江淮地域與隋煬帝的政治生命》,《武漢大學學報》(哲學社會科學版)1994 年第 1 期。

31. 何劍明《南唐崇儒之風與江南社會的文化變遷》,《歷史教學》2003 年第 10 期。

32. 賀中復《五代十國詩壇概説》,《北京社會科學》1996 年第 4 期。

33. 賀中復《論五代十國的宗白詩風》,《中國社會科學》,1996 年第 5 期。

34. 賀中復《五代十國的溫李、賈姚詩風》,《陰山學刊》(社會科學版),
   1996 年第 1 期。

35. 胡青《唐與南唐時期江西教育概論》,《江西廣播電視大學學報》2000
   年第 2 期。

36. 胡適《〈詞選〉小傳》,載氏著《胡適文集》(5),北京:人民文學
   出版社,1998 年版。

37. 賈晉華《唐代集會總集與詩人群體研究》,北京:北京大學出版社,
   2001 年版。

38. 蔣寅《大曆詩風》,上海:上海古籍出版社,1992 年版。

39. 金傳道《論徐鉉的文學觀》,《江蘇廣播電視大學學報》第 15 卷第 1
   期,2004 年 12 月。

40. 李浩《論唐代文學士族的遷徙流動》,《文學評論》2005 年第 2 期。

41. 李全德《廬山國學師生考》,《文獻》2003 年第 2 期。

42. 李廷先《唐代揚州史考》,南京:江蘇古籍出版社,2002 年版。

43. 劉寧《唐宋之際詩歌演變研究——以元白之元和體的創作影響爲中
   心》,北京:北京師範大學出版社,2002 年版。

44. 劉維崇《李後主評傳》,臺北:黎明文化公司事業公司,1978 年版。

45. 羅宗強《隋唐五代文學思想史》,北京:中華書局,1999 年版。

46. 牟發松《略論唐代的南朝化傾向》,《中國史研究》,1996 年第 2 期。

47. 錢志熙《魏晉詩歌藝術原論》,北京:北京大學出版社,2005 年版。

48. 任爽《南唐史》,長春:東北師範大學出版社,1995 年版。

49. 任爽《南唐時期江西的經濟與文化》,《求是學刊》1987 年第 2 期。

50. 史念海《兩〈唐書〉列傳人物本貫的地理分佈》,《唐代歷史地理研
   究》,北京:中國社會科學出版社,1998 年版。

51. 施沁《李煜與南唐文獻》,《杭州師範學院學報》1992 年第 5 期。

52. 施蟄存《說楊柳枝、賀聖朝、太平時》,《詞學》第四輯,上海:華
   東師範大學出版社,1986 年。

53. 〔日〕松浦友久著《中國詩歌原理》,孫昌武、鄭天剛譯,瀋陽:
   遼寧教育出版社,1990 年版。

54. 〔日〕松浦友久著《唐詩語彙意象論》,陳植鍔、王曉平譯,北京:
   中華書局,1992 年版。

55. 唐圭璋《南唐藝文志》,《中華文史論叢》1979 年第三輯,總第十一
   輯,上海:上海古籍出版社。

56. 王國維《靜安文集》，瀋陽：遼寧教育出版社，1997 年版。

57. 王昆吾《隋唐五代燕樂歌辭研究》，北京：中華書局，1996 年版。

58. 王水照主編《宋代文學通論》，開封：河南大學出版社，1997 年版。

59. 王增清《論中國古代的書院藏書》，《湖州師專學報》1992 年第 1 期。

60. 聞一多《唐詩雜論》，上海：上海古籍出版社，1998 年版。

61. 〔美〕巫鴻著《重屏：中國繪畫中的媒材與再現》，文丹譯，上海：世紀出版集團，2009 年版。

62. 吳松弟《唐後期五代江南地區的北方移民》，《中國歷史地理論叢》，1996 年第 3 期。

63. 吳小如《西崑體平議》，《文學評論》1990 年第 5 期。

64. 夏承燾《馮正中年譜》、《南唐二主年譜》，載氏著《夏承燾全集》第一冊，杭州：浙江古籍出版社、浙江教育出版社，1998 年版。

65. 謝思煒《白居易集宗論》，北京：中國社會科學出版社，1997 年版。

66. 徐規《王禹偁著作事迹編年》，北京：中國社會科學出版社，1982 年版。

67. 嚴耕望《唐人習業山林寺院之風尚》，載氏著《嚴耕望史學論文選集》，臺北：聯經出版事業公司，1991 年版。

68. 楊蔭深《五代文學》，上海：商務印書館，1935 年版。

69. 曾祥波《從唐音到宋調──以北宋前期詩歌為中心》，北京：崑崙出版社，2006 年版，

70. 曾昭燏、張彬《南京牛首山南唐二陵發掘記》，《科學通報》2 卷第 5 期，1951 年版。

71. 張鳴《從『白體』到『崑體』》，《國學研究》第 3 卷，北京大學出版社，1995 年。

72. 張其凡《宋初政治探研》，廣州：暨南大學出版社，1994 年版。

73. 張興武《五代作家的人格與詩格》，北京：人民文學出版社，2000 年版。

74. 張興武《南唐詩人李中和他的〈碧雲集〉》，《漳州師院學報》1998 年第 2 期。

75. 趙昌平《從鄭谷及其周圍詩人看唐末宋初的詩歌走向》，《文學遺產》1987 年第 3 期。

76. 趙齊平《宋詩臆說》，北京：北京大學出版社，1993 年版。

77. 鄭學檬《五代十國史研究》，上海：上海人民出版社，1991 年版。

78. 鄭學檬《中國古代經濟中心南移和唐宋江南經濟研究》，長沙：嶽麓書社，1996 年版。

79. 鄭振鐸《五代文學》，《小說月報》第 20 卷第 5 號，1929 年 4 月。

80. 張正藩《中國書院制度考略》，南京：江蘇教育出版社，1985 年版。

81. 趙榮蔚《南唐登科記》，《鹽城師範學院學報》（人文社科版）第 23 卷第 2 期，2003 年 5 月。

82. 鄭振鐸《插圖本中國文學史》，上海：上海人民出版社，2005 年。

83. 鍾祥《南唐詩研究述評》，《周口師範學院學報》第 22 卷第 6 期，2005 年 11 月。

84. 周臘生《南唐貢舉考略（修訂稿)》，《孝感職業技術學院學報》2000 年第 3 期。

85. 周勳初主編《唐詩大辭典》，南京：江蘇古籍出版社，1990 年版。

86. 周裕鍇《宋代詩學通論》，成都：巴蜀書社，1997 年版。

87. 朱玉龍《南唐張原泌、張泌、張佖實爲一人考》，《安徽史學》2001 年第 1 期。

88. 鄒勁風《南唐國史》，南京：南京大學出版社，2000 年版。

附錄一　唐末及五代初期九華地區詩人群體考察

　　文化的創造總抹不去地域的烙印，尤其是在自給自足的自然經濟占主導地位、交通和信息傳播不發達的古代，特定地域對人的影響和限制就更爲明顯。譚其驤在《中國文化的時代差異和地區差異》一文中曾經指出，即使在統一的時期中國各地域的發展也是不平衡的，各地的文化皆有其獨特性。〔註1〕文學同樣受到地域的影響和限制，地域的角度應當作爲觀照文化尤其是古代文學的角度之一。金克木《文藝的地域學研究設想》一文中曾設想將文藝研究中常見的歷史的線性探索擴大到以面爲主的研究、立體研究、以至於時空合一內外兼顧的多維研究，並建議首先就擴大到地域性研究。〔註2〕在唐詩的發展進程中，尤其是中唐以後，詩歌的地域性特點開始逐漸分明起來，晚唐、唐末到五代，與期的地方割據有關，詩歌創作上也形成了若干以地域劃分的圈子，譬如西蜀、南唐、福建等地的詩歌各有特點，從而奠定了宋代詩壇最初的格局。唐詩研究近年以來對地域性的關注逐漸增多，如陳正祥《中國文化地理》中專門製作了《唐代的詩人》（圖6）

〔註1〕譚其驤《中國文化的時代差異和地區差異》，載《復旦學報》，1986年第2期；又收入氏著《長水粹編》，石家莊：河北教育出版社，2000年版。
〔註2〕金克木《文藝的地域學研究設想》，載《讀書》，1986年第4期。

等地圖，〔註 3〕論文與專著則有陳尚君《唐詩人占籍考》〔註 4〕、陳鐵民《唐代的詩壇中心與詩人的地位及影響》〔註 5〕、賈晉華《唐代集會總集與詩人群研究》〔註 6〕，李浩《唐代三大地域文學士族研究》〔註 7〕等。其它相關論著還有史念海《〈兩唐書〉列傳人物本貫的地理分佈》〔註 8〕、曾大興《中國歷代文學家之地理分佈》〔註 9〕等。

這些關於唐詩地域性的研究論著，大多側重在宏觀論述，但一些小範圍地域的詩歌創作也不容忽視，並且，詩人的分佈越是集中在小地域內，越容易引人注目，他們的姓名之前也越可能被冠以特定地域的名字。有唐一代，以地域命名的詩人群體共有五個，分別是「北京四傑」、「吳中四士」、「竹溪六逸」、「廬山四友」和「九華四俊」。〔註 10〕這說明，當時人已經注意到這些較小地域範圍內的詩歌創作。當代的唐詩研究也對這類現象有了更多關注，譬如大曆至貞元間吳中地區的皎然、顧況等人的詩歌創作對中唐韓孟、元白兩派的開啓之功，唐末及五代廬山地區的詩歌創作對南唐乃至宋初詩歌的哺育之功等問題都有專文發表。〔註 11〕

〔註 3〕陳正祥《中國文化地理》，北京：生活・讀書・新知三聯書店，1983 年版。

〔註 4〕陳尚君《唐詩人占籍考》，見其《唐代文學叢考》，北京：中國社會科學出版社，1997 年版。

〔註 5〕陳鐵民《唐代的詩壇中心與詩人的地位及影響》，見《唐代文學研究》第 8 輯，桂林：廣西師範大學出版社，2000 年版。

〔註 6〕賈晉華《唐代集會總集與詩人群研究》，北京：北京大學出版社，2001年版。

〔註 7〕李浩《唐代三大地域文學士族研究》，北京：中華書局，2002 年版。

〔註 8〕史念海《〈兩唐書〉列傳人物本貫的地理分佈》，見《紀念顧頡剛學術論文集》，成都：巴蜀書店，1990 年版。

〔註 9〕曾大興《中國歷代文學家之地理分佈》，武漢：湖北教育出版社，1995年版。

〔註 10〕見周勳初主編《唐詩大辭典》「詩體詩派」部分，南京：江蘇古籍出版社，1990 年版。

〔註 11〕參看趙昌平《「吳中詩派」與中唐詩歌》（原載《中國社會科學》1984年第 4 期，又收入《趙昌平自選集》，桂林：廣西師範大學出版社，1997 年版）和賈晉華《唐末五代廬山詩人群考論》（見《唐代集會總集與詩人群研究》）

　　在考察南唐詩歌創作的過程中，筆者發現，從唐末到五代初，安徽青陽九華山附近地區活動著一批詩人：張喬、許棠、周繇、張蠙、李昭象、顧雲、殷文圭、杜荀鶴等，其中前四人又被稱爲「九華四俊」。這些詩人在身世出處、詩歌風格上有許多聯繫，地域上，或籍貫屬九華及附近地區，或曾在此生活、隱居過。這些詩人當時享有一定詩名，又主要往來於江淮，因此對後來楊吳和南唐的詩風產生過影響，因此本文將其作爲一個群體來考察，稱爲「九華詩人群」。〔註12〕

　　就這一詩人群體涉及的地域範圍而言：本文所謂九華地區包括唐代池州郡秋浦、青陽、至德、石埭四縣，以及宣州郡涇縣和南陵二縣，共六縣。這樣劃分，雖然部分地打破了傳統的行政區劃，卻遵從了自然地理的形勢——這六個縣正好以九華山爲圓心分佈。九華山在青陽縣境，青陽是唐代池州所轄四縣之一。唐代池州又名池陽郡，本自宣州析出，《舊唐書·地理志·江南西道》：「武德四年，置池州，領秋浦、南陵二縣。貞觀元年，廢池州，以秋浦屬宣州。永泰元年，江西觀察使李勉，以秋浦去洪州九百里，請復置池州，仍請割青陽、至德二縣隸之，又析置石埭縣，並從之。」〔註13〕《新唐書·地理志·江南道》：「池州，武德四年以宣州之秋浦、南陵二縣置，貞觀元年州廢，

〔註12〕　儘管《嘉靖池州府志》中有「九華四俊」的提法，但前人唐詩論著中很少關注這一詩人群體。劉寧《唐宋之際詩歌演變研究》第三章《唐末五代詩人群體》提及唐末五代九華地區集解著一批詩人，但將其劃入干謁詩人群，且僅指顧雲、殷文圭、杜荀鶴，而張喬、許棠、張蠙、周繇不在其中，他們四人被另外作爲「咸通十哲」的成員劃入寒素詩人群。可能該書動機在於從出處志趣對當時的詩人群體作一歸類和劃分，較少從地域文化的角度考慮這一地區的詩人及其創作本身。我們此處主要目的則在於從較微觀的角度考察當地當時的詩歌創作情況，因此採用了前人未用過的「九華詩人群」的提法，將包括「九華四俊」在內、當時這一地區的詩人都包括在內。

〔註13〕　（後晉）劉昫《舊唐書》卷40，北京：中華書局校點本，1975年版。第1603頁。

縣還隸宣州。永泰元年復析宣州之秋浦、青陽，饒州之至德置。……
縣四：秋浦、青陽、至德、石埭。」〔註14〕以九華山為中心，秋浦、
青陽、至德、石埭、涇縣、南陵六縣正好圍繞九華山分佈，其中前四
縣本來就是池州屬地，而南陵不僅地理位置臨近九華，且在歷史上或
劃歸臨近的宣州、或直接劃歸池州。涇縣雖然一直屬宣州地區，但與
九華緊鄰，且《池州府志》也曾將涇縣人許棠納入「九華四俊」之列
（詳後），可見當地人也並不嚴格遵守行政區域的劃分，而是按自然
地理形勢視涇縣為九華地區的一部分，故本文也將其一併歸入九華地
區。從自然地理形勢看，這六縣圍繞九華山分佈，地理環境、風土人
情上也都很相似。

　　從時段上說，下文所要考察的「九華詩人群」主要活動在唐末懿
宗、僖宗、昭宗三朝（860～907），個別詩人的活動年限下至五代，
如殷文圭曾入仕楊吳。

一、九華地區詩人群的形成

　　唐末直至五代初年活動在九華地區的這批詩人包括：張喬、許
棠、張蠙、周繇、李昭象、顧雲、殷文圭、杜荀鶴、武瓘、汪遵和康
駢，共十一人，今存詩總數近900首。前八人是這個詩人群體的核心
成員，存詩較多，彼此間的交往唱和也較頻繁，而武瓘、汪遵和康駢
則與其它九華詩人的交往很少，見於記載的只有杜荀鶴《寄益陽武瓘
明府》以及汪遵早年與許棠相善的傳說，因此只將他們三人作為九華
地區的詩人群的外圍成員。此外，羅隱曾於廣明（880～881）、中和
（881～885）年間隱居池州梅根浦六七年，〔註15〕並與顧雲、杜荀鶴
有唱酬贈答詩。

〔註14〕（宋）歐陽修、宋祁《新唐書》卷41，中華書局校點本，1975年版。
　　　　第1067頁。《唐才子傳校箋》卷9羅隱條對這段隱居經歷有考證。
〔註15〕（宋）計有功撰、王仲鏞校箋《唐詩紀事校箋》卷69，巴蜀書社，
　　　　1989。第1851頁。

　　九華詩人群中最早得名的是「九華四俊」〔註16〕，這一得名與「咸通十哲」有密切關係。「咸通十哲」是對活躍在咸通詩壇的一批詩人的通稱，現存最早的記載見於《唐摭言》「海敘不遇」條：

> 張喬，池州九華人也，詩句清雅，夐無與倫。咸通末，京兆府解，李建州時爲京兆參軍主試，同時有許棠與（張）喬，及俞坦之、劇燕、任濤、吳罕、張蠙、周繇、鄭谷、李棲遠、溫憲、李昌符，謂之十哲。其年府試《月中桂》詩，喬擅場。……其年（李）頻以許棠在場屋多年，以爲首薦。〔註17〕

所謂咸通十哲，實際上有十二人，分別是許棠、張喬、俞坦之、劇燕、吳罕、任濤、周繇、張蠙、鄭谷、李棲遠、溫憲、李昌符。除了李昌符、鄭谷外，其餘十人皆爲咸通十一年（870）李頻主持的京兆府試所解送的前十名。咸通四年（863）及第的李昌符和咸通十三年（872）才開始應舉的鄭谷二人也被列入「十哲」中，可能由於他們與張喬、許棠等人時有唱和、應試時間又與張喬等人前後相差不遠，被誤記入「咸通十哲」中。誤記的另一個原因則是這十二人在當時都有能詩之名，後人遂逐漸將其最初與京兆府試的關係忘卻，而更多將其作爲當時詩壇上一個派別看待。〔註18〕

〔註16〕（清）徐松《登科記考》卷23咸通十二年下：「《永樂大典》引《池州府志》：張喬字伯遷。時李頻以參軍主試，喬及許棠、張蠙、周繇皆爲華人，時號『九華四俊』。」（《登科記考補正》，孟二冬補正，北京燕山出版社，2003。第961頁）

〔註17〕（唐）王定保《唐摭言》卷10，上海：中華書局上海編輯所，1959年新1版。第114頁。

〔註18〕《唐詩紀事》卷70張喬、任濤條也有記載，但皆僅稱「十哲」而未言「咸通十哲」。《唐才子傳》卷10張喬傳也稱十哲，但同書卷9鄭谷傳卻又將其與「芳林十哲」混淆，至胡震亨《唐音癸籤》卷28始稱「咸通十哲」。對於咸通十哲的稱呼來源及成員構成，周勳初《「芳林十哲」考》（見《唐代文學研究》，桂林：廣西師範大學出版社，1990年版。213～224頁）、吳在慶《咸通十哲三論》（載《中州學刊》，1992年第6期。98～103頁）以及臧清《論咸通十哲》（北京大學1990年碩士論文）等文章已有詳細考證。

　　「咸通十哲」中，許棠爲宣州涇縣（今安徽涇縣）人，張喬、周繇、張蠙，皆爲池州（今安徽貴池）人。〔註19〕由於他們四人都參加了咸通十一年的京兆府試，都有能詩之名，又都來自九華地區，因此被當時人合稱爲「九華四俊」，其中：

　　張喬「詩句清雅，敻無與倫」，咸通十一年京兆府試，以《月中桂》一詩擅場；《唐才子傳》稱其「以韻律馳聲」〔註20〕；

　　許棠同樣有詩名，並且是咸通十一年京兆府的首薦；《北夢瑣言》載：「許棠有《洞庭》詩，尤工，詩人謂之『許洞庭』。」〔註21〕《唐才子傳》也謂其「苦於詩文」〔註22〕；

　　周繇「家貧，生理索寞，只苦篇韻，俯有思，仰有詠，深造閫域，時號爲『詩禪』。警聯如……（中略）等句甚多，讀之使人竦，誠好手也」。「觀於時以『詩禪』許周繇，爲不入於邪見，能致思於妙品」。〔註23〕

　　張蠙則生而秀穎，幼而能詩，早年就以「白日地中出，黃河天上來」（《登單于臺》）一聯知名，後來避亂入蜀，又以「牆頭細雨垂纖草，水面風回聚落花」（《夏日題老將林亭》）爲前蜀王建所知，其詩被辛文房評價爲「各有意度，過人遠矣」〔註24〕。

〔註19〕其中張蠙在陳尚君《唐詩人占籍考》中被列爲江南詩人，具體州郡不詳；周祖譔主編《中國文學家大辭典・唐五代卷》張蠙條也僅注其郡望爲清河、家居江南，但根據徐松《登科記考》卷23，《永樂大典》引《池州府志》稱張蠙爲「九華四俊」之一，張蠙當爲池州人。《唐才子傳校箋・張蠙傳》也持這種看法。另，李昭象爲池州刺史李方玄（景業）子。李方玄本爲江陵（今湖北江陵）人，與杜牧爲好友，是杜牧前任池州刺史。方玄卒後，昭象遂家居池州。因此也將其視爲九華詩人群的成員。

〔註20〕《唐才子傳》卷10張喬傳，見《唐才子傳校箋》第4冊，北京：中華書局，1990年版。第302頁。

〔註21〕（五代）孫光憲《北夢瑣言》卷2，北京：中華書局，2002年版。第37頁。

〔註22〕《唐才子傳》卷9許棠傳，《唐才子傳校箋》第4冊，第17頁。

〔註23〕《唐才子傳》卷8周繇傳，《唐才子傳校箋》第3冊，第537、539頁。

〔註24〕《唐才子傳》卷10張蠙傳，《唐才子傳校箋》第4冊，344～347頁。

　　除了當時聲名較突出的「九華四俊」外，李昭象、顧雲、殷文圭也都能詩：李昭象詩今存《全唐詩》卷 689 中，共 8 首，《唐詩紀事》卷 67 載他與張喬、顧雲輩爲方外友，他與顧雲、杜荀鶴又有不少贈答詩；顧雲則被當時新羅詩人崔致遠稱爲「學派則鯨噴海濤，詞鋒則劍倚雲漢」〔註 25〕；殷文圭與顧雲、杜荀鶴少時就有文名，辛文房稱唐末詩作多氣格卑下，而殷文圭詩則「稍入風度，間見奇崛」〔註 26〕。

　　九華詩人群中存詩最多、聲名也最盛的詩人是杜荀鶴，《全唐詩》存其詩 3 卷、326 首。顧雲爲其詩集所作序稱，杜荀鶴及第時的主考官裴贄甚至以中興詩宗相期許。〔註 27〕嚴羽《滄浪詩話·詩體》「以人而論」則，從李陵、蘇武到楊誠齋共列三十六詩體，其中唐人二十四體，杜荀鶴體包括在其中，是所列入的晚唐三體之一（其它二體爲李商隱體和杜牧之體）〔註 28〕。

　　其他三位詩人中武瓘與康騈今存詩甚少，汪遵「工爲絕句詩」〔註 29〕，存有詠史絕句 60 首。

　　中晚唐尤其咸通以後九華地區能在詩壇佔據一席之地，原因之一是由於此前當地就曾有較好的詩歌創作傳統：

　　天寶年間，李白遊歷江南，曾在宣州南陵居住數年，在秋浦也客居過三年，留下了《南陵別兒童入京》、《秋浦寄內》等詩；並曾由秋浦往遊九華，將其原名九子山改爲現名九華山，在青陽留下了與高霽、韋權輿等人的《改九子山爲九華山聯句》及《望九華贈青陽韋仲堪》等詩；

〔註 25〕崔致遠《桂苑筆耕集》卷 17，《四部叢刊》本。
〔註 26〕《唐才子傳》卷 10 殷文圭傳，《唐才子傳校箋》第 4 冊，第 369 頁。
〔註 27〕顧雲《唐風集序》，見《全唐文》卷 815，北京：中華書局，1983 年版。第 8585 頁。
〔註 28〕（宋）嚴羽《滄浪詩話》，見《歷代詩話》（下），北京：中華書局，1981 年版。689～690 頁。
〔註 29〕《唐才子傳》卷 8，《唐才子傳校箋》第 3 冊，第 465 頁。

　　元和長慶年間，還有一位詩人費冠卿曾隱於九華山：《唐摭言》卷 8、《唐詩紀事》卷 60 載青陽人費冠卿登元和二年（807）進士，聞母病便辭歸，後隱於九華山；長慶年間，朝廷徵拜右拾遺，不就，隱居以終。費冠卿作為進士、隱士，其隱逸行為對當地文人有不小的召喚作用，張喬、張蠙、李昭象、杜荀鶴皆有憑弔的詩作；

　　太和會昌年間，杜牧曾經在宣州、歙州、池州一帶長期為官，此地就成為他與當時一些詩人間來往唱酬的一個據點——太和年間，當杜牧在宣歙觀察使沈傳師幕中時，與趙嘏有來往唱酬；開成四年（839），曾與在宣州塗縣做縣令的許渾有詩相酬答；會昌四年（844）至會昌六年（846），杜牧任池州刺史期間，曾經貢舉池州當地秀才盧嗣立，今《全唐詩》卷 557 存盧嗣立詩 1 首；在此期間，居住在丹陽的張祜也曾到池州拜訪杜牧，二人有不少相互酬答及同賦之詩：杜牧《酬張祜處士見寄長句四韻》、《登池州九峰樓寄張祜》、《九日齊山登高》，張祜有《江上旅泊呈杜員外》、《讀池州杜員外杜秋娘詩》、《和杜牧之齊山登高》等詩。〔註30〕本文所要考察的九華詩人大多正是出生在太和、會昌年間，當杜牧在池州及其附近地區為官時，他們正度過少年時代，稍年長的如許棠（822～？）則在這段時間內度過他的青年時代，都處於求學的最佳時期，也正是奠定其詩歌創作基礎的時期。他們對杜牧等人的軼事和名作，應該是較為熟悉的。本非當地人、但與九華詩人群有密切交往的詩人鄭谷，還曾寫下「張生故國三千里，知者惟應杜紫薇」（《高蟾先輩以詩筆相示抒成寄酬》）的詩句，緬懷當年杜牧與張祜的知音之賞。可見作品與軼事相伴隨，曾在當地及更大的地域內廣泛傳播，醞釀出詩歌與際遇、友情相交織的氛圍。另外，杜牧在當地的影響從杜荀鶴為其微子的傳說中也可見一斑，〔註31〕傳說之言雖然無稽，卻

〔註30〕參看繆鉞《杜牧年譜》，北京：人民文學出版社，1980 年版。
〔註31〕《唐才子傳》卷 9 杜荀鶴傳，見《唐才子傳校箋》第 4 冊，第 262 頁。

變相呈現出了人們對兩位名詩人前後與同一地域相聯繫這一事實
的深刻印象。杜荀鶴及當地其他詩人，其詩風的確也曾受到過杜牧
潛移默化的影響。

　　此外，九華山附近地區的地理及經濟環境又使得它在亂世成爲
一個理想的避亂之所，吸引詩人紛紛退居於此。杜佑《通典・州郡》
古揚州下云：「揚州人性輕揚，而尙鬼好祀，每王綱解紐，宇內分崩，
江淮瀕海，地非形勢，得之與失，未必輕重，故不暇先爭。然長淮
大江，皆可拒守。」〔註32〕九華山附近的池州、宣州等地位於皖南
山區，屬於古揚州分野，正是杜佑所說的江淮瀕海之地，並非兵家
首爭之地，加之北有淮南作爲屏障，又有長江天塹作爲防護，具有
苟安自保的地理條件。從經濟條件而言，也正如司馬遷《史記・貨
殖列傳》所說：「楚越之地，地廣人稀，飯稻羹魚，或火耕而水耨，
果隋蠃蛤，不待賈而足，地勢饒食，無飢饉之患，以故呰窳偸生，
無積聚而多貧。是故江淮以南，無凍餓之人，亦無千金之家。」〔註
33〕九華地區山多地少，人口較密，自然條件較好，人民大體不難溫
飽自足。就像杜荀鶴《亂後歸山》一詩所描述的那樣：「亂世歸山谷，
征鼙喜不聞。詩書猶滿架，弟姪未爲軍。山犬眠紅葉，樵童唱白雲。
此心非此志，終擬致明君。」（《全唐詩》卷 691）一旦中原地區動
蕩、飢饉，這裡是一個比較太平的避亂之地。從唐末之亂，直到朱
溫代唐，不斷有士子從長安返回這一地區，張喬、許棠、周繇等人
便是如此，而許棠等人的詩集中還頻頻出現送人返於此地的詩作，
這也說明，歸隱九華一帶，尤其對原籍就是此地的讀書人來說，是
比較普遍和現實的選擇。羅隱本爲錢塘人，但也曾經在九華梅根浦
隱居避亂六七年，這更說明退隱九華的雖然以當地士子爲多，卻並
不限於當地文人，九華地區的地理環境和經濟條件也吸引了外來的

〔註32〕（唐）杜佑《通典》卷 182，北京：中華書局校點本，1988 年版。
〔註33〕（漢）司馬遷《史記》，北京：中華書局校點本，1959 年版，第 3270
　　　頁。

避亂者。吳松弟《唐後期五代江南地區的北方移民》一文根據唐宋文獻的人物傳、墓誌銘和神道碑中所存的 743 名北方移民的遷移資料，對唐後期及五代遷入江南的北方移民作了統計，其中池州、宣州、歙州也有不少的移民遷入。〔註 34〕

當時詩人、尤其是返回當地的詩人們，更是輻輳九華山，這除了以上所言整個九華地區大的地理和經濟環境外，也與九華山的小環境有關：九華山風景優美，李白、劉禹錫等詩人都曾品題讚美，對於以避亂和隱居讀書爲重要動機的文人來說，自然有很大吸引力。另外，九華雖不當要衝，可作避亂之所，但又並非僻遠卑陋之地，這對於並非刻意要棄絕人世、只是暫時避亂的人來說，無疑是合適而方便的選擇。清人周天度在實地觀覽以後對九華特多隱逸的原因有這樣的認識：「歙之黃山、浙之臺雁、五泄、四明，俱控勝東南，而名流棲止不若此山之最，則徑太荒、山太寂故也。」〔註 35〕

二、九華詩人群的詩歌創作

九華詩人群在詩歌創作上表現了唐末詩風的若干共同特點，即絕大多數偏擅近體，尤其五七言律詩及七絕；總的來看詩風比較平淺，較少用事，善於描寫即目所見之景。其詩風大致可以分爲三類：清雅一路，奇崛一路和淺俗一路。清雅風格以張喬、許棠爲代表，淺俗以杜荀鶴爲代表，奇崛以周繇、殷文圭、顧雲爲代表。

1、張喬、許棠及其清雅詩風

作爲清雅一派代表的張喬之詩，被《唐摭言》評價爲「詩句清雅，敻無與倫」。張喬的詩名主要由律詩而得，康軿《劇談錄》稱：「自大中、咸通之後，每歲試春官者千餘人。其間有名聲，如……賈島、平曾、李陶、劉得仁、喻坦之、張喬、劇燕、許琳、陳覺，以律詩流傳。」

〔註 34〕吳松弟《唐後期五代江南地區的北方移民》，載《中國歷史地理論叢》，1996 年第 3 期。

〔註 35〕（清）周天度《九華日錄》，《叢書集成續編》本。

〔註 36〕現存張喬詩中數量最多的正是近體律絕，《全唐詩》及其補編共收張喬詩 172 首，其中五律爲 119 首，七律 10 首，五七言絕句共 34 首。其中，五律是張喬寫作最多、流傳最廣的詩型，也最典型地體現了其偏於淡美清雅的詩風。

　　就題材言，張喬的五律，常寫旅途江景、僧侶以及隱居環境，講求韻致，注重意象營造。往往有名句爲人稱許，又往往是描摹景物之句，如：

　　　　城侵潮影白，嶠截鳥行青。(《江行至沙浦》)

　　　　夜火山頭市，春江樹杪船。(《送友人進士許棠》)

　　　　數派分潮去，千檣聚月來。(《宿江叟島居》)

　　　　潮平低戍火，木落遠山鐘。(《江村》)

　　　　遠岫明寒火，危樓聽夜濤。(《甘露寺僧房》)

　　　　水近沙連帳，程遙馬入天。(《送河西從事》)

　　　　山藏明月浦，樹繞白雲城。(《送友人歸袁州》)

　　　　路繞山光曉，帆通海氣清。(《送友人及第歸江南》) 〔註 37〕

這些寫景的對句省淨清雅，接續王維、孟浩然等人五律的寫景之法，又近於大曆諸人詩風，長於刪繁就簡，使造境更加鮮明，大多是全篇精華所在。不過，詩境顯得較爲單一，因其表現對象常給人相似之感。所謂「清雅」，對張喬詩來說，「清」與其表現對象多爲清寂之境有關；「雅」則是五律的傳統風格，「五言律詩，貴乎沉雄溫麗，雅正清遠」〔註 38〕。張喬通過巧思與鍛鍊，將清寂之景描繪得淡遠雅正。

　　張喬現存七律較少，且成就遠不如其五律，可能說明張喬並不太擅長這種詩型。七律與五律這兩種詩型原本在表現感覺、句型節

〔註 36〕（唐）康駢《劇談錄》卷下，《唐五代筆記小說大觀》下冊，上海：
　　　　上海古籍出版社，2000 年版。
〔註 37〕所引張喬詩並見《全唐詩》卷 638。
〔註 38〕顧璘《批點唐音各體敘目》，轉引自陳伯海主編《唐詩彙評》，杭州：
　　　　浙江教育出版社，1995 年版。3313～3314 頁。

奏上差異都較大，〔註39〕不容易兼擅。「五言律，字少句短，難於省縮，不能靈動，才小者或可飾其寒儉。至於七言律，字添句長，難於運用，不能精實，即才大者亦莫掩其瑕疵。」〔註40〕張喬在五律中慣用的清省雅正詩風並不容易移植到七律中。他的七律句法大多較爲單調，但其表現內容和所使用的句法則與五言近似，同樣的內容如果用五律寫出來能夠不失清雅，但作爲七言就會覺得寒儉甚至卑俗，與盛中唐以後七律漸漸確立的高華麗密的經典風格相去較遠。比如：

> 高樓懷古動悲歌，鸛雀今無野燕過。樹隔五陵秋色早，水連三晉夕陽多。漁人遺火成寒燒，牧笛吹風起夜波。十載重來値搖落，天涯歸計欲如何。（《題河中鸛雀樓》，《全唐詩》卷639）

「水連三晉夕陽多」這樣的句子顯得較爲滑易流俗，而「漁人」一聯幾乎複製了其五律的意境和句型。整首詩在題材和句法上都未能脫離其五律的模式，或者說，這一題材以張喬慣用的五律來呈現，應該能獲得更好的表達效果。

對張喬而言，七絕反而容易比七律精彩，大概七絕「以語近情遙、含吐不露爲貴。隻眼前景，口頭語，而有弦外音，使人神遠」〔註41〕，這種詩型以才情爲主，少用故實，講求風神，語貴含蓄，某種程度上與五律的傳統風格不乏相通之處。加之字數少，較容易運用。故而以五律著名的張喬在七言絕句方面也多有人稱道，「張喬多有好絕

〔註39〕 參看（日）松浦友久著《中國詩歌原理》（孫昌武，鄭天剛 譯：瀋陽：遼寧教育出版社，1990年版）中第七篇《詩與詩型》中律詩部分。松浦氏認爲五、七律的主要差異，一爲表現感覺上古典傳統莊重還是當代壯麗暢達，二爲各自的節奏拍數分別爲三拍和四拍，四拍的偶數結構使七律句子內部也形成上下各二拍的形式上的對稱，因而作爲律詩性基礎的對偶性在七律中得到更完整的貫徹。

〔註40〕 （清）徐增《說唐詩》卷16，鄭州：中州古籍出版社，1990年版。第367頁。

〔註41〕 （清）沈德潛《唐詩別裁集》卷20，北京：中華書局，1975年版。第265頁。

句，……亦籍、牧之亞」〔註42〕。如「高下尋花春景遲，汾陽臺榭白
雲詩。看山懷古翻惆悵，未勝遙傳不到時。」（《春日有懷》）寫對風
光見面不如聞名的一點惆悵，頗有意趣。但張喬七絕也只是相對較
勝，句法意境時有陳舊之感。總之，七律與七絕的數量較少、語言和
意境多顯草率，缺少錘鍊和開拓，這也從反面說明張喬將較多的精力
注入了五律的寫作，這也是當時文人一般的傾向，其原因我們在下文
中還會談到。

許棠的詩風總體與張喬接近。《全唐詩》存許棠詩 156 首，其中
五律 130 首，七律 16 首〔註43〕。同樣是以五律佔據了詩作的絕大部
分。由於有過從事邊庭軍幕的經歷，因此許棠的詩歌題材比張喬稍廣
闊，邊塞詩不少，既能入實，又氣象闊大沉雄，如以下詩句：

　　暴雨聲同瀑，奔沙勢異塵。（《出塞門》）

　　河光深蕩塞，磧色迴連天。殘日沉雕外，驚蓬到馬前。

（《塞外書事》）

　　馬行高磧上，日墮迴沙中。逼曉人移帳，當川樹列風。

（《邊城晚望》）

　　星河愁立夜，雷電獨行朝。磧迴人防寇，天空雁避雕。

（《五原書事》）

此外，即使同樣表現江行旅途的情景，許棠筆下的境界也往往要較張
喬顯得闊大，如：

　　雲增中嶽大，樹隱上陽遙。暫黑初沉月，河明欲認潮。

（《早發洛中》）

　　幾層高鳥外，萬仞一樓中。（《汝州郡樓望嵩山》）

　　曉郭雲藏市，春山鳥護林。（《寄睦州陸郎中（一作寄陸睦

州）》）

　　雨漲巴來浪，雲增楚際山。（《雲歸次采石江》）

〔註42〕（宋）范晞文《對床夜雨》卷 5，《歷代詩話續編》本。

〔註43〕七律《洞庭湖》一首重出為張祕作，見《全唐詩》卷 742。

> 戍影臨孤浦，潮痕在半山。（《江上行》）

> 地出浮雲上，星搖積浪中。（《宿靈山蘭若》）

許棠詩的整體風格仍與張喬相似，都屬清雅一類。就七律來說，許棠通常也不脫五律的窠臼，這使得他的七律格局多是通篇描摹景物，缺少因意思與情感的貫注而形成的深厚風格，往往失之於流易單薄。由於對七律的技巧掌握也不如五律，同一聯的上下句表現的意思相近、兩句疊加而非對照，雖然還不至於成為合掌，但畢竟使上下句之間落差太小，因此容易失去七律的體式本應給人的跌宕開闊之感，顯得較為單調，如：

> 隴山高共鳥行齊，瞰險盤空甚躡梯。雲勢崩騰時向背，水聲嗚咽若東西。風兼雨氣吹人面，石帶冰稜礙馬蹄。此去秦川無別路，隔崖窮谷卻難迷。（《過分水嶺》）

> 荒磧連天堡戍稀，日憂蕃寇卻忘機。江山不到處皆到，隴雁已歸時未歸。行李亦須攜戰器，趨迎當便著戎衣。并州去路殊迢遞，風雨何當達近畿。（《獻獨孤尚書》，《全唐詩》卷604）

由於詩中情意兩淺，表現出淺切通俗的趨向，而與他在五律中表現出的清雅詩風相去較遠。另外，七言較五言字數增加，近於口語，便於敘事，許棠的以詩代簡、以詩作為「講德陳情」的工具，也往往是由七律來實現的。如《講德陳情上淮南李僕射八首》（《全唐詩》卷604）就是用連章七律頌揚對方的政績，陳述自己的懷抱未逞的心態。與之將五律作為舉業而苦吟、錘鍊相比，許棠的七律數量少，成就也不高。這是許棠與張喬的相近之處，也是唐末寒素詩人的共同傾向。

2、顧雲、殷文圭及其奇崛詩風

晚唐詩常常被後代詩論家目為淺切穩順又衰颯卑弱，〔註44〕如

〔註44〕如（宋）蔡居厚《詩史》云：「晚唐詩句尚切對，然氣韻甚卑。」（《宋詩話輯佚》本）（宋）吳可《藏海詩話》云：「老杜句語穩順而奇特，至唐末人，雖穩順，而奇特處甚少，蓋有衰陋之氣。」（《歷代詩話續編》本）（清）葉燮《原詩》外篇下：「論者謂晚唐之詩，其音衰颯。」（《清詩話》本）

果就整體詩風論，這種評價有一定概括性，但也不能一概而論。對九華詩人群來說，除了有張喬許棠爲代表的清雅詩風、後文還要談到的杜荀鶴爲代表的淺俗詩風外，還有一類奇崛詩風在九華詩人群中也頗引人注目。這種奇崛詩風又主要體現在七言作品中，這裡的七言既包括近體，也包括古體。

奇崛詩風易於體現在古體中，與古體詩本身的體性特點有關：古體較少受音律束縛，沒有篇幅的限制，講求氣勢，不重刻削，容易體現出拗怒縱恣的的風格。我們這裡說的古體是將歌行體包涵在內的。古體縱恣，七言近俗，以七言爲主的歌行則兼有二者之長，並別具流利之美。顧雲現存 10 首詩中有 7 首爲七言歌行，處處體現著他的「好奇學古」（顧雲《蘇君廳觀韓幹馬障歌》詩中語）。他以「風吹四面旌旗動，火焰相燒滿天赤」（《築城篇》）形容紅旗，以「黿潭鱗粉解不去，鴉嶺蕊花澆不醒。肺枯似著爐轑煽，腦熱如遭錘鑿釘」形容醉酒，以「文鋒斡破造化窟，心刃掘出興亡根。經疾史恙萬片恨，墨炙筆針如有神」（《池陽醉歌贈匡廬處士姚岩傑》）形容警策之文。《苔歌》則充滿奇異的想像和比喻，又以排比連貫直下，將司空見慣的苔蘚分別比作孔雀尾、玉女之髮和仙宮之絲，動人視聽：

> 檻前溪奪秋空色，百丈潭心數砂礫。松筠條條長碧苔，
> 苔色碧於溪水碧。波回梳開孔雀尾，根細貼著盤陀石。撥
> 浪輕拈出少時，一髻濃煙三四尺。山光日華亂相射，靜縷
> 藍馨勻襞積。試把臨流抖擻看，琉璃珠子淚雙滴。如看玉
> 女洗頭處，解破雲鬟收未得。即是仙宮欲製六銖衣，染絲
> 未倩鮫人織。採之不敢盈筐籠，苦怕龍神河伯惜。瓊蘇玉
> 鹽爛漫煮，咽入丹田續靈液。會待功成插翅飛，蓬萊頂上
> 尋仙客。（《全唐詩》卷 637）

這種想像力在當時也可說是獨樹一幟的。〔註45〕《新唐書·藝文志》、

〔註45〕顧雲詩在唐末五代及宋時的影響很大。唐馮翊子《桂苑叢談》「客飲甘露亭」條記載一個有鬼夜半聊天、吟詩的故事，其中一鬼所吟爲：「握裏龍蛇紙上驚，逡巡千幅不將難。顧雲已往羅隱耄，更有何人

《直齋書錄解題》、《宋史·藝文志》均載顧雲著述甚富，但大多亡佚，只能從今存的詩歌中窺見其奇崛詩風的一斑了。

古體以外，九華詩人部分近體詩作中也不乏奇崛之風。殷文圭詩今存30首，其中七律24首，風格不同於唐末五代較普遍的淺俗，而是與杜牧、許渾接近，追步盛中唐。就技巧而言，與張喬、許棠長於五言不同，殷文圭對七律的掌握很純熟：立意較高，情感飽滿，用語力避淺熟。儘管多贈答之作，仍然不時從中體現出高華與壯采，如「華嶽影寒清露掌，海門風急白潮頭」（《八月十五夜》），「大鵬出海翎猶濕，駿馬辭天氣正豪」（《寄賀杜荀鶴及第》），「雷劈老松疑虎怒，雨沖陰洞覺龍腥。萬畦香稻蓬蔥綠，九朵奇峰撲亞青」（《九華賀雨吟》），「陣面奔星破犀象，筆頭飛電躍龍蛇」（《贈池州張太守》）等句。此處的奇崛也來自於較多地採用了如天馬、海鼇、龍蛇等非常見的或是僅存在於幻想中的宏壯意象，沒有想像力的豐富與開闊是辦不到的，殷文圭與顧雲一樣恰在這方面表現出偏嗜與特長。殷文圭稱讚陸龜蒙「吟去星辰筆下動，醉來嵩華眼中無。峭如謝檜虬蟠活，清似緱山鳳路孤」（《覽陸龜蒙舊集》），也正表現出他自己對雄奇詩風的欣賞。不過，相對於七律，殷文圭的五言近體就少得多，僅存《春草碧色》一首：

逞筆端。」（《唐五代筆記小說大觀》下）顧、羅二人在當時文學聲名甚高，於此可見一斑。此詩為唐末時人假託高駢口吻所寫。顧雲曾為高駢幕僚，羅隱也曾干謁過高駢，並有《后土廟》、《淮南高駢所造迎仙樓》、《廣陵妖亂志》等譏嘲高駢的詩文。又南宋周必大《〈文苑英華〉序》云：「……惟《文苑英華》士大夫家絕無而僅有，蓋所集止唐文章，如南北朝間存一二。是時印本絕少，雖韓柳元白之文尚未甚傳，其它如陳子昂、張說、九齡、李翱等諸名士文集，世尤罕見，修書官於宗元、居易、權德輿、李商隱、顧雲、羅隱輩，或全卷收入。」（《文苑英華·始事》引）宋初，因唐人文籍並不易得，《文苑英華》的修撰者往往將柳、白、李商隱、顧雲、羅隱等人的文集全卷收入。當時顧雲顯然是被作為唐末與羅隱齊名的詩人來看待的，儘管他們還不能與柳宗元、白居易等人並列。顧雲在當時的這種聲名，與其不同一般詩人、時見奇崛的詩風應該是有關的。

　　　　細草含愁碧，芊綿南浦濱。萋萋如恨別，苒苒共傷春。
　　疏雨煙華潤，斜陽細彩勻。花黏繁鬥錦，人藉軟勝茵。淺
　　映宮池水，輕遮輦路塵。杜回如可結，誓作報恩身。（《全唐
　　詩》卷707）

這是乾寧五年（898）的進士試題，殷文圭此詩較質實，又有傷於細
巧之嫌。同時其他人的同題之作大多不存，但與今存的王轂詩相較，
殷作也不見特別出色。〔註46〕殷文圭當年以此詩進士及第，可能更多
地與得到了朱全忠的推薦有關（詳後文）。與其對七律的純熟掌握相
比，殷文圭對五言近體不能說很擅長，至少是沒有特別偏愛這種詩
型。這可能是與才性有關：殷文圭較富文采與想像力，偏好華麗或蹈
空的意象，細緻的觀察力與字句的錘鍊苦吟似乎非其所長，因此與傳
統上注重意境營造、較多體現清雅風格的五律比較疏離。總體而言，
前引辛文房對殷文圭詩「稍入風度，漸見奇崛」的評價是中其肯綮之
言，在唐末詩壇，殷文圭詩大體典雅高華，也時見奇崛崢嶸。

3、淺俗詩風在杜荀鶴等人近體詩中的呈現

　　淺俗是九華詩人群的另一種典型詩風，在他們各自作品中皆有體
現，而以杜荀鶴為最突出代表。

　　杜荀鶴詩在《全唐詩》及其補編中共存有326首，全為近體。
其中五律127首，七律140首，五七言絕句共56首。杜荀鶴的五律
基本不再以刻畫景物、塑造情境為目的，而是往往以之發議論，直
接抒情達意，不講求意外之旨，不追求含蓄。與之相應，其五律語
言也就呈現出極盡淺顯通俗的特點，如：「不慮有今日，爭教無破時」
（《經廢宅》），「惟知偷拭淚，不忍更回頭」（《別舍弟》），「若待雪消
去，自然春到來」（《雪中別詩友》），「道了亦未了，言閒今且閒」（《送
僧》），「干人不得已，非我欲為之」（《江上與從弟話別》）等，無所

〔註46〕見《登科記考補正》卷24，1032～1035頁。王轂詩：「習習東風扇，
　　　萋萋草色新。淺深千里碧，高下一時春。嫩葉舒煙際，微香動水濱。
　　　金塘明夕照，輦路惹芳塵。造化功何廣，陽和力自均。今當發生日，
　　　瀝懇祝良辰。」（《全唐詩》卷694）

修飾，直與口語接近。

　　較之五律，杜荀鶴的七律體現出的淺俗風格更為顯著，可以說他幾乎完全打破了以往七律多隸事、語言典麗的傳統風格。杜荀鶴的詩集中充斥著如「古寺拆為修寨木，荒墳開作甃城磚」（《旅泊遇郡中叛亂示同志》），「舉世盡從愁裏老，誰人肯向死前閒」（《秋宿臨江驛》），「家貧無計早離家，離得家來蹇滯多」（《將入關安陸遇兵寇》），「半雨半風三月內，多愁多病百年中」（《中山臨上人院觀牡丹》），「虎狼遇獵難藏迹，松柏因風易舉頭」（《山中對雪有作》）一類的句子。七絕中同樣如此：「百年身後一丘土，貧富高低爭幾多」（《自遣》），「啼得血流無用處，不如緘口過殘春」（《聞子規》）。

　　在杜荀鶴手中，無論五律、七律還是七絕，都同時體現出淺俗風格。各詩體在數百年間由大量文本累積起來的典範性體式特性幾乎都被杜荀鶴一齊拋棄，且在他筆下各詩體間在相當程度上呈現出趨同，也就是說不論何種詩歌體式，在他的筆下，彼此之間的風格並沒有更大的差異。當然相比較而言，杜荀鶴七律的淺俗程度要比五律更深，這可能與七言本身更近流俗有關，且七言容量更大，作者在反映世情的時候，更容易選擇七言，這從七律在杜荀鶴詩歌總數中所佔比例最大也可以看出來。

　　當時的淺俗詩風自有它不可擺脫的各種成因，何況它並非沒有長處。至少我們看到當時的這種淺近通俗風格使得各類近體詩能更容易地對世情作出即時再現，這是從前白居易等人在《新樂府》中嘗試過、但在近體詩歌中還並不多見的新變。試看杜荀鶴的以下詩歌：

　　　　夫因兵死守蓬茅，麻苧衣衫鬢髮焦。桑柘廢來猶納稅，
　　　田園荒後尚征苗。時挑野菜和根煮，旋斫生柴帶葉燒。任
　　　是深山更深處，也應無計避征徭。（《山中寡婦》，《全唐詩》卷
　　　692）

　　　　子無孫一病翁，將何筋力事耕農。官家不管蓬蒿地，
　　　須勒王租出此中。（《傷硤石縣病叟》，《全唐詩》卷693）

杜荀鶴集中還有大量類似反映民生的五律、七律和七絕。儘管杜荀鶴對詩體變革以後，更容易以之反映世情俗態，但由於過分淺俗，蕪音累句也在在皆是：「從來有淚非無淚，未似今朝淚滿纓」（《送韋書記歸京》），「我自與人無舊分，非干人與我無情」（《旅中臥病》），「今日偶題題似著，不知題後更誰題」（《題瓦官寺眞上人院矮松》）……相形之下，被人譏諷如同諺語的那些詩句還並非不可忍受：「吟髮不長黑，世交無久情」（《秋晨有感》），「易落好花三個月，難留浮世百年身」（《晚春寄同年張曙先輩》）。

這種淺俗在增強詩歌對現實的即時反映能力的同時，畢竟也付出了詩味淡薄、甚至毫無詩味可言的代價。這是杜荀鶴大幅拋棄各詩體的規定性、幾乎完全背離經典風格的結果，也因此引起了後世的種種責難，四庫館臣對杜荀鶴《唐風集》的批評是：「詩多俗調，不稱其名。」〔註47〕

以上將九華詩人群作了一個大體風格的分判，但並非這個詩人群體中所有詩人都絕對地被某種風格統領，有的詩人顯然在某種主導風格之外，也還不時會有別的風格閃現，譬如周繇和張蠙。

周繇現存詩 18 首，〔註48〕其中五律 10 首，七律 5 首。主體風格可歸入清雅一類，名作如：

> 蒼茫空泛日，四顧絕人煙。半浸中華岸，旁通異域船。
> 島間應有國，波外恐無天。欲作乘槎客，翻愁去來年。（《望海》）

> 盤江上幾層，峭壁半垂藤。殿鎖南朝像，龕禪外國僧。
> 海濤捲砌檻，山雨灑窗燈。日暮疏鐘起，聲聲徹廣陵。（《登甘露寺》，《全唐詩》卷 635）

〔註47〕　（清）永瑢等撰《四庫全書總目》卷 151，北京：中華書局，1965年版。第 1305 頁。

〔註48〕　《全唐詩》卷 635 收周繇詩 23 首，但據今人陶敏《晚唐詩人周繇及其作品考辨》（《唐代文學研究》第 5 輯，1994），《唐詩紀事》誤將此周繇與稍前之元繇相混，《全唐詩》也誤將二人作品混爲一談，除去所混入的元繇的作品，周繇的作品只有 18 首。

周繇詩爲人稱賞的警聯全部出自五律，如「公庭飛白鳥，官俸請丹砂」
（《送人尉黔中》），「島間應有國，波外恐無天」（《望海》），「殿鎖南
朝像，龕禪外國僧」（《登甘露寺》），「山從平地有，水到遠天無」（《甘
露寺東軒》），「白雲連晉閣，碧樹盡蕪城」（《甘露寺北軒》）等。這些
詩句的風格與許棠接近，氣象較開闊，清雅之外，用語則較許棠稍顯
出奇。此外，周繇還有如「爪擡山脈斷，掌托石心拗」（《題東林寺虎
掊泉》）、「山村象踏桄榔葉，海外人收翡翠毛」（《送楊環校書歸廣
南》）、「崖蹙盤渦翻蟹窟，灘吹白石上漁磯」（《白石潭秋霽作》）等一
類詩句，意象翻新，不乏奇崛之態。儘管由於現存詩作數量很有限，
很難從中判定周繇主導詩風是否如此，但從《唐才子傳》「深造閫域，
時號爲『詩禪』。警聯如……甚多，讀之使人竦」的評價來看，周繇
的詩雖然奇崛不如同屬九華詩人群中的殷文圭、顧雲之甚，但可以看
出時有新奇之風。

　　張蠙的五律總體近於清雅一路，《全唐詩》中今存張蠙詩共 102
首，其中五律 53 首，七律 26 首，七絕 20 首。他的五律清雅近於張
喬、許棠，又不乏壯麗，也多有邊塞之作；張蠙的七律在九華詩人群
中最爲成熟，風格也較近於清麗一路；從七絕來看，多懷古、言懷之
作，風格較全面。相對來看，在九華詩人群中張蠙的詩歌屬於風貌較
爲多樣的，且各體詩歌風格上也相對均衡。這種詩歌風貌的形成與張
蠙的經歷不無關係：他雖然在咸通年間就已經號稱「九華四俊」之一，
卻直到乾寧二年（895）始中進士，期間長達二十多年時間絕大部分
都在京城應考中度過，他自己的詩中對這一段困頓場屋的經歷也多有
表現；而朱溫代唐後，張蠙又避亂入蜀，卒於金堂令任上。張蠙雖稱
高壽，實際上自中年以後就已經客居他鄉，詩歌中與九華地區相聯的
特定地域性並不如別的詩人強烈。這也部分解釋了爲何他與當地其他
詩人在詩風上的若即若離。

三、三種詩風的成因

　　九華詩人群的三種主要詩風，自然有晚唐五代總體詩風的影響，但詩人爲何受某種特定詩風的影響，卻主要受制於創作主體的精神，因此，對創作主體氣質精神的考察將見出易代之際一代士風與詩風的緊密聯繫。

　　九華詩人的主體精神有相似之處，又有相當的差異。大致而言，他們早年的人生設計大多相似，都希望通過科舉入仕，但由於晚唐舉場的黑暗，請託公行，甚至「定高卑於下第之初，決可否於差官之日，曾非考覆，盡繼經營」〔註49〕，許多出身低微的舉子干謁無門，往往久困科場，九華詩人也大多如此：除去周繇登第時年歲不詳外，張喬終身不得一第，許棠五十歲方中進士，張蠙輾轉科場二十多年方得一第，其它詩人也都屢屢下第。面對這種困境，加上又面臨唐末大亂，中央王朝崩潰，他們早年的人生設計和夢想都不可能再由他們所熟悉的傳統方式實現，九華詩人在這種局面下不得不作出自己的抉擇：未得第的張喬在黃巢之亂的時候就選擇了隱居九華，並不再復出；黃巢亂時，許棠則由江寧丞任上返回涇縣陵陽別業；周繇在短暫地回故鄉隱居避亂之後，再度出仕；張蠙則避亂入蜀，做了前蜀的官；李昭象則早在干謁不成後就返回了九華，時在咸通十四年（873），而當時其它九華詩人還在科場掙扎。顧雲、殷文圭、杜荀鶴則都多方干謁，並都由干謁得第。不同的主體精神帶來了不同的人生選擇，也給詩風投下了明顯的影響。追溯九華詩人群的三種主要詩風，會尋找到他們各自主體精神的三個不同源頭：

1、清雅詩風與殘留的理性主義氣質〔註50〕

　　張喬雖有詩名，並在咸通十一年的京兆府試中以《試月中桂》一

〔註49〕（唐）裴庭裕《東官奏記》卷中，《叢書集成初編》本。

〔註50〕劉寧《唐宋之際詩歌演變研究》第二章談到杜牧、許渾等人時，認爲他們身上保持了理想主義氣質，並體現爲在近體詩中表現美麗的意境和工麗的辭藻，在一定程度上對生活做自覺的詩意提升。本文借用了「理想主義」這一表述。

詩擅場，但他終身未能博得一第。他曾經在寫給許棠的詩中慨歎「雅調一生吟，誰爲晚達心」（《送許棠及第歸宣州》），這很大程度是他自身的比況。不過張喬沒有執著地去等待「晚達」，而是在黃巢之亂的時候放棄了科舉，徹底歸隱九華。這種歸隱中的確有失意，但他仍然吟出了「親安誠可喜，道在亦何嗟」（《送友人歸江南》）這樣帶有自我開解與期許意味的詩句。《嘉靖池州府志》卷 7 載：「黃巢亂，喬曰：『尚可以行道乎！見機亦作，此其時矣。』遂與伍喬之徒棲老九華。」〔註51〕從中可以看出，張喬保有純正的儒家信念，世治則兼濟，世亂則獨善，歸隱的選擇正是卷道自守的堅持。《試月中桂》詩最好地表現了他的理想氣質及清雅詩風：

> 與月轉洪蒙，扶疏萬古同。根非生下土，葉不墜秋風。
> 每以圓時足，還隨缺處空。影高群木外，香滿一輪中。未
> 種丹霄日，應盧玉兔宮。何當因羽化，細得問玄功。（《全唐
> 詩》卷 638）

此詩即使放在唐代全部應試詩中也屬於優異之作。張喬精心描述了月中桂樹的亙古如斯：既非凡俗品類，也就不會在季節的改換中經歷凋零與生長的輪迴，在永恒的時間宇宙中它不會有任何本性的改變。它託身於高潔的月宮，只隨著月亮的陰晴圓缺改變。月亮承載著它，使它迥異於下界的凡木，而它也讓月宮滿溢芳香。月亮與桂樹就都因其高潔的品質而互相期待，甚至彼此依存，若一個不存在，另一個就將虛位以待。這個詩題本身是有隱喻意義的，「蟾宮折桂」正是科舉及第的象徵說法，所以詩的末尾張喬也委婉地表達了自己希望得中的意願，這也幾乎是唐代應試詩的慣例，難得的是此詩結得自然天成。

再如《興善寺貝多樹》一詩：

> 還應毫末長，始見拂丹霄。得子從西國，成陰見昔朝。
> 勢隨雙剎直，寒出四牆遙。帶月啼春鳥，連空噪暝蜩。遠
> 根穿古井，高頂起涼飆。影動懸燈夜，聲繁過雨朝。靜遲

〔註51〕（明）王崇纂《嘉靖池州府志》，《天一閣藏明代方志選刊》本，上海古籍書店 1962 年影印。

松桂老，堅任雪霜凋。永共終南在，應隨劫火燒。(《全唐詩》
卷 639)

末四句仍然是對堅貞品質的表現與讚美。這兩首詩中，張喬都是在借
詠物反覆致意，將自身守道不移的理想主義氣質完美地寄託在詩中。
鄭谷曾云「喬詩苦道貞」〔註 52〕，「道貞」就是對其理想主義主體精
神的概括。這種精神投射到詩歌形式中，就成為典雅清麗詩風。正是
由於具有理想主義氣質，因此力求提煉出生活中的美而不是以淺俗的
形式直接去表現生活的原態。但張喬等人的理想主義氣質與晚唐名詩
人杜牧、許渾相比，表現出若干差異，譬如更多地表現出內斂而不是
狂狷，此外還有主體精神強弱程度的差異。如果說張喬等人還有理想
主義氣質，那也只是一部分的殘留，相應地詩歌中的典雅清麗也就顯
得較為稀薄，而更大面積地是一種清苦與平淺風貌。

除了最後進士及第且一度做過地方小官以外，許棠的主要人生經
歷與張喬大致相同，詩風也以清雅見長。但許棠對功名更為執著：他
始終認為進身的價值高於隱逸：「垂老登雲路，猶勝守釣磯。」(《寄
江上弟妹》)及第以後，許棠表達了自己近乎狂喜的感受：「自得一第，
稍覺筋骨輕健，愈於少年。則知一名乃孤進之還丹也。」〔註 53〕當及
第後沒有及時被授官，許棠再度發出悲切的哀歎：「三紀吟詩望一名，
丹霄待得白頭成。已期到老還沾祿，無復偷閒卻養生。當宴每垂聽樂
淚，望雲長起憶山情。朱門舊是登龍客，初脫魚鱗膽尚驚。」(《講德
陳情上淮南李僕射八首》之五)許棠對隱逸的嚮往主要是在科場偃
蹇、仕途不順時對漁樵生活的想像，但當他真正歸隱後，詩中卻很少
表現出對隱逸的愜意。許棠的執著主要是繫心功名，而不是在內心對
道的堅守，就理想主義氣質而言，許棠不及張喬純粹，相應地，許棠
詩中歎老嗟卑的作品要較張喬多，並且不乏沾染淺俗之氣的作品。

〔註 52〕見鄭谷《故少師從翁隱岩別墅亂後榛蕪感舊愴懷遂有記》一詩自注，
見《全唐詩》卷 675。
〔註 53〕《唐才子傳校箋》第 4 冊，第 22～23 頁。

其他詩風恬淡的如李昭象等人，在唐末亂世中，也曾或主動或被動地退隱，這同樣是守道不移的表現，也說明理想主義氣質與其清雅恬淡詩風之間，確然是有聯繫的。

2、奇崛詩風與強烈的進取心

張喬、李昭象、許棠基本屬於較謙退的一類，人生選擇比較接近，而顧雲、殷文圭、周繇則屬於功名心、進取心十分突出的類型。

《唐詩紀事》記載：「顧雲……與杜荀鶴、殷文圭友善，同隸業九華。」〔註54〕這三人的確有某些相近的氣質，功名心都較強烈，其中尤以顧雲與殷文圭的精神氣質更為接近。《唐語林》載：「羅給事隱、顧博士雲俱受知於相國令狐公。顧雖齪商子，而風韻詳整。羅，錢塘人，鄉音乖剌。相國子弟每有宴會，顧獨預之，丰韻談諧，不辨寒素之子也。顧賦為時所稱，而切於成名，嘗有啟事，陳於所知，只望丙科盡處，竟列名於尾科之前也。」〔註55〕顧雲努力利用自己「風韻詳整」的優勢躋身貴游子弟間，獲取認同，沽取聲譽，同時積極干謁權貴，他的登第與其一貫的積極干謁分不開。這種切於成名的個性，甚至到他晚年已經做了史官以後也沒有改變。〔註56〕顧雲的躁進，不僅表現為多方干謁，也體現在他任淮南幕僚時為高駢所作章奏的激烈言辭中。中和二年（882）五月，高駢因在平定黃巢之時逡巡不進、意欲擁兵自重、割據一方，被僖宗削奪兵權，因而大怒，命顧雲作《上僖宗書》，詆毀朝臣，直斥僖宗為「亡國之君」。〔註57〕

〔註54〕 《唐詩紀事校箋》卷67，第1819頁。

〔註55〕 （宋）王讜撰、周勛初校證《唐語林校證》卷7，周勛初校正，北京：中華書局，1987。第679頁。

〔註56〕 「雲大順中制同羊昭業等十人修史，雲至江淮，遇高逢休諫議，時劉子長為僕射，其弟崇望，復在中書，雲叩逢休，希致先容。逢休許之。久矣，雲臨岐請書，授之一函甚草創。雲微有惑，潛啟閱之，凡一幅，並不言雲，但曰：羊昭業等擬將一尺三寸汗腳，踏他燒殘龍尾道，懿宗皇帝雖薄德，不任被前件人羅織，執大政者，亦太悠悠。雲歎而已。」（《唐詩紀事校箋》卷67，第1819頁）

〔註57〕 （宋）司馬光《資治通鑒》卷255，北京：中華書局，1956。

顧雲既肯如此措辭，皆因諂事高駢，而對大權旁落、早已奄奄一息的唐王朝不再有絲毫尊敬。儘管他後來又曾出仕唐王朝，卻是出於進取的需要。對顧雲而言，「切於成名」這一行事特點貫穿始終，他不像張喬、許棠等人身上還殘留著理想主義氣質，而是目的明確，可以隨時變化立場，爲了眼前功利，並不介意將儒士的操守徹底拋棄。

單從這些事迹也可以推想，不甘謙退的顧雲，他的詩歌也很可能不會是平易清雅的。顧雲讚賞畫家韓幹的「好奇學古」（《蘇君廳觀韓幹馬障歌》），表明他自己對「古」與「奇」也是傾慕的。時人對顧雲的評價與他的自我評價相近，顧雲在高駢幕中曾獻長啓一首、短歌十篇，被同在高幕的崔致遠贊爲「學派則鯨噴海濤，詞鋒則劍倚雲漢」〔註58〕。顧雲的詩有意追求奇崛，偏愛採用拘束較少的古體、并挑選奇特的意象，正處處體現出一種極爲迫切、不受任何既有成規束縛的進取心。除了個人氣質與古體的不拘一格相適宜外，顧雲偏好古體還有另一個原因，即出於干謁行卷的功利目的。唐末詩人多作律絕，顧雲切於成名、急於用世，在干謁之作中棄用常人所習見的平熟的近體，而選用古體，正是希望出奇制勝。從風格來說，晚唐詩壇又對奇崛的詩風欣賞有加，吳融爲《禪月集》所作序中曾提到當時風氣：「至於李長吉以降，皆以刻削峭拔、飛動文采爲第一流，有下筆不在洞房蛾眉、神仙鬼怪之間，則擲之不顧。邇來相效，學者彌漫浸淫，困不知變。」〔註59〕如果說在晚唐李商隱等人手中，「飛動文采」、「洞房蛾眉」已發揮近乎得淋漓盡致；那麼剩下的只有所謂「刻削峭拔」、「神仙鬼怪」，前者是風格，後者則是意象、是手段，這正是自李賀以後就頗引人關注的奇崛風格。而總體平庸的唐末詩壇，在一片平淺、通俗詩風籠罩下，此時若重回中唐韓愈、李賀等人領起的奇崛詩風就較

〔註58〕崔致遠《桂苑筆耕集》卷 17，《四部叢刊》本。此啓所作時地參閻琦《新羅詩人崔致遠》一文的考證，見《唐代文學研究》第 5 輯。

〔註59〕吳融《禪月集序》，見（宋）李昉等《文苑英華》卷 714，北京：中華書局，1966。第 3688 頁。

易引人矚目。顧雲可能正是在這樣的考量下，策略性地選擇了自己干謁之作的獨特體式與風格。

殷文圭的進取心不輸顧雲，他同樣目的明確，並採用非常手段及第。《唐摭言・表薦及第》條記載：

> 乾寧中，駕幸三峰。殷文圭者，攜梁王表薦及第，仍列於牓內。時楊令公鎮維揚，奄有宣浙，揚汴榛梗久矣。文圭家池州之青陽，辭親間道至行在。無何，隨牓爲吏部侍郎裴樞宣諭判官。至大梁，以身事叩梁王，王乃上表薦之。文圭復擬飾非，遍投啓事於公卿間，略曰：於菟獵食，非求尺璧之珍；鶺鴒避風，不望洪鐘之樂。既擢第，由宋汴馳過，俄爲多言者所發，梁王大怒，亟遣追捕，已不及矣。然自是屢言措大率皆負心，常以文圭爲證。白馬之誅，靡不由此也。〔註60〕

殷文圭直接干謁當時握有最大實權的朱全忠，並利用朱全忠的表薦博得一第，一旦目的達到、而朱全忠又有礙他在清流中的聲譽時，他又曲說飾非，將自己與朱全忠的關係盡數推脫。在整個關係的建立與處理中，殷文圭始終掌握著主動權，而朱全忠可以說是被愚弄的一方。殷文圭的這種行事方式透露出他不僅有極強烈的功名進取心，也不乏一些縱橫家式的奇氣。晚唐科場由權豪把持，請託、賄賂公行，若無門第、朋黨可恃，無顯宦、有司提攜，寒素士人很難有出頭之時，因而大多長年屈抑科場，仕路斷絕。如顧雲、殷文圭這樣的寒士爲登一第計出非常，確有情勢所迫的原因。不過，與顧雲不同，殷文圭利用朱全忠舉薦登第後，並未就此投靠於朱。我們不應忘記，之前昭宗避亂華州時，殷文圭間道達至行在，投奔失勢的皇帝，也說明他是心向唐王朝的。即便作爲出身寒素、投效無門的士人，不得已採用了非常手段登第，但殷文圭並非無所顧藉之人，面對搖搖欲墜的中央王朝，依然保有忠誠。如果人的作品與個性不可能截然分開，那麼這樣的一

〔註60〕《唐摭言》卷9，第99頁。

個詩人筆下必定也有一些特別之處。可以看出，較之顧雲，殷文圭的詩歌平實穩健得多，但並不靡弱寒苦；他較少追求聳人視聽的效果，但在整體高華典雅的情調下，也不時一展奇崛與崢嶸。殷文圭偏好七律，爲了在這種容易流於平妥穩順的詩體中造成醒目和不俗的印象，他往往在一、兩聯中採用不經見的意象，讓全詩也隨之獲得「刻削峭拔」的效果。殷文圭詩中這種偶一展露的奇崛不能說與他的個性沒有聯繫，奇崛詩風與其非同尋常的登第策略有著內在的一致性。

詩人周繇也屬於進取心強烈、不甘平庸的一類。周繇在咸通十三年（872）進士及第後，先後任秘書省校書郎、福昌縣尉，黃巢之亂曾短暫隱居故鄉，但亂後不久他隨即出山投文，僕射王徽奏授其爲至德令。〔註61〕作爲早年共同隱居苦讀的同窗，杜荀鶴對於周繇不甘陸沉、默以待時的個性與心情深有瞭解，在送周繇短暫歸隱故鄉時杜荀鶴就有「知君未作終焉計，要著文章待太平」〔註62〕這樣的詩句，這很恰切地描述了周繇隱居待時的心理。周繇的詩風大體秀淡清雅、但也偶露崢嶸，與其行事風格一致。另外，周繇及第較早，對現實的期望比張喬、許棠等人樂觀，這也使得他的詩呈現出比較積極的心態，並有意追求新奇的詩風，與殷文圭、顧雲等人的奇崛接近。

3、淺俗詩風與卑屈逢迎的人格

杜荀鶴是九華詩人中淺俗一派的代表，他的詩大體通俗淺切。淺切詩風不可避免地與時世和境遇有關：部分詩人科場淹蹇，又值唐末大亂，僅存的一些理想氣質也被磨光了；另外，由於出身低微，爲博一第四處干謁，而亂世無學，被干謁之人的欣賞水準也較以前大大衰落，導致杜荀鶴得到權貴好評的常常是淺俗之作。

杜荀鶴早有詩名，但屢試不第，不得不常常投詩干謁權貴。「杜荀鶴老而未第，求知己甚切，《投裴侍郎》云：『只望至公將卷讀，不

〔註61〕《唐詩紀事校箋》卷54，成都：巴蜀書社，1989。第1478頁。
〔註62〕杜荀鶴《送福昌周繇少府歸寧兼謀隱》，《全唐詩》卷692，第7953頁。

求朝士致書論。』《投李給事》云：『相知不相薦，何以自謀身。』《投所知》云：『知己雖然切，春官未必私。寧教讀書眼，不有看花期。』《投崔尚書》云：『閉戶十年專筆硯，仰天無處認梯媒。』如此等句，近於哀鳴矣。」〔註63〕最終因干謁過朱全忠，得到朱的表薦而及第。〔註64〕連敗於文場、老而落魄，使得杜荀鶴的干謁詩哀苦悲切，也讓他的請求顯得格外卑屈可憐。張齊賢《洛陽搢紳舊聞記・梁太祖優待文士》記載了杜荀鶴干謁一事本末，其被動和卑屈令人悲憫：

> 梁祖之初兼四鎮也，英威剛狠，視之若乳虎。左右小忤其旨，立殺之。梁之職吏每日先與家人辭訣而入，歸必相賀。賓客對之不寒而慄。進士杜荀鶴以所業投之，且乞一見。掌客以事聞於梁祖，梁祖默無所報，荀鶴住大梁數月。先是凡有求謁梁祖，如已通姓名而未得見者，雖踰年困躓於逆旅中，寒餓殊甚，主者留之，不令私去，不爾，即公人輩及禍矣。荀鶴逐日詣客次。一旦梁祖在便廳謂左右曰：「杜荀鶴何在？」左右以見在客次爲對。未見間有馳騎至者，梁祖見之，至巳午間方退，梁祖遽起歸宅。荀鶴謂掌客者曰：「某饑甚，告欲歸。」公人輩爲設食，且曰：「乞命。若大王出，要見秀才，言已歸館舍，即某等求死不暇。」至申未間，梁祖果出，復坐於便廳，令取骰子來。既至，梁祖擲，意似有所卜，擲且久，終不愜旨，怒甚，屢顧左右，左右怖懼，縮頸重足，若蹈湯火。須臾，梁祖取骰子在手，大呼曰：「杜荀鶴！」擲之，六隻俱赤，乃連聲命屈秀才。荀鶴爲主客者引入，令趨，驟至階陛下。梁祖言曰：「秀才不合趨階。」荀鶴聲喏，恐懼流汗，再拜敘謝訖，命坐。荀鶴慘悴戰慄，神不主體。梁祖徐曰：「知秀才久矣。」荀鶴欲降陛拜謝，梁祖曰：「不可。」於是再拜

〔註63〕（宋）葛立方《韻語陽秋》卷 18，上海：上海古籍出版社影印宋刻本，1984。第 245 頁。

〔註64〕（宋）阮閱編《詩話總龜》卷 5 投獻門引《洞微志》：「杜荀鶴字彥之，遇知於朱梁高祖，送名春宮，於裝贄侍郎下第八人登科……」，（北京：人民文學出版社，1987。第 48 頁。）

復坐。梁祖顧視陛下，謂左右曰：「似有雨點下。」令視之，
實雨也，然仰首視之，天無片雲，雨點甚大，沾陛簷有聲。
梁祖自起熟視之，復坐，謂杜曰：「秀才曾見無雲雨否？」
荀鶴答言：「未曾見。」梁祖笑曰：「此所謂無雲而雨謂之
天泣，不知是何祥也？」又大笑，命左右將紙筆來，請杜
秀才題一篇《無雲雨詩》。杜始對梁祖坐，身如在燃炭之上，
憂悸殊甚。復令賦《無雲雨詩》，杜不敢辭，即令坐上賦詩，
杜立成一絕獻之。梁祖覽之大喜，立召賓席共飲，極歡而
散，且曰：「來日特爲杜秀才開一筵。」復拜謝而退。杜絕
句云：同是乾坤事不同，雨絲飛灑日輪中。若教陰朗都相
似，爭表梁王造化功。由是大獲見知。杜既歸，驚懼成疾，
水瀉數十度，氣貌羸絕，幾不能起。客司守之，供侍湯藥，
若事慈父母。明晨再有主客者督之，且曰：「大王欲見秀
才，請速上馬。」杜不獲已，巾櫛上馬。比至，凡促召者
五七輩。杜困頓無力，憂趨進遲緩。梁祖自起大聲曰：「杜
秀才！『爭表梁王造化功！』」杜頓忘其病，趨步如飛，
連拜敘謝數四。自是梁祖特帳設賓館，賜之衣服錢物，待
之甚厚。〔註65〕

雖然杜荀鶴最後終於得到朱全忠的優待和表薦，但以他在與朱的周旋
過程中恐懼之深，可以想見及第後必定不敢像殷文圭一樣，不顧性命
之虞而去撇清自己與朱全忠的關係。理想主義已經失去，又缺少膽識
與奇氣，杜荀鶴對現實有太多委曲求全，他的詩中就既沒有張喬、許
棠等人詩中的清雅，也沒有顧雲、殷文圭詩中的奇崛，而更多地是淺
俗之氣。

　　孫光憲《北夢瑣言》「杜荀鶴入翰林」條記載：「唐杜荀鶴嘗遊梁，
獻太祖詩三十章，皆易曉也，因厚遇之。」〔註66〕這表明，杜荀鶴的
淺俗詩風不僅是學力上的局限所致，也由於考慮到干謁對象的文學水

〔註65〕　（宋）張齊賢《洛陽搢紳舊聞記》卷1，《知不足齋叢書》本。
〔註66〕　（五代）孫光憲《北夢瑣言》卷6，北京：中華書局，2002年版。
　　　　第144頁。

平和偏好的實際需要。這與顧云以奇崛古風干謁當時的貴游子弟在策略上是一致的。人格上的軟弱正好解釋了杜荀鶴詩歌的平淺、卑俗之風，並且杜荀鶴爲了功名前途犧牲的還不僅僅是詩歌風格，還有其詩學立場以及個人清譽。何光遠《鑒誡錄》「削古風」條記載：

> 梁朝杜舍人荀鶴爲詩愁苦，悉干教化，每於吟諷得其至理……杜在梁朝獻朱太祖《時世行》十首，欲令太祖省徭役薄賦斂。是時方當征伐，不洽上意，遂不見遇。旅寄寺中，敬相公翔謂杜曰，希先輩稍削古風，即可進身，不然者虛老矣。杜遂課《頌德詩》三十章以悅太祖。議者以杜雖有玉堂之拜，頓移教化之詞，壯志清名，中道而廢。〔註67〕

以頌美詩取代諷諫詩爲干謁之具，並且這種所謂的「頌德」並非是出自衷心，而只能是一種阿諛逢迎。杜荀鶴曾經主張詩以濟物、要含教化，他的詩學觀見於文字者如「詩旨未能忘救物」（《自敍》），「共有人間事，須懷濟物心」（《與友人對酒吟》），「言論關時務，篇章見國風」（《秋日山中寄李處士》）等，強調詩須有用於世，關乎時務，體現兼濟之志。相應地，詩風也強調古樸。《讀友人詩》云：「君詩通大雅，吟覺古風生。外卻浮華景，中含教化情。名應高日月，道可潤公卿。莫以孤寒恥，孤寒達更榮。」即反對浮華雕琢，以接續教化的傳統。《唐才子傳》也記載他「頗恃勢侮慢搢紳，爲文多主箴刺」。但是，一旦這種主張與握實權者相違背、將阻礙自己的功名之途時，他就立刻放棄了自己的主張，轉而去迎合當權者的心思。以其詩風原來的淺俗，再放棄對世情中民生疾苦一面的反映，就在很大程度上失去了其詩歌的獨特價值。現存的《唐風集》因爲編定於杜荀鶴及第之初（見顧雲《唐風集序》），其中還保存有相當數量的這類諷諭作品；設如杜荀鶴入朱溫幕下之後再編詩集，諷諭詩未必能夠收錄其中。

〔註67〕（五代）何光遠《鑒誡錄》卷9，《知不足齋叢書》本。按，杜荀鶴卒於904年，未入梁，「梁朝」、「朱太祖」當係按照後來的稱呼。

至於張蠙，人生經歷前半段與其他九華詩人相似：咸通十一年（870）已在京應舉，乾寧二年（895）始登進士，前後應考二十餘年。此後，張蠙曾任校書郎、櫟陽尉、犀浦令等職。由於年壽較別的九華詩人高，一直活到易代之後，因此就面臨著在朱溫篡唐以後的選擇問題。張蠙沒有回到故鄉隱居，也沒有跟隨朱溫，而是選擇了入蜀，並且後來在蜀爲官。這種選擇正是當時不少士人心態的體現：既對唐王朝有惋惜之心、對朱溫的篡唐不能認同，又必須承認現實，作出新的選擇。張蠙的詩風在九華詩人群中也呈現出最複雜的面貌，既有部分的清雅之作，也有一些開闊豪壯之作，又有部分淺俗之作，與他的這種心態也應有聯繫。

如上所述，九華詩人群不同的主體精神投射到其詩歌中，形成了不同的詩風。在經歷和人生選擇上接近的，詩風也比較接近：殘留有一些理想主義氣質的，面對與自身理想背道而馳的現實便採取了遁世的姿態，他們的詩歌中就相應地較多清雅之風，譬如張喬、李昭象、許棠；特別現實、勇於進取，對正統意識毫無執著黏滯的，詩風就較少嚴整雅致而多奇崛之態，如顧雲、殷文圭；一味去認同現實、幾乎被磨去全部棱角的，詩風也就多入淺俗，如杜荀鶴。

四、與其它詩人的交往及對楊吳、南唐詩壇的影響

九華詩人群的詩風所受的影響，首先來自薛能和李頻。薛能和李頻二人正是寒素詩人的獎掖者，而包括張喬、許棠、周繇、張蠙等人在內的「咸通十哲」正是受到他們獎掖的寒素詩人的代表。薛能和李頻不僅直接獎掖了張喬等人，也與他們有相當多的交往唱酬見於記載，他們與部分九華詩人不僅是獎掖者與被獎掖者的關係，在詩風上也是同道。受其影響較多的主要是「九華四俊」，顧雲、殷文圭、杜荀鶴則較少受到他們的影響，這與他們不由科舉正途有關。

薛能（？～880）對當時詩壇上貴冑詩人的香豔詩風不滿，提倡追步風騷：「誰憐合負清朝力，獨把風騷破鄭聲」（《春日使府寓懷二

首》)。詩歌創作上，薛能「五律數量不多，題材範圍比較狹窄，其中大量作品是與僧人的酬贈之作，寫景之句也基本是對幽寂之景的刻畫。這種題材範圍的萎縮也成爲寒素詩人五律比較普遍的缺陷」。薛能的七律，則同時受到了「元和體」以及晚唐許渾等人的影響，受「元和體」的影響表現在反思現實、感悟人生的內容特點、表現方式上的入實趣味，受許渾的影響則表現在部分七律綿邈的意境和工麗的語言。薛能詩的這些特點也正是張喬、許棠、張蠙等人詩風的特點。李頻的詩歌則多受到姚合、方干的影響，表現日常生活，五律追求平淡有味，七律則講求意境的塑造。正是「在薛能和李頻的影響下，唐末寒素詩人的七律呈現出『元和體』與『晚唐體』的共同影響」〔註68〕。

　　另一位與九華詩人有密切交往的是鄭谷。鄭谷（851？～？）被包含在咸通十一年李頻所主持京兆府試解送的「咸通十哲」之內，是一個誤記，實際上他咸通十三年（872）才開始應舉。「咸通十哲」誤將鄭谷也包括在內，一方面是因爲鄭谷應試時間與十哲前後相差不遠，另一方面也說明鄭谷與薛能、李頻有著較密切的關係。查考鄭谷詩中有《哭建州李員外頻》、《獻大京兆薛常侍能》、《讀故許昌薛尚書詩集》等詩，可證實這一點。鄭谷又與部分九華詩人有頻繁的酬答往來，有《久不得張喬消息》、《送許棠先輩之官涇縣》、《同志顧雲下第出京偶有寄勉》等詩。

　　鄭谷的詩學主張與薛能、李頻相近，也強調詩騷傳統，同時又標舉盛唐詩的風骨興象。他的詩歌受到姚合以及白體的影響，形成清婉明白的詩風。趙昌平《從鄭谷及其周圍詩人看唐末至宋初詩風動向》一文認爲，鄭谷的詩風正是通過與之相過從的「咸通十哲」以及在鄭谷歸隱宜春後從之學詩的孫魴、齊幾、黃損，還有鄭谷的同鄉楊夔、虛中等人得到傳播，並影響到楊吳、南唐的詩風，又下達宋初，成爲宋初影響巨大的詩人。趙昌平文中所舉與鄭谷交往的詩人──張喬、杜荀鶴、殷文圭正屬於九華詩人群，但籠統地說鄭谷的詩風直接影響

〔註68〕劉寧《唐宋之際詩歌演變研究》，158～163頁。

了他們，恐怕不太確切，因為鄭谷與他們時代相同，其詩名顯揚的時間還要略晚於張喬、許棠。此外，杜荀鶴的詩風偏淺俗，殷文圭的詩風奇崛雄闊，都與鄭谷有差別。張喬在此數人中詩風與鄭谷最接近，都有「清」的特點，但張喬更偏向清雅一面，鄭谷詩中則有不少受到江南俗體詩的影響，更淺切一些。但是，不可否認，這些九華詩人與鄭谷之間的確存在著詩風的相互影響，共同構成唐末詩壇「輕清細微」一派，影響了五代十國尤其是楊吳和南唐的詩風。

由於創作主體精神氣質的差異，顧雲、殷文圭、杜荀鶴則較少受到薛能、鄭谷等人的影響。當時與顧雲等人交往更多、氣質更接近的詩人是羅隱。

羅隱（833～910），曾於廣明、中和年間隱居於池州梅根浦六七年，梅根浦位於九華山麓﹝註69﹞，當時也正是九華詩人群紛紛歸隱九華之時。羅隱有不少詩提及這段隱居生活，如《廣陵春日憶池陽有寄》、《別池陽所居》、《初秋寄友人》、《送顧雲下第》、《憶九華》等，並與顧雲、杜荀鶴等人有酬答之詩。羅隱個性褊躁狷介，矜才傲物，因為十數舉不第，深怨唐室，後來走上干謁藩鎮、傳食諸侯之路，也正是他正統觀念較少的緣故，這一點正與顧雲、殷文圭、杜荀鶴等人相近。羅隱詩好發議論，多直白，由於憤激怨望，故常常尖刻露骨，入於叫囂。有時語言過於淺俗，近於諺語，也與杜荀鶴相似。羅隱與顧雲、杜荀鶴在人生選擇、個性氣質上有近似之處，因此詩風也有某些相近。

值得注意的是，九華詩人群對後來五代十國的詩歌創作產生了一定的影響，尤其是後梁詩壇和楊吳、南唐詩壇所受影響較大，其影響也主要分從三種詩風來看：

首先是以杜荀鶴為代表的淺俗一派。嚴羽《滄浪詩話‧詩體》將杜荀鶴體與李商隱體、杜牧之體並列為晚唐三體，這不一定是從詩歌

﹝註69﹞ （清）查慎行《敬業堂詩集》卷 14《荷葉洲對雪》詩注云「唐羅隱曾卜居九華山下梅根浦」。

成就而言，主要還是從流行範圍、影響程度來說的。雖然杜荀鶴詩的淺俗也爲後人所不滿，但其詩廣布於人口，頻見記載，正可見這種淺俗之體在當時的流行。五代十國時期中朝詩壇淺俗之風彌漫，至如爲人稱道的馮道、楊凝之、李昉等人莫不如此。嚴羽特意拈出「杜荀鶴體」，正是追本溯源。杜荀鶴淺俗詩風的影響，雖然並不局限於中朝，卻無疑以中朝爲劇，這與當時各地方政權林立、士人紛紛另尋出路、中朝缺乏優異的詩歌人才有關，也與南方已開始形成較好的詩歌創作的師法與傳承有關。

九華詩人的奇崛一派詩風在楊吳、南唐則不乏嗣音，如沈彬、宋齊丘等人。沈彬今所存詩 28 首全爲七言律絕，辭藻富麗，「句法精切」〔註70〕，想像力豐富，有的不乏奇崛壯麗之態，如：「壓低吳楚殼涵水，約破雲霞獨倚天。一面峭來無鳥徑，數峰狂欲趁漁船」（《望廬山》），「萬古色嫌明月薄，千尋勇學白雲飛」（《瀑布》）。南唐宋齊丘亦能詩，今存僅 3 首，其中最可觀的是《鳳凰臺》一詩。馬令《南唐書》云：「烈祖時爲昇州刺史，延四方之士，齊邱依焉，因以《鳳皇臺》詩見志曰……烈祖奇其才，以國士待之。」〔註71〕這首獲得李昇賞識的五古，正是典型的奇崛詩風，想像奇特，好用奇字，甚至不避醜怪意象，如其中「山蹙龍虎健，水黑螭蜃作。白虹欲吞人，赤驥相搏爍。畫棟泥金碧，石路盤磽确。倒掛哭月猿，危立思天鶴。鑿池養蛟龍，栽松棲鷺鷥。梁間燕教雛，石罅虵懸殼」以及「我欲烹長鯨，四海爲鼎鑊。我欲取大鵬，天地爲矰繳。安得生羽翰，雄飛上寥廓」數語便是如此。馬令評價「齊邱爲文有天才而寡學，不經師友議論，詞尚詭誕，多違戾先王之旨，自以古今獨步。」此詩正是「詞尚詭誕」的體現，這與顧雲、殷文圭等當初的九華詩人群的奇崛一路十分近似，其急於進取、切於成名的個性也與顧雲、殷文圭相似。

〔註70〕陸游《南唐書》卷 7。
〔註71〕馬令《南唐書》卷 17。

清雅詩風則成爲楊吳、南唐尤其是南唐的主要詩風。當時在南唐享有盛名的詩人如李建勳、徐鉉、孟賓于、李中等人的詩皆以清雅見長，這種詩風正與九華詩人群中的張喬、許棠一派近似。也由於這種風格的相近，才使得直至宋初，由南唐入宋的徐鉉、肄業於南唐廬山國學的楊徽之等人在編選《文苑英華》詩歌部分時，大量選錄了鄭谷等人的作品。〔註72〕儘管趙昌平據此認爲鄭谷在當時詩壇享有很高的地位，但鄭谷入選詩多除了因時代接近存詩數量多以外，顯然也與清雅詩風整體較受推崇分不開。清雅詩風在當時的主流地位，從張喬的詩歌同樣被《文苑英華》大量收錄這一點上也體現出來。此外，南唐人又很以自身地域文化的優勢自負，〔註73〕作爲此前其境域內頗著名的九華地區詩人群的創作，應該是引起過他們的注意的。

〔註72〕據趙昌平《從鄭谷及其周圍詩人看唐末至宋初詩風動向》一文的統計，《文苑英華》共錄李白詩 217 題，爲今存詩總數的 22%；杜甫213 題，爲今存詩之 14%；高適 51 題；岑參 58 題；韋應物 90 題；韓愈 40 題；杜牧 81 題；李商隱 47 題；皮日休 19 題；陸龜蒙 17 題；而錄鄭谷詩高達 147 題，約占其現存詩總數的 40%；另外，張喬入選 108 題，約占其現存詩歌總數的 65%。（載《文學遺產》1987 年第 3 期；又收入《趙昌平自選集》）

〔註73〕李璟曾說：「自古及今，江北文人不及江南才子之多。」（見鄭文寶《江表志》）這一判斷不能說正確，江南文化地位的迅速上昇是中唐以後才開始的，但李璟此言表明南唐人文之盛，也體現了作爲一個地方政權，南唐對自身地域文化的強調。

附錄二　隋唐曲《楊柳枝》源流再探索

　　本文要討論的對象是隋唐曲《楊柳枝》，但因古樂府中另有《折楊柳》，且不乏有人將隋唐曲的《楊柳枝》與之相混，實際二者並不相關，這裡不妨稍作辨析。依據《樂府詩集》，名爲「折楊柳」者有以下數種：

> （1）漢代橫吹舊曲《折楊柳》，本爲李延年所造二十八解，曲傳至魏晉，但到梁代是否還能演唱則未可知；古辭不存，現存最早的辭爲梁蕭繹、蕭綱的作品。
>
> （2）梁鼓角橫吹另有《折楊柳》，原本可能起源自西晉太康末年京洛地區，古辭爲有關兵革苦辛、擒獲斬截之事，但至梁已不存，曲則在北方胡人中流傳，大約在北魏時期有了漢語歌辭，即「上馬不捉鞭」等《折楊柳歌辭》、《折楊柳枝歌》等，曲辭傳至南方，梁代以之入鼓角橫吹。
>
> （3）相和瑟調大曲有《折楊柳行》，存有古辭「默默施行違」及曹丕「西山一何高」，據南朝陳釋智匠《古今樂錄》，此曲至劉宋中葉尚可歌。
>
> （4）清商曲辭西曲歌有《月節折楊柳歌》，按《古今樂錄》，它既非倚歌，也非舞曲，當爲徒歌。其寫定時間當在南朝宋至梁。

以上《折楊柳》以外，隋也有《柳枝》曲，其辭不存，中唐以後別有

流行的《楊柳枝》，也名《柳枝》，郭茂倩《樂府詩集》將後者歸入近代曲辭。從音樂上說，隋唐曲與上述任何一種《折楊柳》樂府都不相關，隋曲《柳枝》與唐曲子《楊柳枝》也是不相同的。任半塘《唐聲詩》將有關隋唐曲《柳枝》與《楊柳枝》的相關資料基本囊括殆盡，其基本結論是：起於隋代的《柳枝》、中唐白居易所另創的《楊柳枝》新聲，二者並非同一曲調。〔註1〕這個結論我們基本同意，但白居易的影響主要在歌辭體式而非曲調的翻新。對《楊柳枝》辭來說，他以文人慣用的寫作方式改寫了民間曲子的雜言體形式，這種影響甚至一直下達五代以詞的寫作著稱的西蜀與南唐。

一、中晚唐七絕體《楊柳枝》新聲

關於隋代舊曲《柳枝》，現存最早材料是託名韓偓的《煬帝開河記》：

煬帝……遊木蘭庭，命袁寶兒歌柳枝詩。〔註2〕

盛唐時教坊曲有《楊柳枝》，爲崔令欽《教坊記》所著錄，可能即從隋曲《柳枝》而來，玄宗曾以笛倚其聲，張祐《折楊柳枝》詩云：「莫折宮前楊柳枝，玄宗曾向笛中吹」〔註3〕。白居易《楊柳枝二十韻》「取來歌裏唱，勝向笛中吹」〔註4〕，也可證明中唐以前《楊柳枝》曲主要爲笛曲。賀知章《詠柳》詩（碧玉妝成一樹高），《才調集》題爲「柳枝詞」。〔註5〕《才調集》所錄當據范攄《雲溪友議》而來，《雲溪友議》「溫裴黜」條記載了晚唐時名歌妓周德華善歌《楊柳枝》，「所唱者七八篇，乃近日名流之詠也」，其中就包括賀知章此曲；而溫庭筠、裴諴作《新添聲楊柳枝》詞語浮豔，爲周德華所不取。〔註6〕這

〔註1〕 任半塘《唐聲詩》（下），上海古籍出版社 2006 年版，第 366 頁。
〔註2〕 （明）陶宗儀纂《說郛》卷 44，北京：中國書店 1986 年版，第 12 頁。
〔註3〕 （清）彭定求等編《全唐詩》卷 511，北京：中華書局 1960 年版，第 5841 頁。
〔註4〕 《全唐詩》卷 455，第 5156 頁。
〔註5〕 （後蜀）韋縠《才調集》卷 9，《四部叢刊》影印述古堂影宋鈔本。
〔註6〕 （唐）范攄《雲溪友議》卷下。

裡有兩種可能：一是賀知章所作原本就是《柳枝》詞，是爲盛唐教坊曲暨隋代舊曲所作歌詩，任半塘即持此種看法。另一種可能則是賀知章原詩只是詠柳七絕，但在晚唐五代時經常被採入《楊柳枝》曲演唱，而這種做法在晚唐五代很普遍。後蜀何光遠《鑒誡錄》卷7「亡國音」條：

> 王後主咸康年，……內臣嚴凝月等競唱《後庭花》、《思越人》及搜求名公豔麗絕句隱（一本無隱字）爲《柳枝》詞。君臣同座，悉去朝衣，以晝連宵，絃管喉舌相應，酒酣則嬪御執厄，后妃填（一本作掇）辭，合（一本作令）手相招，醉眼相盼，以至履舄交錯，狼籍杯盤。是時淫風大行，遂亡其國。《後庭花》者，亡陳之曲……《思越人》者，亡吳之曲……《柳枝》者，亡隋之曲。煬帝將幸江都，開汴河種柳，至今號曰隋堤，有是曲也。胡曾《詠史》詩曰：「萬里長江一旦開，岸邊楊柳幾千栽。錦帆未落干戈起，惆悵龍舟更不回。」又韓舍人《詠柳》詩曰：「梁苑隋堤事已空，萬條猶舞舊春風。那堪更想千年後，誰見楊花入漢宮。」又賀祕監、羅給事詠柳，輕巧風豔，無以加焉，賀君詩曰：「碧玉妝成一樹高，萬條垂下綠絲縧。不知細葉誰裁出，二月春風似剪刀。」又詩曰：「嫋嫋和煙映玉樓，半垂橋上半垂流。今年條（當作漸）見枝條密，惱亂春風卒未休。」又李博士有《題錦浦垂柳》曰：「錦池江口柳垂橋，風引蟬聲送寂寥。不必如絲千萬樹，只禁離恨兩三條。」〔註7〕

創自隋煬帝時的《柳枝》，直到前蜀咸康（925）間曲調尚存，王衍「搜求名公豔麗絕句隱爲《柳枝》詞」，是另外將前人七絕填入其中以應歌。這與《雲溪友議》所載晚唐歌妓樂工以名流之詠歌入此調相似，說明在晚唐五代以詩歌採入既有曲調演唱很常見。但晚唐周德華所唱、前蜀宮廷所歌《柳枝》已經不是隋至盛唐時流行的舊曲，而是中唐以後風行的《楊柳枝》新聲。

〔註7〕　（後蜀）何光遠《鑒誡錄》卷7，《叢書集成新編》第86冊，臺北：新文豐出版公司1985年版，第299頁。

在唐代詩人中，白居易與《楊柳枝》新聲的關係尤爲特殊，他晚年在洛陽，詩中屢屢及之，其《楊柳枝二十韻》題注云：「楊柳枝，洛下新聲也。洛之小妓，有善歌之者，詞章音韻，聽可動人，故賦之。」〔註8〕這表明《楊柳枝》新聲並非創自白居易，而是他到洛陽以後才聽到的。白居易的侍妾樊素且因擅長唱《楊柳枝》名聞洛下，甚至被人以「柳枝」或「楊柳枝」相稱。〔註9〕不僅白居易本人屢次形諸詩詠，其友人李紳並專從浙江爲之寄來特製的楊柳枝舞衫。〔註10〕此調在當時的風行，也可見一斑。另外，白居易、劉禹錫皆有數首《楊柳枝》辭，且多是成組地出現，兩人又都在各自兩組《楊柳枝》首篇提到了「新翻」。白居易詩：「六么水調家家唱，白雪梅花處處吹。古歌舊曲君休聽，聽取新翻楊柳枝。」劉禹錫詩：「塞北梅花羌笛吹，淮南桂樹小山詞。請君莫奏前朝曲，聽唱新翻楊柳枝。」〔註11〕對於「新翻」、「新聲」，或主張只是新制歌辭，曲調則還是隋代以來的《柳枝》舊曲；或認爲所謂「新翻」就是新製曲，與隋代至盛唐時的舊曲並非同一曲調。我們認爲，白居易並未新創曲調，只是爲之寫作新的七絕連章體歌辭；《楊柳枝》新聲則是中唐時期或稍前產生於洛陽一地。王灼的看法也是如此：

> 楊柳枝，《鑒戒錄》：《柳枝歌》，亡隋之曲也……張祜
> 《折楊柳枝》云：莫折宮前楊柳枝，當時曾向笛中吹。則
> 知隋有此曲，傳至開元。《樂府雜錄》云：白傳作《楊柳枝》。
> 予考樂天晚年，與劉夢得唱和此曲詞，白云：「古歌舊曲君
> 休聽，聽取新翻楊柳枝。」又作《楊柳枝》二十韻云：「樂

〔註8〕《全唐詩》卷455，第5156頁。

〔註9〕白居易《不能忘情吟》題注，謝思煒撰《白居易詩集校注》卷37，北京：中華書局2006年版，第2850～2851頁。另，白居易的這位以唱《楊柳枝》著名的侍妾樊素，當即這位善歌《楊柳枝》的「洛之小妓」，因歌曲動人，終被白收爲侍妾。案之以白居易相關詩作及年譜，其時間前後也正相合。

〔註10〕白居易《劉蘇州寄釀酒糯米李浙東寄楊柳枝舞衫偶因嘗酒試衫輒成長句寄謝之》，見謝思煒《白居易詩集校注》卷32，第2478頁。

〔註11〕《全唐詩》卷28，第397、398頁。

童翻怨調，才子與妍詞。」注云：「洛下新聲也。」劉夢得
亦云：「請君莫奏前朝曲，聽唱新翻楊柳枝。」蓋後來始變
新聲，而所謂樂天作楊柳枝者，稱其別創詞也。〔註12〕
同樣認爲中唐流行於洛陽民間的《楊柳枝》曲並非隋代舊曲。究竟新
聲是何種面目，我們還會在後文中談到。

　　儘管白居易並非《楊柳枝》新聲的創調者，但他以七言絕句體式
寫作《楊柳枝》辭，這對文人具有垂範作用，不僅同時代如劉禹錫等
人的唱和、後人的擬作都採用七絕的體制，且七絕體此後長期成爲中
晚唐《楊柳枝》新聲歌辭的定式。此外，依調塡辭以及一調多辭的形
成也與白居易等人開創的風氣有關，後來不少作者都有成組的《楊柳
枝》。唐五代燕樂歌辭中，單單《楊柳枝》調下的歌辭存至今天的便
有 91 首。〔註13〕正是在作者作品眾多的前提下，才出現了專以演唱
《楊柳枝》著名的歌妓，如前文提到的樊素、周德華即爲其中最知名
者；〔註14〕又有與曲詞相配的舞蹈。〔註15〕當然，歌唱的形式也影響
了詩人的創作方式，成組出現的《楊柳枝》，與曲子聯歌的方式也有
很大關係。〔註16〕

〔註12〕　（宋）王灼《碧雞漫志》卷 5，（唐）南卓等著《羯鼓錄 樂府雜錄 碧
　　　　　雞漫志》，上海：上海古籍出版社，1958 年。第 93～94 頁。
〔註13〕　王昆吾《隋唐五代燕樂歌辭研究》，北京：中華書局 1996 年版，第
　　　　　80～81 頁。
〔註14〕　《全唐詩》卷 461 白居易《不能忘情吟》序云：「妓有樊素者，年二
　　　　　十餘，綽綽有歌舞態，善唱楊枝，人多以曲名名之，由是名聞洛下。」
　　　　　（第 5250 頁）《雲溪友議》卷下：「湖州崔郎中芻言，初爲越副戎，
　　　　　宴席中有周德華。德華者，乃劉採春女也，雖《囉嗊》之歌，不及
　　　　　其母，而《楊柳枝》詞，採春難及。崔副車寵愛之異。將至京洛。
　　　　　後豪門女弟子從其學者眾矣。」（（唐）范攄《雲溪友議》，上海：古
　　　　　典文學出版社，1958，第 66 頁。）
〔註15〕　除前文中提到白居易的朋友李紳特製楊柳枝舞衣以相贈，還有晚
　　　　　唐薛能《柳枝詞五首》序云：「乾符五年，許州刺史薛能於郡閣與
　　　　　幕中談賓酣飲醑酊，因令部妓少女作《楊柳枝》健舞，復歌其詞，
　　　　　無可聽者，自以五絕爲楊柳新聲。」（《全唐詩》卷 561，第 6519
　　　　　頁。）
〔註16〕　《隋唐五代燕樂歌辭研究》，第 82 頁。

在新聲《楊柳枝》的風格情調方面，也是白居易的影響最大。白居易在剛接觸到《楊柳枝》時，或說「莫唱楊柳枝，無腸與君斷」（《山行示小妓》），或說「樂童翻怨調」（《楊柳枝二十韻》），可見起自民間的《楊柳枝》新聲情詞悲傷；但在他自作《楊柳枝辭》八首、劉禹錫又作《楊柳枝辭》九首後，此曲詞的情調已經頗爲華麗豔冶。此後當他們再提到「新翻楊柳枝」時，都是指這些新塡的歌辭。白居易的《醉吟先生傳》稱自己：「⋯⋯若興發，命家僮調法部絲竹，合奏《霓裳羽衣》一曲，若歡甚，又命小妓歌《楊柳枝》新詞十數章，放情自娛，酩酊而後已。」〔註17〕可見其情調已變爲歡快，顯然不再是原本令人斷腸的曲詞了。也正因爲曲詞皆有了較大變化，《楊柳枝》才會在此後的近百年中風行不衰。無論晚唐的歌妓周德華，還是五代王衍的宮廷中，都會特地挑選或優美或豔麗的七絕塡入此一曲調中歌唱。當然，他們此時所選取來作爲歌詞的基本都是詠柳的七絕，這與曲子詞初起時大多不脫詠題的情形是相符合的。晚唐大量寫作此調的有薛能，有三組共十九首《楊柳枝》辭，但薛能並未帶來更多的新風格或是新因素。值得注意的是，司空圖有一組《楊柳枝壽杯詞》，共十八首，中間十六首皆詠柳，首末二篇表達爲皇帝上壽之意，整組歌辭華麗雍容。其中第一首：

> 樂府翻來占太平，風光無處不含情。千門萬戶喧歌吹，富貴人間只此聲。〔註18〕

既然是「太平富貴」之聲，可見其情調已徹底改觀，既非中唐始流行於洛陽時的悲怨之音，也非如稍前時候的溫庭筠、裴誠所爲豔冶之詞，而是端麗婉諧，可以作爲進御上壽之詞。雖然是出於情境規定，但這樣一種風格，仍然是沿著白居易、劉禹錫等人所開創的道路而來。另外，司空圖這一組《楊柳枝》詠題與非詠題之作在同一組作品中並存，恰體現了聲詩與詞的共存與過渡狀態。

〔註17〕（清）董誥輯《全唐文》卷680，北京：中華書局1983年版，第6955頁。
〔註18〕《全唐詩》卷634，第7279頁。

　　司空圖這組《楊柳枝》約作於唐懿宗或唐僖宗朝，而晚唐宮廷中普遍喜愛《楊柳枝》曲，唐宣宗曾將其吹入蘆管：

　　　　唐宣宗善吹蘆管，自製《楊柳枝》、新《傾杯》二曲。
〔註19〕
唐昭宗也曾製《楊柳枝詞》五首以賜朱全忠。〔註20〕推測起來，宮廷中所愛好的文辭風格也應當是豔麗雍容的，也即從白居易到司空圖一直沿襲的風格。

　　根據中晚唐《楊柳枝》新聲的風行，我們認爲，直到五代前蜀王衍所迷戀的《柳枝》曲，從曲詞風格、演唱方式來看，都是延續中唐以來風行的《楊柳枝》新聲，與隋代舊曲無關。中唐以後的《楊柳枝》曲調雖爲新翻，對歌辭的制約卻很少，或是全按七絕的體式要求來寫，或是直接選取前人七絕詩入樂，內容大多與楊柳有關，但也有並非詠題之作。

二、晚唐齊、雜言《楊柳枝》歌辭

　　在齊言歌辭以外，敦煌曲子詞中還保留了一首《楊柳枝》：

　　　　春來春去春復春。寒暑來頻。月生月盡月還新。又被
　　老催人。只見庭前千歲月，長在常存。不見堂上百年人。
　　盡總化爲塵。〔註21〕

這是一首雜言歌辭，而且看起來並非詠題之作。任半塘認爲是從初盛唐時期的《十無常》發展而來。〔註22〕從出現時間來說，雜言體的敦煌詞《楊柳枝》未必就晚於齊言體《楊柳枝》，相反，甚至有可能是雜言體的出現在先。進一步推測，這首敦煌曲《楊柳枝》有沒有可能就是中唐時白居易等人接觸到的「洛下新聲」呢？因爲它表現的正是

〔註19〕（元）馬端臨《文獻通考》卷138，中華書局1986年版，第1226頁。
〔註20〕（後晉）劉昫等撰《舊唐書》卷20天復三年（903）二月條，北京：中華書局1976年版，第776頁。
〔註21〕原出伯希和2809卷，此處轉引自曾昭岷等編《全唐五代詞》，北京：中華書局1999年版，第893頁。
〔註22〕任半塘《敦煌歌辭總編》，上海古籍出版社2006年版，第1082頁。

人生無常的悲傷，所以白居易稱其是「斷腸聲」，但因愛其曲調，特地爲其另制新辭。這與劉禹錫爲《竹枝》改寫新辭頗相似。至於此詞所寫內容爲人生無常，似乎不符合詞體初起時不脫詠題的慣例，但因楊柳本與喪葬關聯密切，〔註23〕此詞寫人生無常也就並未離題，而仍可視爲詠題之作。它的出現可能在中唐甚至更早。白居易等人開始用齊言體寫作新辭，並成爲此後文人寫作《楊柳枝》辭的主流。這也說明唐代詩人大多對詩的興趣往往超過對來自民間的新興曲子詞的關注，對他們來說，齊言聲詩的寫作要比雜言歌辭更佔優勢。

至五代《花間集》中存留的《楊柳枝》，既有齊言體，也有雜言體。雜言體《楊柳枝》是以七言爲主體，在每句七言下又有三言句，通常認爲這些三言句是和聲：

> 秋夜香閨思寂寥，漏迢迢。鴛幃羅幌麝煙銷，燭光搖。
> 正憶玉郎游蕩去，無尋處。更聞簾外雨瀟瀟，滴芭蕉。（顧
> 敻《楊柳枝》）〔註24〕

> 膩粉瓊妝透碧紗，雪休誇。金鳳搔頭墜鬢斜，髮交加。
> 倚著雲屏新睡覺，思夢笑。紅腮隱出枕函花，有些些。（張
> 泌《柳枝》）〔註25〕

在形式上當是承唐代雜言歌辭《楊柳枝》而來。前引敦煌曲《楊柳枝》每句七言後所接四言或五言句，同樣是和聲，只是當時字數並不固定。因爲在實際演唱中歌人增減一兩字可以並不影響和改變曲調，因此字數反而比較靈活，而當文人單純按譜塡來、失去了實際演唱的靈活性，反而在形式上拘守更嚴格，因而從前並不整齊一律的和聲部分

〔註23〕《史記·季布欒布列傳》：「髡鉗季布，衣褐衣，置廣柳車中。」司馬貞《史記索隱》：「喪車稱柳。」《白虎通》論墳墓稱「庶人無墳，樹以楊柳。」《歲時廣記》卷15：「歲時雜記：今人寒食節家家折柳插門上，唯江淮之間尤盛，無一家不插者。」可見送葬、墳墓、祭奠無一不與楊柳有關，而古人所說之楊，也是柳。《爾雅》：「楊，蒲柳也。」

〔註24〕（後蜀）趙崇祚輯《花間集》卷7，北京：人民文學出版社1958年版，第129頁。

〔註25〕《花間集》卷4，第76頁。

才固定成為整齊的三言。顧敻、張泌這兩首《楊柳枝》就屬於這種和
聲格式的被固定化。

　　《花間集》中齊言體《楊柳枝》仍為七言絕句形式，與中晚唐情
形相同。部分文人接續的是典雅的聲詩傳統，如牛嶠「解凍風來末
上青」等五首與孫光憲「閭門風暖落花乾」等四首《楊柳枝》歌辭皆
為詠柳七絕，風格婉麗，仍是標準的齊言聲詩。但並非此時所有的《楊
柳枝》都是詠題，如和凝的三首《柳枝》：

　　　　軟碧搖煙似送人，映花時把翠眉顰。青青自是風流主，
　　漫颭金絲待洛神。

　　　　瑟瑟羅裙金縷腰，黛眉偎破未重描。醉來咬損新花子，
　　拽住仙郎盡放嬌。

　　　　鵲橋初就咽銀河，今夜仙郎自姓和。不是昔年攀桂樹，
　　豈能月裏索嫦娥。〔註26〕

後二首已經與題中楊柳無關，直接描寫豔情，可以說是背離了典雅溫
麗的文人聲詩傳統，接續的是民間俗詞傳統，這也是晚唐溫庭筠、裴
誠當時嘗試過、卻沒有走通的道路，我們不妨回頭仔細地考察一下
溫、裴二人的《楊柳枝》詞：

　　　　裴郎中誠，晉國公次子也，足情調，善談諧。與舉子
　　溫岐為友，好作歌曲，迄今飲席多是其詞焉。裴君既入臺，
　　而為三院所誚曰：能為淫豔之歌，有異清潔之士也⋯⋯二
　　人又為《新添聲楊柳枝詞》，飲筵競唱其詞而打令也。詞云：
　　思量大是惡因緣，只得相看不得憐。願作琵琶槽那畔，美
　　人長抱在胸前。又曰：獨房蓮子沒人看，偷折蓮時命也拼。
　　若有所由來借問，但道偷蓮是下官。溫岐曰：一尺深紅朦
　　曲塵，舊物天生如此新。合歡桃核終堪恨，里許元來別有
　　人。又曰：井底點燈深燭伊，共郎長行莫圍棋。玲瓏骰子
　　安紅豆，入骨相思知不知。湖州崔郎中舅言，初為越副戎，
　　宴席中有德華周氏者，乃劉採春女也，雖《羅嗊》之歌不

及其母，而《楊柳枝》詞采春難及。崔副車寵愛之異。將
至京洛，後豪門女弟子從其學者眾矣。溫裴所稱歌曲，請
德華一陳音韻，以爲浮豔之美。德華終不取焉。二君深有
愧色。所唱者七八篇，乃近日名流之詠也：滕邁郎中一首：
三條陌上拂金羈，萬里橋邊映酒旗。此日令人腸欲斷，不
堪將入笛中吹。賀知章秘監一首：碧玉裝成一樹高，萬條
垂下綠絲縧。不知細葉誰裁出，二月春風是剪刀。楊巨源
員外一首：江邊楊柳曲塵絲，立馬憑君折一枝。唯有春風最
相惜，殷勤更向手中吹。劉禹錫尚書一首：春江一曲柳千條，
二十年前舊板橋。曾與美人橋上別，恨無消息至今朝。韓琮
舍人二首：枝鬥芳腰葉鬥眉，春來無處不如絲。灞陵原上多
離別，少有長條拂地垂。又曰：梁苑隋堤事已空，萬條猶舞
舊春風。那堪更想千年後，誰見楊花入漢宮。〔註27〕

這裡可注意的有兩點，一是裴、溫二人所作皆七絕體，而名爲《新添
聲楊柳枝》，「新」可能是因其對中唐《楊柳枝》曲有所翻新，但歌辭
仍爲齊言；二是兩人所作四首《楊柳枝》皆非詠題，而是用諧音俚語
作的豔歌，這種體式本來出自民間，因此裴、溫二人所製詞在飲筵歌
席間也大受歡迎。但這種俚俗歌辭並不爲正統文人所接受，裴、溫因
而被目爲「能爲淫豔之歌，有異清潔之士」，而自重身份的歌妓如周
德華也不肯唱其詞。但溫庭筠本人另有一組《楊柳枝》詞，共八首，
下面是第一首：

宜春苑外最長條，閒嫋春風伴舞腰。正是玉人腸斷處，
一渠春水赤欄橋。〔註28〕

其他七首的風格與此相同，也都是典雅端麗的文人聲詩一路。這說
明，晚唐時期文人典雅的聲詩與民間俗體的雜言歌辭是並存的，同一
曲調也可以既有齊言又有雜言歌詞。如果文人越過界線，摻入民間的
俚俗風格，如裴、溫二人，仍然是難以被文人群體所認可的。這一情

〔註27〕 （唐）范攄《雲溪友議》卷下。
〔註28〕 《全唐詩》卷28，第399頁。

形至五代既有延續也有改觀：和凝的兩首《柳枝》與裴、溫二人所作俗體《新添聲楊柳枝》風格頗為相似，不同於晚唐的是，五代對文人向民間俗詞風格的靠攏有更大的接受空間。

三、南唐與宋代《楊柳枝》辭體式分析

南唐詩人保留了四位詩人共 37 首《楊柳枝》齊言歌辭，另有 11 首不能肯定是歌辭還是徒詩。如下表：

作　者	《楊柳枝》或《柳枝》歌辭	詠柳七絕徒詩	＊備　註
孫魴	5 首	《柳》10 首*	*《柳》是否為《楊柳枝》歌辭？
徐鉉	兩組，共 22 首，一組 12 首，另一組 10 首		
成彥雄	10 首		
李煜	1 首*		*此首《柳枝》本無題，究屬歌辭抑或徒詩不能肯定

孫魴屬於南唐最早的一輩詩人，他與唐末詩人鄭谷有過交遊，約卒於南唐先主李昇在位時期。〔註29〕孫魴的《楊柳枝》五首收入《樂府詩集·近代曲辭》：

靈和風暖太昌春，舞線搖絲向昔人。何似曉來江雨後，一行如畫隔遙津。

彭澤初栽五樹時，只應閒看一枝枝。不知天意風流處，要與佳人學畫眉。

暖傍離亭靜拂橋，入流穿檻綠搖搖。不知落日誰相送，魂斷千條與萬條。

春來綠樹遍天涯，未見垂楊未可誇。晴日萬株煙一陣，閶坊兼是莫愁家。

〔註29〕馬令《南唐書》卷 13 孫魴傳。《四部叢刊》本。

十首當年有舊詞，唱青歌翠幾無遺。未曾得向行人道，
不爲離情莫折伊。〔註30〕

從「九衢春霽濕雲凝」、「千樹陰陰蓋御溝」等用語來看，應該作於其
在金陵期間。末首云「十首當年有舊詞」，指的是他有一組十首的七
絕《柳》詩：

數樹新栽在畫橋，春來猶自長長條。東風多事剛牽引，
已解纖纖學舞腰。

金堤堤上一林煙，況近清明二月天。別有數枝遙望見，
畫橋南面拂秋韆。

春物牽情不奈何，就中楊柳態難過。也知是處無花去，
爭奈看時未覺多。

小眉初展綠條稠，露壓煙濛不自由。莫是折來偏屬意，
依稀相似是風流。

九衢春霽濕雲凝，著地毿毿礙馬行。擬折無端拋又戀，
亂穿來去羨黃鶯。

千樹陰陰蓋御溝，雪花金穗思悠悠。先朝事後應無也，
惟是荒根逐碧流。

搖蕩和風恃賴春，蘸流遮路逐年新。顛狂絮落還堪恨，
分外欺凌寂寞人。

暖催春促吐芳芽，伴雨從風處處斜。莫道玄功無定配，
不然爭得見桃花。

小池前後碧江濱，窣翠拋青爛熳春。不是和風爲擡舉，
可能開眼向行人。

深綠依依配淺黃，兩般顏色一般香。到頭嫋娜成何事，
只解年年斷客腸。〔註31〕

雖然這組詩的風格與其《楊柳枝》五首相近，但既以詩名，且《樂府

〔註30〕（宋）郭茂倩編《樂府詩集》卷81，北京：中華書局1979年版，第
1146～1147頁。
〔註31〕《全唐詩》卷886，第10018頁。

詩集》不收，顯然，這組《柳》詩通常被視爲徒詩而非歌辭。但孫魴本人既然稱「十首當年有舊詞，唱青歌翠幾無遺」，則在他看來，《柳》詩也是歌辭。前文中我們已經說明，從晚唐五代以來，《楊柳枝》歌屢屢採前人絕句入曲演唱，因此，孫魴這組《柳》詩也不能排除被採入歌唱的可能，但《柳》詩仍然不是像《楊柳枝》那樣典型的歌辭。仔細比較起來，孫魴較早時候作的《柳》詩十首其中還不乏有詠史和抒發個人不得志的成分，如第六、七、九、十首，而在《楊柳枝》歌辭五首中則基本是對楊柳姿態的描繪，即使其中涉及到離情，但也只是對楊柳與離情之間聯繫的描繪，只是普泛抒情而非個人當下的情感表現。從語言風格上看，歌辭《楊柳枝》也更華麗輕巧，應歌的動機較爲顯明。這也說明，在五代楊吳至南唐早期——大致爲吳天祐九年（912）李昇任昇州刺史開始，至南唐昇元六年（942）李昇去世，也即後蜀《花間集》結集前後，在楊吳、南唐先後所轄的江淮地區，文人長短句詞的寫作此時並不流行。

　　徐鉉的文集中，也有兩組《楊柳枝》歌辭，一組名《柳枝辭》，共十二首，大約作於南唐中主保大四年（946）他在重回闊別十年的揚州之時。〔註32〕這組《柳枝辭》第一首云：

　　　　把酒憑君唱柳枝，也從絲管遞相隨。逢春只合朝朝醉，
　　記取秋風落葉時。〔註33〕

明白標誌了它們的歌辭性質。第十一首「仙樂春來按舞腰，清聲偏似傍嬌饒」、及第十二首「鳳笙臨檻不能吹，舞袖當筵亦自疑」等句，也說明了此組《柳枝辭》的純粹歌辭性質。

　　徐鉉另有一組《柳枝詞十首》，題下自注「座中應制」：

　　　　金馬詞臣賦小詩，梨園弟子唱新詞。君恩還似東風意，
　　先入靈和蜀柳枝。

〔註32〕賈晉華、傅璇琮《唐五代文學編年・五代卷》保大四年徐鉉條，第384頁。

〔註33〕徐鉉《徐公文集》卷2，《四部叢刊》影印宋本。

　　百草千花共待春，綠楊顏色最驚人。天邊雨露年年在，
上苑芳華歲歲新。

　　長愛龍池二月時，毿毿金線弄春姿。假饒葉落枝空後，
更有梨園笛裏吹。

　　綠水成文柳帶搖，東風初到不鳴條。龍舟欲過偏留戀，
萬縷輕絲拂御橋。

　　百尺長條婉曲塵，詩題不盡畫難眞。憑君折向人間種，
還似君恩處處春。

　　風暖雲開晚照明，翠條深映鳳皇城。人間欲識靈和態，
聽取新詞玉管聲。

　　醉折垂楊唱柳枝，金城三月走金羈。年年爲愛新條好，
不覺蒼華也似絲。

　　新春花柳競芳姿，偏愛垂楊拂地枝。天子遍教詞客賦，
宮中要唱洞簫詞。

　　凝碧池頭蘸翠漣，鳳皇樓畔簇晴煙。新詞欲詠知難詠，
說與雙成入管絃。

　　侍從甘泉與未央，移舟偏要近垂楊。櫻桃未綻梅先老，
折得柔條百尺長。〔註34〕

　　從題注及內容可以確認，這是一組作於宋開寶二年（969）後主李煜在
位時的應制歌辭。〔註35〕較之前作，這組《柳枝詞》風格更爲華麗，但
內容顯得較狹隘和空洞。前一組中偶而還可見個人情懷的流露，此時也
不再有，這應該是由於其作爲歌辭、尤其是宮廷應制之作的性質導致的。

　　在南唐所有《楊柳枝》歌辭中，《全唐詩》所收成彥雄的一組《柳
枝辭》風格頗特出：

　　輕籠小徑近誰家，玉馬追風翠影斜。愛把長條惱公子，
惹他頭上海棠花。

〔註34〕《徐公文集》卷5。
〔註35〕賈晉華、傅璇琮《唐五代文學編年・五代卷》開寶二年徐鉉條，第
　　　　588頁。

鵝黃剪出小花鈿，綴上芳枝色轉鮮。飲散無人收拾得，
月明階下伴秋韆。

東君愛惜與先春，草澤無人處也新。委囑露華並細雨，
莫教遲日惹風塵。

句踐初迎西子年，琉璃爲帚掃溪煙。至今不改當時色，
留與王孫繫酒船。

綠楊移傍小亭栽，便擁穠煙撥不開。誰把金刀爲刪掠，
放教明月入窗來。

遠接關河高接雲，雨餘洗出半天津。牡丹不用相輕薄，
自有清陰覆得人。

掩映鶯花媚有餘，風流才調比應無。朝朝奉御臨池上，
不羨青松拜大夫。

王孫宴罷曲江池，折取春光伴醉歸。怪得美人爭鬥乞，
要他穠翠染羅衣。

殘照林梢娬數枝，能招醉客上金堤。鵶嬌如練纓如火，
瑟瑟陰中步步嘶。〔註36〕

成彥雄，字文幹，籍貫本爲河北上谷，後遷江南，具體生卒年里不詳。〔註37〕《崇文總目》著錄「成文幹《梅嶺集》五卷」。〔註38〕《郡齋讀書志》則著錄爲：「成彥雄《梅頂集》一卷，右僞唐成彥雄，江南

〔註36〕《全唐詩》卷759，第8628～8629頁。

〔註37〕關於成彥雄的生平，參看《唐五代文學編年·五代卷》後晉高祖天福三年（938）徐鉉條（第307頁）、後周太祖廣順二年（952）成彥雄條（第451頁）等處。但該書將成彥雄中進士繫在保大十年（952）以後，恐不確。因南唐雖自保大十年方正式開設貢舉，但在先主昇元初、昇元中、昇元末以及中主保大初皆有中舉的記載，可見當時是有科舉的，只不過沒有形成常設的制度，因此成彥雄中進士不一定遲至保大末年。關於南唐貢舉開科情況，參趙榮蔚《南唐登科記》，載《鹽城師範學院學報》（人文社科版），2003年5月。第91～97頁。

〔註38〕王堯臣等編、錢東垣等輯《崇文總目附補遺》卷5，《叢書集成新編》第1冊，臺北：新文豐出版公司1985年版，第601頁。

進士，有徐鉉序。」〔註39〕說明成彥雄的文集到南宋初年已大部分亡
佚，或至少晁公武當時已難見全本。徐鉉的文集中保留了《成氏詩集
序》，這是我們今天所能得知的關於成彥雄最主要的資料：

> 詩之旨遠矣，詩之用大矣。先王所以通政教，察風俗，
> 故有采詩之官，陳詩之職。物情上達，王澤下流。及斯道
> 之不行也，猶足以吟詠性情，黼藻其身，非苟而已矣。若
> 夫嘉言麗句，音韻天成，非徒積學所能，蓋有神助者也。
> 羅君章、謝康樂、江文通、邱希範，皆有影響發於夢寐。
> 今上谷成君亦有之，不然者，何其朝舍鷹犬，夕味風雅，
> 雖世儒積年之勤，曾不能及其門者耶？逮子之知，已盈數
> 百篇矣。睹其詩如所聞，接其人知其詩。既賞其能，又貴
> 其異。故爲冠篇之作，以示好事者云。戊戌歲正月日序。
> 〔註40〕

從此篇序言我們可以推斷出成彥雄這組《柳枝辭》的大致寫作時間。
戊戌爲南唐昇元二年（938），徐鉉時二十二歲，從這篇序言的口吻看，
成彥雄年輩應與徐鉉大致相當。按照序文中「朝舍鷹犬，夕味風雅」
的說法，成彥雄本爲豪家子，一旦捨棄呼鷹走馬的生活，折節讀書，
作詩頗有天分。徐鉉爲之作序時，成彥雄已經有詩數百篇，但其詩集
已亡佚，僅在《全唐詩》卷 759 中留存了二十七首，《全唐詩補編·
續補遺》又據《尊前集》補入《楊柳枝》一首，則成彥雄現存詩共計
二十八首。這一組《柳枝辭》應當作於昇元二年（938）徐鉉作序以
前，按成彥雄的年齡以及徐鉉序中的說法，成彥雄的詩結集時間不會
太早，上限大致可以斷在 928 年前後，而這與孫魴活躍在南唐詩壇的
時間也是相當的。因此，成彥雄的《柳枝辭》與孫魴《楊柳枝》寫作
時間大致相當，下距保大四年（946）徐鉉寫作第一組《柳枝辭》的
時間也並不遠。

〔註39〕（宋）晁公武《郡齋讀書志校證》卷 18，孫猛校證，上海：上海古
　　　　籍出版社，2005 年，第 948 頁。其中「梅頂」當爲「梅嶺」之誤。
〔註40〕《徐公文集》卷 18。

　　從風格來說，成彥雄這一組《柳枝辭》可以代表他豔麗的詩風。作爲早年活躍於金陵的豪家子，大約由於生活環境使然，從現存作品看，成彥雄較多接受了唐末豔情詩人的影響，多寫風格豔麗的女性題材。加之他的語言天分較高，徐鉉稱其「嘉言麗句，音韻天成」不爲無本，因此成彥雄的《柳枝辭》完全沒有孫魴詩中的生硬、笨拙，更適宜於作爲酒筵歌席之間付唱的歌辭。但另一方面，他也不時跳出柳枝辭中習見的歌筵、冶遊場所，別具清新氣。如「遠接關河高接雲，雨餘洗出半天津」二句頗覺清新高朗，一掃脂粉香澤之氣；「誰把金刀爲刪掠，放教明月入窗來」二句似乎受到杜甫《一百五日夜對月》「斫卻月中桂，清光應更多」的影響，能將自己的胸懷託寓其間，體現了對光明豁達境界的嚮往，在柳枝辭系列中這種反其道而行之的寫法也是頗新穎的；「自有清陰覆得人」也是託柳寓懷。這些都表明，成彥雄的這組《柳枝辭》也有詠物詩中多見的託物寓懷的痕迹，可見它們在應歌之外，同時兼顧了文人詩的傳統，這應該也是較早時候文人在寫作《楊柳枝》辭時的常見情形：偏好齊言體，因其形式接近於近體詩；風格婉麗優美，因爲是付唱的歌辭；通常不涉及個人化的情感抒發，但偶而還可見如託物寓懷等來自文人詩影響的痕迹。

　　成彥雄的《柳枝辭》還有一首爲《全唐詩》所未收：

　　　　欲趁寒梅趁得麼，雪中偷眼望陽和。陽和若不先留意，
這個柔條爭奈何。〔註41〕

這是明刻《尊前集》所收成彥雄十首《楊柳枝》較《全唐詩》多出的一首，風格頗俚俗，與其它九首全不相似，似乎有其特定寫作場合，也可能是酒筵打令之作。這與溫庭筠同時有兩種風格的《楊柳枝》當屬同一種情形，即當筵打令時，通常風格趨俗，往往還帶有雙關等言外之意；若爲個人精心結撰之作，又以文人爲預期讀者，那麼風格就偏向精美華麗。《尊前集》將成彥雄同調的兩種風格作品都收錄其中，

〔註41〕王重民等輯錄、陳尚君校訂《全唐詩補編‧續補遺》卷 11，北京：中華書局 1992 年版，第 471 頁。

當是因爲它們都曾付之演唱，各有其適宜的場合，這也可證明《尊前集》所錄皆爲歌辭及其作爲唱本的性質。這兩種風格的《柳枝》皆爲齊言，不能不說成彥雄乃至多數南唐文人，對於詩歌體式雅鄭的分判還要嚴過單純語言風格雅鄭的分判，也正是這一點制約了更多的文人從事詞的創作。

有關《楊柳枝》的作品中，還存有界限模糊、不能肯定其必然爲歌辭的作品，譬如姚寬《西溪叢語》記載了李煜曾有一首佚詩：

> 畢景儒有李重光黃羅扇，李自寫詩一首云：風情漸老見春羞，到處銷魂感舊遊。多謝長條似相識，強垂煙態拂人頭。後細字書云：『賜慶奴』。慶奴似是宮人小字，詩似柳詩。〔註42〕

扇上所題詩並無題目，姚寬也僅云其似爲柳詩，但此詩後來或被認爲是詩，如《全唐詩》錄其爲詩，題爲《賜宮人慶奴》；〔註43〕或被人認作是《柳枝》詞。〔註44〕這種爭議仍舊源於《楊柳枝》的體式，由於形式上與詠柳七絕無異，如果沒有關於其入樂與否的背景材料，很難單純根據文本判定它究竟是徒詩還是歌辭。但是，我們可以聯繫其它背景作出判斷：除此首有疑問的《柳枝》外，今天李煜流傳下來的詞皆爲雜言，儘管文獻多闕，我們不敢說他全部的詞作都是如此，但它至少可以部分說明李煜在作詞的時候是以樂曲爲本的。依曲作詞，參差雜言的形式通常更易與音樂曲調相切合，所以他有更多的雜言作品。譬如同樣是《浪淘沙》曲，李煜所寫爲雜言體，而不再是中唐劉禹錫、白居易等人所用的同於近體七絕的齊言形式。我們有理由猜

〔註42〕 （宋）姚寬撰、孔凡禮點校《西溪叢語》卷下，北京：中華書局 1993 年版，第 88 頁。

〔註43〕 《全唐詩》卷 8，第 74 頁。

〔註44〕 （明）沈雄《古今詞話·詞話》上卷引《客座贅語》，以之爲柳枝詞。（唐圭璋編《詞話叢編》本，北京：中華書局 1986 年版，第 755 頁）其它各版本《南唐二主詞》對此爲詩爲詞的判定，參看《全唐五代詞·副編》卷一考辨，曾昭岷等，北京：中華書局 1999 年版，第 1080 頁。

測，如果是爲應歌而作，在同調異體並存的情況下，李煜可能更傾向
於採用雜言體的《楊柳枝》。那麼這首「風情漸老見春羞」更大的可
能是一首贈人的徒詩而非歌辭。前文中我們所論述過的無論孫魴、徐
鉉、還是成彥雄皆不以詞名，卻都有數組齊言《楊柳枝》辭，正好可
以從反面說明：一般而言，不以精通音樂著稱的文人如果要寫作歌
辭，通常更傾向於齊言而非雜言。

　　另外，從地域來說，前文中所列南唐《楊柳枝》辭的作者基本都
是活躍在金陵的詩人，而同時其他南唐詩人、譬如以廬山詩人群爲代
表的隱逸、在野的詩人，則基本沒有《楊柳枝》辭流傳，這主要是與
其生活和寫作環境有關。《楊柳枝》辭不同於傳統言志抒情的文人詠
柳徒詩，它屬於歌辭，需要歌舞宴集的娛樂環境來催生，因此它先天
地就屬於城市，我們往往是在那些活躍於都會的文人筆下看到這類歌
辭。當然，地域也並不能完全規定作者，即便同爲金陵詩人群，如李
建勳、李中等人也沒有《柳枝辭》一類的歌辭，至少從其現存作品看
是如此。其原因大概就要追溯到他們各自的詩歌觀了，過於以雅爲尙
的詩人通常不會寫作這類歌辭。通常只有那些既流連於酒筵歌席之
間、詩歌觀念又並不特別正統的詩人才會成爲《楊柳枝》這類歌辭的
作者。當然，這兩個特點並非《楊柳枝》辭獨有，一切的歌辭都是如
此，《楊柳枝》的特別在於，它雖是歌辭，在體式上卻完全同於七言
絕句，在內容上不脫詠柳，正可以兼爲歌辭與近體七絕，十分便於對
雜言歌辭的創製尙不熟稔的詩人們寫作。儘管雜言體《楊柳枝》可能
起源更早，但從唐到五代，文人所寫作的雜言體僅有《花間集》所收
的顧敻、張泌兩首，齊言的《楊柳枝》卻大量成組出現，正是因爲齊
言體更合於當時大多數文人的寫作習慣，他們對齊言體的運用更爲得
心應手。相比較而言，單從《楊柳枝》一調來看，似乎可以說《花間
集》所反映的蜀地文人的歌辭寫作較少受到正統詩學觀念的影響，更
貼近於歌唱的實際需要及民間流行的樣式，因而成爲後世長短句詞的
椎輪大輅。南唐文人則較多拘守尙雅的傳統詩學觀，這固然一方面讓

他們的詩歌秀雅清麗，在五代獨不墮於淺俗，但這種執著於詩的態度其實也在一定程度上妨礙了長短句詞的寫作在南唐更廣泛地流行。儘管李璟、李煜、馮延巳作爲詞人個體的成就可以說超出西蜀詞人之上，但文人較普遍的保守文學觀終究妨礙了詞在南唐成爲一種溝通雅俗、廣泛流行的文學體式，在這一點上南唐終究遜於西蜀。

到宋詞中，題爲《楊柳枝》的作品皆爲雜言體，即《花間集》中顧敻、張泌所採用的以四句七言爲主體、每七言句後又添加三字句的體式，這說明長短句形式已成爲宋詞的主導，而這正是承曲子詞在民間初起時候的形態而來。這種四句七言下各添加一個三言句的雜言體從此成爲《楊柳枝》辭新的形式規範。

概括地說，《楊柳枝》辭的發展脈絡大致如下：現存敦煌曲《楊柳枝》表明它在唐代初起時是以七言爲主、夾以四言或五言和聲的雜言體——中唐白居易將之整齊化爲與七絕相同的形式，在中晚唐一直風行——五代西蜀顧敻等人再次嘗試寫作雜言體《楊柳枝》，但將其固定化爲每句七言下加一個三字句的格式；同時也仍有文人繼續寫作齊言體，齊、雜言體《楊柳枝》在西蜀是並行的，但在稍後的南唐文人中齊言體仍占絕對優勢——宋詞中以四個七言句下各加一個三言句的雜言體爲正體，另名《添聲楊柳枝》或《太平時》，〔註45〕文人基本不再寫作齊言體的《楊柳枝》辭了。從最初的雜言到齊言再到雜言，表面上似乎是對民間曲子詞形態的回歸，但最初流行於唐代民間的《楊柳枝》句式其實靈活得多，從五代顧敻到宋人將其完全固定爲四個七言加三言的句式，反而成爲了另一種格律詩，也成了另一種刻板。源頭靈動多變的活水最後成爲固定河道裡平穩規矩的水流，再少見「新翻」所帶來的變式了。

〔註45〕《欽定詞譜》將四句七言爲主體、每句七言後添加三字句的詞調定
　　　爲《添聲楊柳枝》，與《太平時》、《賀聖朝影》同調異名。但它將產
　　　生時間可能更早的雜言體名爲「添聲」，可以說是倒前爲後。

後　記

　　本書是在我的博士論文《南唐詩研究》基礎上增訂修改而成，新加入的正文和附錄部分大約爲十萬字，其中的論述細節也有調整，但基本結構沒有變，還看得出當年的痕跡和步驟，我願意這樣，留下一段時光的記錄。雖然拖延了數年，終究結出遲來的果實。

　　所以本書面世，首先應該感謝我的博士導師錢志熙教授，當年從選題、中期考核到最後答辯階段，如果沒有錢先生給予我的諸多點撥和指導，就不可能有我當年的論文，也不可能有今天的這本著作。錢先生的許多論著，我都放在手邊，常常重讀，獲得了很多思路上的啓示。感謝葛曉音教授，由於錢先生往日本講學，葛先生接手指導我的論文，在繁忙的開「兩會」的間隙，她在我的初稿上密密批注，數次郵件往返，直至我最終定稿。若本書萬一還有可取之處，那都是兩位先生的教導，本書一切的錯誤、不足，都是我自己的過失。

　　同時感謝當年所有參加過我的評審、答辯的諸位老師。感謝老師們的批評和建議，可以使我在畢業之後繼續努力完善本書。

　　特別感謝我的碩士導師趙仁珪教授。雖然博士階段不在趙先生的直接指導之下，但他仍關心著我的學業。趙先生所秉有的最溫厚和耐心的師者風範，讓我恒久感動。

　　也謝謝當年的諸位同窗，詩酒年華，青春作伴，有讀書，有漫談，讓今天回首當年的印象中，不只有學業上的艱苦求索。謝謝師弟陳先明、劉成榮，承擔了答辯秘書工作。謝謝同窗好友欒偉平推薦出版社，讓本書最終嫁到現在的「婆家」。

　　感謝花木蘭文化出版社，從社長、總編到責編，一律謙遜又高效。

　　還要感謝趙輝先生、王同舟先生等諸位共事的老師，給我督促和寬容。

　　謝謝所有家人，感謝你們的付出。

　　最後，因博士論文寫作期間得到法鼓人文獎學金的資助，謹此一并向臺灣法鼓人文基金會致謝。

2015 年 1 月 5 日於武昌